U0041097

三國演義・龍爭虎鬥

邵紅・編撰

中國歷代經典寶庫

10

出版的話

時報文化出版的《中國歷代經典寶庫》已經陪大家走過三十多個年頭。無論是早期的紅底燙金精裝「典藏版」，還是50開大的「袖珍版」口袋書，或是25開的平裝「普及版」，都深得各層級讀者的喜愛，多年來不斷再版、複印、流傳。寶庫裡的典籍，也在時代的巨變洪流之中，擎著明燈，屹立不搖，引領莘莘學子走進經典殿堂。

這套經典寶庫能夠誕生，必須感謝許多幕後英雄。尤其是推手之一的高信疆先生，他秉持為中華文化傳承，為古代經典賦予新時代精神的使命，邀請五、六十位專家學者共同完成這套鉅作。二〇〇九年，高先生不幸辭世，今日重讀他的論述，仍讓人深深感受到他對中華文化的熱愛，以及他殷殷切切，不殫編務繁瑣而規劃的宏偉藍圖。他特別強調：

中國文化的基調，是傾向於人間的；是關心人生，參與人生，反映人生的。我們的聖賢才智，歷代著述，大多圍繞著一個主題：治亂興廢與世道人心。無論是春秋戰國的諸子哲學，漢魏各家的傳經事業，韓柳歐蘇的道德文章，程朱陸王的心性義理；無論是貴族屈原的憂患獨歎，樵夫惠能的頓悟眾生；無論是先民傳唱的詩歌、戲曲，村里講談的平話、小說……等等種種，隨時都洋溢著那樣強烈的平民性格、鄉土芬芳，以及它那無所不備的人倫大愛；一種對平凡事物的尊敬，對社會家國的情懷，對蒼生萬有的期待，激盪交融，相互輝耀，繽紛燦爛的造成了中國。平易近人、博大久遠的中國。

可是，生為這一個文化傳承者的現代中國人，對於這樣一個親民愛人、胸懷天下的文明，這樣一個塑造了我們、呵護了我們幾千年的文化母體，可有多少認識？多少理解？又有多少接觸的機會，把握的可能呢？

參與這套書的編撰者多達五、六十位專家學者，大家當年都是滿懷理想與抱負的有志之士，他們努力將經典活潑化、趣味化、生活化、平民化，為的就是讓更多的青年能夠了解繽紛燦爛的中國文化。過去三十多年的歲月裡，大多數的參與者都還在文化界或學術領域發光發熱，許多學者更是當今獨當一面的俊彥。

三十年後，《中國歷代經典寶庫》也進入數位化的時代。我們重新掃描原著，針對時代需求與讀者喜好進行大幅度修訂與編排。在張水金先生的協助之下，我們就原來的六十多冊書種，精挑出最具代表性的四十種，並增編《大學中庸》和《易經》，使寶庫的體系更加完整。這四十二種經典涵蓋經史子集，並以文學與經史兩大類別和朝代為經緯編綴而成，進一步貫穿我國歷史文化發展的脈絡。在出版順序上，首先推出文學類的典籍，依序有詩詞、奇幻、小說、傳奇、戲曲等。這類文學作品相對簡單，有趣易讀，適合做為一般讀者（特別是青少年）的入門書；接著推出四書五經、諸子百家、史書、佛學等等，引導讀者進入經典殿堂。

在體例上也力求統整，尤其針對詩詞類做全新的整編。古詩詞裡有許多古代用語，需用現代語言翻譯，我們特別將原詩詞和語譯排列成上下欄，便於迅速掌握全詩的意旨；並在生難字詞旁邊加上國語注音，讓讀者在朗讀中體會古詩詞之美。目前全世界風行華語學習，為了讓經典寶庫躍上國際舞台，我們更在國語注音下面加入漢語拼音，希望有華語處，就有經典寶庫的蹤影。

《中國歷代經典寶庫》從一個構想開始，已然開花、結果。在傳承的同時，我們也順應時代潮流做了修訂與創新，讓現代與傳統永遠相互輝映。

時報出版編輯部

【導讀】龍爭虎鬥誰為雄？

邵紅

約在六七百年以前，三國的故事，由說話人的口中傳揚開來，我們的祖先在平淡的歲月裡，又該增添了多少熱鬧？在全民教育未被重視推展的明、清，我們的祖先能自我教育，自律自制，三國中或忠、或孝、或勇、或仁的人物，正是他們學習的最佳典範。這一齣了不起的傳奇，娛樂了每一個中國人，也教育了每一個中國人！

「想秦宮漢闕，都作了衰草牛羊野」，而我們何其有幸，通過了文字，近百年的光陰就在我們眼前流過，鼎足三分，變化曲折，紛爭擾攘的故事，使我們不但摸清了歷史的脈絡，確定了興與亡之間的隔距，更因此而經驗到人性的真實以及道德的可貴。我們甚而親炙了其中賢者的訓誨，……細讀三國的故事，由不得我們不與書中人物同喜同悲，同起同落。

《三國演義》原是這樣的一本影響綿深的書啊！在改寫時，要把六十多萬字濃縮成十五萬字，還要不失大局，我常面臨顧此失彼，忍痛割愛的情形。因此有一些權宜的措施，要在此先向各位朋友表明：

㈠章目：原書分章回是為了說書的方便，如今因時制宜，為求整體的效果，而把章回打散，分成廿四章。章目為求簡明，用四字句，然常不能收提綱挈領之效。

㈡語言：原書以淺白的文言為骨幹，間雜摻用當時的口語。譬如某人說話穩重，便以文言表達；某人說話粗獷，便以口語表達。現在把這些語言全改寫成白話文，不免有損於原書一部分語言的奧妙。

㈢對白：對白的出現，依書中原有的先題名的方式：「某曰……」。由於人物繁多的緣故而未能把對白穿插在情節的敘述中。

㈣情節：採重點處理的方式。情節中涉及迷信的部分盡可能刪去，或者加以簡化。

㈤書中的專有名詞，如官名、職稱、地名，為免影響整個故事的進行，依原典，不作解釋考證。

書中寫得最多是智與力的競賽，往往也能給我們許多啟示。我期望讀者從歷史學家羅龍治先生的力作〈《三國演義》的文學特質及其悲劇藝術〉一文中，去了解，從而去把握《三國演義》一書的精神；我亟盼因這本因陋就簡的小書，吸引讀者細讀原典，有朝一日，更能進入中國文化的深處。

三國演義◆龍爭虎鬥

目次

風起雲湧龍虎榜

一、桃園結義

話說漢朝，自從高祖劉邦擊敗項羽，奪得天下，建立帝業後，歷經惠、文、景、武、昭、宣、元、成、哀九朝而國勢大衰。哀帝後平帝即位，在位不過五年，孺子嬰居攝三年，王莽即趁機起而篡漢，改國號為「新」。十六年後，光武中興，史稱東漢。又歷經明、章、和、殤、安、順、沖、質八朝至桓、靈兩帝，綱紀大壞，宦官主政，加上黃巾作亂，國勢頹敗已到不可收拾的地步。

此時，豪傑英雄及一些有志之士，無不想投身國事，力挽危局。靈帝中平元年，瘟疫流行，張角等人用符水替人治病，藉機拉攏人心，以至於四方百姓裹著黃巾跟從張角造反的，多達四五十萬，聲勢浩大，眼看就要進逼到幽州。這時幽州太守劉焉用校尉鄒靖的計謀，打算招貼布告招募義軍。布告到涿縣時，許多人駐足圍觀，其中有一位漢室世胄，姓劉名備，字玄德，生得身長八尺，兩耳垂肩，脣紅齒白，氣度非凡。年已二十八歲，見了榜文，念及國勢，不禁慨然長嘆了起來，當他正黯然自傷的時候，聽到後面有人高聲地說：

「是大丈夫就當為國出力，長吁短嘆，有什麼用處？」

劉備回頭一看，原來是一位身高八尺餘，豹頭環眼的彪形大漢，只聽得他的聲音，如洪鐘、如巨雷般響起：

「我張飛張翼德專喜歡結交天下豪傑，適才聽你長嘆，想來也是有抱負的！我家中頗有莊田，變賣了隨你一起召募鄉親，同舉大事，可好！」

劉備一聽，高興非常，兩人遂結伴往林中小店飲酒慶賀。正喝得有味時，店門外來了一個九尺大漢，鬍長至胸，丹鳳眼，臥蠶眉，威風凜凜，不可一世。這大漢推著輛車子，在店門剛歇下，便忙不迭地說：

「酒保，快，快！把酒斟來，待我喝完要到城裡去投軍。」

玄德一聽，趕緊邀他同坐，問他姓名，大漢說：

「在下關羽，字雲長，家住河東。因為土豪仗勢欺人，我一怒之下，把他殺了，因此逃亡在外，已五六年了，這番正想從軍破賊。……」

事。

劉備之高興，非同小可，立刻把自己的打算告訴關羽，三人決定往張飛莊上商計大事。

來到張飛莊上，張飛只覺三人十分投契，遂提議說：

「我家莊後有一座桃園，桃花正開，我三人明日去園中祭告天地，結為異姓兄弟，同心協力，商計大事，如何？」

劉備、關羽大喜齊聲應和說：

「正合我心！明日三人結拜去便了！」

第二天，在桃園中，張飛準備了烏牛、白馬、祭禮，三人焚香，祝告天地諸神，再拜之後，口頌誓詞說：

「劉備、關羽、張飛，我等三人雖不同宗，既然結為異姓兄弟，必定同心共力，救助無辜，報效國家；不求同年同月同日生，只願同年同月同日死。天地諸神明鑒，三人若忘恩背義，甘受天人共罰。」

三人立誓後，依長幼次序拜劉備為長兄，關羽居中，張飛為弟。然後殺牛設酒，聚集鄉中勇士三百多人，在桃園中痛飲一番。正飲得酒酣，有兩客來訪，一位是張世平，一位是蘇雙，兩人都從事販馬的生意。劉備遂置酒款待，並談到諸人討賊安民的心意，兩客大喜，願意奉送五十匹良馬，五百兩金銀，一千斤鑌鐵。劉備送別兩客後，便命鐵匠打造一雙兵器，給關羽和張飛使用。關羽用的是一柄青龍偃月刀，又稱冷豔鋸，重八十二斤；張飛用的是一把丈八點鋼矛。三百多位勇士並打鑄全身鎧甲，又聚集鄉勇二百人，因鄒靖引薦去見太守劉焉。劉焉十分高興，認劉備為世姪。

數天後，黃巾賊將程遠志統兵五萬來進攻涿縣，劉焉便命劉備等三人率兵五百前去破敵。劉備領軍到大興山下，只見眾賊披頭散髮，額紮黃巾，來勢洶洶；劉備在關羽、張飛左右護翼下，揚鞭大罵：「叛國反賊！還不早早投降?!」

程遠志和副將鄧茂騎馬直奔過來，張飛手舉丈八蛇矛刺出，直入鄧茂心窩，鄧茂翻身落下馬，程遠志見了大驚，拍馬舞刀，關羽縱馬迎上，大刀一揮，程遠志被斬為兩段。敵軍大亂，紛紛拋下武器，只顧逃命。劉備指揮大軍追殺，投降的也不在少數。劉備領軍大勝而回，劉焉大喜，親自犒勞軍士。

第二天，劉焉又接到青州太守龔景的牒文，說是城被黃巾賊包圍，已快不能支持，請求救援。劉焉立即派劉備率領關、張兩人往青州解圍。當援兵初抵青州，劉備兵五千即與賊軍混戰，寡不敵眾，劉備即令軍士後退紮營，對關、張兩人說：

「敵軍多，我軍少，如今必定得出奇兵制敵，方能取勝。」

於是便命關羽率領一千軍在山左埋伏，張飛引一千軍在山右埋伏，以鳴金為號。劉備和鄒靖，親自領軍擊鼓鳴鑼，以期引起敵軍的注意，一當敵軍迎戰，劉備軍便假裝敗退，敵軍不虞有詐，追殺過來，方過山嶺，劉備軍一齊鳴金，關、張兩軍分別從山左、山右湧出。劉備、鄒靖軍又回身力拚，三路夾攻，賊軍大敗，青州之圍遂解。

青州太守龔景大事犒勞，鄒靖欲回軍幽州，而劉備說：

「聽說中郎將盧植和賊首張角在廣宗交戰，我曾以師禮事盧植，想要去助其一臂之力。」

劉備與關羽、張飛帶了五百軍開往廣宗，見過盧植，盧植對劉備說：

「今日我被反賊圍困在此！張角之弟張梁、張寶正在潁川和皇甫嵩、朱雋對壘，我給你一千兵馬，請兄前往潁川探聽消息，約定日期，合力圍勦如何？」

劉備遂連夜趕路，前往皇甫嵩、朱雋處，此時賊戰不利，退入長社，在長草中紮營。因為賊軍在草中結營，皇甫嵩與朱雋設計，可用火攻。遂下令軍中，每人手持茅草一束，暗地埋伏，到半夜大風起時，一齊縱火。皇甫嵩和朱雋領兵出戰，賊軍迎戰不能勝，而營寨又火焰漲天，軍心大亂，兵士四散奔逃。皇甫嵩率軍殺至天明，張梁、張寶領殘軍奪路逃走。

當張梁、張寶正惶恐竄逃的時候，一隊打著紅旗的軍馬把張梁、張寶攔住。為首的是一個身長七尺，細眼長鬚的官員，這人姓曹，名操，字孟德，是中常侍曹騰的養子。因黃巾之亂，官拜騎都尉，領軍五千，奉命來潁川助戰。正遇張寶、張梁敗走，天縱良機，曹操攔住張梁、張寶軍大殺一陣，斬首萬人，又奪了許多旗旛、金鼓、馬匹，張梁、張寶奮力逃脫，曹操急忙領兵追趕。

劉備領了關、張二人來到潁川支援，只聽見一片喊殺之聲，皇甫嵩來迎，把一切經過告訴劉備，並要劉備等人前往廣宗，對付張角。劉備領命，在回路上，只見一輛檻車，有軍馬護送，車上的囚犯正是盧植，眾人大吃一驚，劉備從馬背跳下，急忙問其緣故，盧植說：

「我軍圍張角，不能即時有戰功，朝廷差宦官左豐來探問消息，又向我索取賄賂，我回答說：『連軍糧都不夠，哪來閒錢奉承來使？』左豐懷恨之餘，回到朝廷竟說我治軍不力，軍紀隳敗，又築高城牆不應戰，因此派中郎將董卓來代替我，要把我押回京問罪。」

張飛一聽，怒不可遏，便要殺護送的軍人來救盧植。劉備趕忙喝止，說：

「朝廷自當依法辦理，你怎能意氣用事？」

關羽眼見盧植被捕，便建議不如引軍北返，回到涿郡。走了兩天，三人忽然聽見山後傳來一片殺喊的聲音，上馬從高岡往下看，只見漢軍大敗，後面漫山遍野都是頭裹黃巾的賊兵，又有一面大旗，上寫「天公將軍」。劉備說：

「這就是張角的軍隊，快，我們迎上去！」

三人領兵迎擊張角，張角正俘虜了董卓，殺得興起，忽然衝來了援軍，於是局勢大亂，張角的部下紛紛敗走，劉備和關、張兩人遂救了董卓。回到營中，董卓便問三人現在擔任什麼職務？劉備說：

「目前並未擔任官職。」

董卓一聽，十分輕視的樣子，救命之恩也不謝了。張飛大怒，說：

「這傢伙太驕傲無禮！我們親自衝鋒陷陣，拚命血戰，才救了他的性命，如今不殺了他，實在消不了胸中這口怨氣！」

張飛說畢，就要提刀進帳去殺董卓，劉備和關羽趕緊一把拉住，說：

「董卓是朝廷命官，怎可說殺就殺？三弟快快回來！」

張飛十分生氣，便大聲說：

「要是不殺這傢伙，反而要在他之下聽命，我絕不甘心！二位兄長要留在此，我自己一人投往別處就是了！」

劉備一聽，立即應道：

「我三人情同手足，同生同死，怎能輕言分離？不如三人都投靠別處去吧！」於是，三人便連夜趕路，去投靠朱雋。朱雋對他們十分禮遇，四人合力進兵，攻破了張角之弟張寶領的八九萬大軍。之後，朱雋又與劉、關、張攻下陽城，收服了黃巾餘黨韓忠。於是朱雋表奏劉備有功，劉備因得除授中山府安喜縣尉，關羽、張飛隨侍在劉備左右，食則同桌，寢則同床。劉備到縣不過數月，深得縣民愛戴。

這時卻因朝廷所差督郵來到安喜縣，劉備不肯行賄，反被指責為「迫害縣民」，三人不得已，只好離開安喜，前往代州，去投靠劉恢。劉備因劉恢的推薦，而任平原縣令之職，此時距中平元年黃巾作亂，已過了五個年頭。

二、孟德獻刀

中平六年，夏四月時，靈帝病危，召大將軍何進入宮，準備商議後事。這何進原是個屠夫，因為妹妹入宮，被靈帝選為貴人，生下皇子辯而被冊為皇后，因此何進得以專權。

後來靈帝又寵幸王美人，王美人生下皇子協，何后嫉妒，毒殺王美人，皇子協因此養於董太后宮中。董太后每每勸靈帝立皇子協為太子，靈帝也偏愛皇子協。因此當病重時，宦官蹇碩上奏，以為要立皇子協，得先殺何進，以絕後患。於是靈帝便宣召何進入宮。

何進奉旨來到宮門，遇見軍司馬潘隱，潘隱和何進一向交好，因此急勸何進返回，並把蹇碩的奏言告訴他。何進大為吃驚，趕忙回宅，召集大臣，想要殺盡宦官。忽然，座中有一人挺身說：

「宦官豈是容易殺盡！在我朝沖帝、質帝時，宦官專權就到了不可收拾的地步。如今將軍想盡殺宦官，如果事機不密，消息洩漏，必定會招致滅門之禍，還請將軍仔細考慮。」

何進一看，說話的人正是典軍校尉曹操。何進心想，這是何等大事，怎容他隨意發言，就喝叱他道：

「你這小輩，哪裡清楚朝廷大事！」

大家正在躊躇時，有人進言，說靈帝已駕崩，蹇碩與諸宦官商議先立皇子協為帝，而後才發布靈帝駕崩的消息。何進尚未意會，宮中使者已來到，宣何進入宮商計後事。

何進與司隸校尉袁紹，點了御林軍五千，全身披掛；又引何顒、簡攸等大臣三十餘人，相繼入宮，以先聲奪人。何進率眾來至宮中，就在靈帝靈柩前，先立太子辯為皇帝。

同年六月，何進又派人毒殺董太后。不久，何進又打算召外兵協助殺盡宦官，曹操遂向何進諫道：

「宦官為禍，古今皆有，只要在位國君不將權勢輕易交下，便不至於為害國家。如今將軍想要治之以罪，也不過只需處分其領頭的人。如果想要召外兵協助殺盡宦官，事情必然洩漏，結果必定會失敗！」

曹操的諫言似一頭冷水潑下，何進一聽，大怒道：

「孟德，你是別有所圖嗎？」

曹操未料何進會發怒，只好一言不發，立即退了下去，心中暗想：將來使天下大亂的，恐怕就是這個何進了。

就在何進謀誅宦官的時候，破黃巾賊無功的董卓，此時卻因賄賂宦官，又結交朝廷中的顯要，竟又任官，統領西州大軍二十萬，時時有篡弒之心。侍御史鄭泰曾告訴何進，以為董卓其人恰似豺狼，不可引入京城。何進卻認為鄭泰多疑，不值得與他商量大事，而盧植也曾上諫說：

「我向來知道董卓是何許人！這人面善心狠，只要一入朝廷，必然引起禍患。當今，最要緊的就是阻止他進京，以免有不測之變。」

何進也不聽盧植的勸告，由於他的剛愎，許多部下都棄官求去。此時，董卓正在澠池，按兵不動。張讓等宦官獲悉了何進的陰謀，就要求何太后替他們說項，又要求太后請何進入宮，好在宮中向何進請罪。太后乃降旨宣何進入宮，何進的主簿陳琳勸諫說：

「太后此詔，定是那批宦官之計，千萬去不得！」

但何進一無戒心，他說：

「太后詔我，會有什麼禍事？如今我已掌握天下大權，宦官又能奈何得了我？」

袁紹與曹操，便選了五百精兵保護何進前往長樂宮，有一位宦官傳旨道：「太后只傳大將軍，其餘人不得進入。」將袁紹、曹操擋在宮外。何進昂然進入，張讓、段珪兩人左右圍住何進，責備他毒殺國母董太后，不待何進尋路逃走，一刀將他砍為兩段。

袁紹、曹操久等不見動靜，只好在宮外大呼，張讓便將何進的首級從牆上拋出來，袁紹厲聲大喊，五百人齊來響應，在青瑣門外放起火來。袁、曹兩人引兵入宮，只要見到宦官，不論年紀大小，一律殺絕。當日號為十常侍中的趙忠、程曠、夏惲（ㄩㄣˋ yùn）、郭勝四人被剁為肉泥，宮中火焰衝天，而張讓、段珪（ㄍㄨㄟ guī）、曹節、何覽四人將少帝、皇子協劫走。袁紹又下令軍士，凡是宮中無鬚的男人，統統殺死，此時曹操一面救宮中之火，一面請何太后暫時管理大事，一面派人追趕張讓，尋回少帝。

張讓等人劫走了少帝與陳留王皇子協，忽聞後面喊聲大起，張讓眼見情況危急，就投河自殺了。少帝二人逃走，步行到五更天，只見一所莊院，莊主崔毅得知是天子，就扶二人入莊，跪進酒食。

之後，將瘦馬一匹牽給少帝乘坐，一群人護擁著往京城而去，行不到數里，忽見一片旌旗塵土遮天，眾人大驚，少帝渾身戰慄，口不能言，陳留王勒馬向前喝道：

「來人是誰？」

大隊人馬中閃出一人，卻是董卓。董卓回答說：

「我是西涼刺史董卓。」

陳留王驚問：

「你是來保駕？還是來劫駕？」

董卓順聲回答說：

「特來保駕！」

董卓下馬，行叩拜大禮，陳留王和董卓談話，一無錯失，而少帝則顯然怯懦，董卓便暗自立願，要廢立少帝，重立陳留王。此時董卓又招誘何進部下，兵權在握，威重一時。

同年九月董卓即廢少帝，立陳留王協，即是獻帝。獻帝年方九歲，董卓即自稱相國，上朝不拜，作威作福，又命李儒以毒酒毒殺少帝及何太后。每夜入宮，荒淫無道，又濫殺無辜，草菅人命，姦淫擄掠，無所不為。

一時，有志之士見董卓暴虐無道，皆憤恨不平。當時有一名越騎校尉，名叫伍孚，見董卓如此過分，常在朝服內藏一把短刀，想要伺機殺死董卓。一日，伍孚至閣下迎接上朝的董卓，拔刀就刺，董卓不料有變，倉卒間急忙用兩手摳住伍孚，他的兒子呂布趕來，揪倒伍孚，董卓大怒，問：

「是誰指使你造反？」

伍孚瞪目大喝，說：

「你又不是我的國君！我也不是你的屬臣，豈能說是造反？你罪大惡極，是人就應當殺了你！我只遺憾不能把你五馬分屍！」

董卓大怒，命人將伍孚推出去用小刀凌遲，而伍孚至死罵不絕口！

從此之後，董卓出入都帶甲士護衛，一刻也不離身！當時袁紹聽說董卓挾天子以自命，就派人送密書給王允，探詢謀殺董卓的方法。

有一天，王允遇見眾多舊臣，便請他們到家小酌。當晚，酒過三巡之後，王允忽然掩面大哭，眾官吃驚，驚問是何緣故？王允乃說：

「今天我邀約眾位，託言在舍下小酌，只是怕董卓起疑。董卓這賊欺主弄權，恐怕國家難保！想起從前高祖滅秦始皇，打敗項羽，才建立起漢家天下，大好江山，誰想到今天竟然敗於董卓之手？我念及此，才忍不住流下淚來。」

眾人感觸良多，也紛紛哭了起來，其中有一人偏偏撫掌大笑，說道：

「滿座百官，從晚上哭到天亮，從天亮哭到晚上，能哭得死董卓嗎？」

王允聞言一看，竟是驍騎校尉曹操！大怒說：

「你祖先吃的也是漢家俸祿，作的也是漢家職官，如今竟不想報國而反嘲笑在座諸君，你的居心何在！」

曹操正色說：

「我之所以笑，乃是笑眾位想不出一條計策去殺董卓；我雖然沒有什麼才能，然而立志斬斷董卓首級，懸在城門下，以示天下之人！」

王允一聽曹操的慷慨陳辭，遂辭退眾客，單獨與曹操密談，王允問道：

「孟德，你有什麼高見？」

曹操答道：

「最近我事奉董卓，在他手下做事，我的目的實在是想得一機會除去奸賊！如今，董卓對我好似頗為信任，我時常有機會接近他。聽說司徒您有一口七星寶刀，希望能借給我，我進入相府時，伺機刺殺，洩我心頭大恨！」

王允大喜，以為曹操真是有心之人，遂親自布酒招待，席間曹操瀝酒發誓，王允遂把寶刀給了曹操。

第二天，曹操佩著寶刀，來到相府，遇人就問丞相在何處？有人回答說：「丞相在小閣中。」曹操入見，只見董卓踞坐在床上，呂布侍立其後。董卓怪道：

「孟德，你何故遲來？」

曹操說：

「回丞相，操騎了一匹老馬，所以躭擱了時辰。」

董卓回頭對呂布說：

「前天西涼國人進獻了幾匹好馬，奉先，你去親自揀一匹送給孟德。」

呂布走後，曹操心中暗想，這可是天賜良機，於是自腰間拔出刀來，想要行刺，又恐怕董卓力氣大，不敢輕舉妄動。董卓體肥，不耐久坐，就倒下身去，面轉向床裡，曹操又想：「這賊今天合該命終！」急忙把寶刀從刀鞘抽出，正要刺時，不料董卓從照衣鏡中看見曹操在背後拔刀，連忙回身喝止：

「孟德！你作什麼？」

這時呂布已經牽馬來到閣外，曹操倉皇之中，立刻持刀跪下，說：

「我有一口寶刀，正要獻給恩相。」

董卓接過來一看，這把刀長七尺餘，刀柄的嵌飾十分精美華麗，刀刃又極其鋒利，心中又疑惑、又高興，遂命呂布拿去收了。董卓引曹操出閣看馬，曹操向董卓道謝，忙說：

「真是良馬，希望恩相准我試騎一番！」

董卓便把鞍轡交給曹操，曹操牽馬走出相府後，立即躍上馬背，加鞭快馳，竟往東南方飛奔而去！董卓大怒，才曉得他真是來行刺的。

三、孫堅匿璽

在黃巾亂起的時候，吳郡富春地方有一位姓孫名堅的年輕人，是春秋時孫武子之後。十七歲時曾與父親到錢塘遊玩，看見海賊十餘人正搶掠商人財物，在岸上分贓。孫堅立刻奮力提刀上岸，揚聲大叫，作指揮狀，海賊誤以為官兵駕到，於是拋下財物就逃。孫堅因此被推舉為校尉。黃巾之亂大熾時，孫堅又聚集鄉中少年一千五百人組成精兵，上會稽縣助朱儁攻城，結果斬賊廿餘萬人。

等到曹操刺殺董卓失敗後，各路英雄好漢紛紛集合，商議進兵之策，力圖恢復漢室，孫堅也在群中。這時，曹操宰牛殺馬，大宴諸侯。會中太守王匡進策，以為既奉忠義之名，要討亂賊董卓，就當立盟主，以免群龍無首。曹操乃推薦袁紹，起初袁紹再三推辭，而後在眾人堅持之下，袁紹登上了壇，與群雄焚香歃血，以表同心。並說：

「今日我等既立盟主，就當聽任差遣，不計強弱，同心協力，以利國家。」

袁紹高居首位，環視四周，乃說道：

「我無德無才，今被群賢推舉，定當奮力以赴，有功必賞，有罪必罰。國有國法，軍有軍紀，唯望諸君與我共同遵守，以維綱紀。如今，我等當分路部署，各負己責。舍弟袁術可任總督糧草，供應諸營所需，不使有缺。目前更需要一人為先鋒，前往汜水關挑戰，其餘諸人分據各要塞，以為接應。」

孫堅此時已任長沙太守，聞言便自告奮勇，說：

「我自願任先鋒的工作，前去誘敵。」

袁紹也認為孫堅正是合適的人選。孫堅遂引本部軍馬殺往汜水關，孫堅手下有四將：程普，使一條鐵脊蛇矛；黃蓋，使鐵鞭；韓當，使一口大刀；祖茂，使雙刀。孫堅則身披銀鎧，閃閃發光，手持大刀，騎花鬃馬，在關上罵陣。董卓手下華雄的副將胡軫帶兵五千出關迎戰，被程普刺中咽喉，死於馬下。

孫堅揮軍攻關，但關上擲下大小不等的石塊，隨著箭矢，如雨般地下來。孫堅不得已引兵回到梁東紮營，派人向袁術報捷，又要求支援糧食。在袁術的謀士中，有一人因此遊說袁術，認為孫堅就如江東的一頭猛虎，如果他攻下洛陽，殺了董卓，就如同除去了狼禍而又有虎患一樣！當今最好的打算，不如將糧食扣押，斷絕孫堅的支援，而後收「鷸蚌相爭」之利！袁術覺得這話說得甚是有理，於是不發糧食。

在孫堅營中，因此軍心大亂。次日，華雄引兵下關，到孫堅寨前，已是半夜，華雄鼓譟直進，孫堅慌忙上馬應戰，雙方正鬥得不可開交時，華雄的謀士李肅便教軍士放起火來，孫堅部下軍士只好到處竄逃，孫堅、祖茂兩人趕忙縱馬逃走。祖茂對孫堅說：「主公，你頭上紅色的包巾太顯目了，容易被賊人辨認，請您脫下和我交換吧。」

孫堅就將紅色頭巾給祖茂戴，自己戴了祖茂的頭盔，分兩路逃走。華雄的部下只望著紅巾追趕，孫堅乃趁機從小路逃走。祖茂被華雄追趕得緊急，索性將紅巾掛在人家燒過的庭柱上，自己躲到樹林中。華雄的部下在月下，遠遠瞧見紅巾，遂從四周圍住，發箭射出，卻不見動靜，上前去細看方知中計，於是向前取了紅巾。這時祖茂從林中殺出，揮雙刀要劈華雄，華雄大喝一聲，將祖茂一刀砍下馬。到天破曉時，程普、黃蓋、韓當三人，便來尋孫堅，再收拾軍馬、紮營；孫堅則因為祖茂為救自己而死，十分感傷。

在袁紹營中，此時已知孫堅敗於華雄之手，便聚集眾諸侯商議，正商議時，忽然探子來報：華雄用長竿挑著孫堅頭巾，來寨前罵戰。袁紹便命驍將俞涉、潘鳳前去應戰，不想兩人交戰不及三回合，都被華雄殺下馬來，袁紹和眾人大驚失色。忽然階下有一人大呼而出，嚷著要去斬華雄頭，原來是丹鳳眼、臥蠶眉，面色如赤棗、聲響如洪鐘的關羽。袁紹便問：

「這位勇士，如今任何職？」

關羽回說任劉玄德的弓手，袁紹便心中不樂，以為小小的弓手，何足以匹敵勇猛的華雄？此時曹操便說：

「這人儀表不俗，華雄哪裡知道他只是一名弓手？」

而關羽也說：

「這次我去和華雄挑戰，如果失敗，願意請斬。」

曹操遂教人燙了一盅酒，要關羽飲了再上馬。關羽說：

「酒且斟好，我去去就回！」

說著，走出營帳，手提大刀，飛身上馬。眾諸侯只聽得關外鼓聲大作，喊聲大揚，好似天地崩塌，群山動搖。眾人大驚失色，正欲派人去探聽，只見關公提了華雄的頭，回到帳裡，把斬下的首級擲向地面，而曹操所熱的酒，此時尚溫，正合入口！

話說在董卓處，董卓聽說上將華雄被殺，急忙召集李儒、呂布商議，一面派兵殺了袁紹叔父袁隗，又起兵二十萬要來攻袁紹。

董卓先將軍隊分作兩路，一路由李傕（ㄐㄩㄝˊ jué）、郭汜引五萬兵，把住汜水關靜候；董卓自己率領十五萬人，和李儒、呂布、樊稠、張濟等人把守虎牢關，當軍馬已開到虎牢關上，董卓命呂布領三萬大軍，先去關前紮營。

袁紹手下的探子見到呂布已到關前，急忙來報，袁紹乃令王匡、喬瑁、孔融、張揚、公孫瓚等八路諸侯往虎牢關迎敵，曹操軍則往來救援。八路諸侯各自起兵，河內太守王匡引兵先到，呂布帶領三千鐵騎，飛奔而來。只見呂布頭戴三叉束髮紫金冠，身穿西川紅錦百花袍，外加獸面吞頭連環鎧，腰繫勒甲玲瓏獅蠻帶，弓箭隨身，手持畫戟，騎坐著嘶聲作響的赤兔馬，果然是拜董卓為義父的「人中呂布，馬中赤兔」。呂布驍勇善戰，轉瞬間，王匡便被呂布一戟刺落馬下。八路諸侯，一齊上馬，呂布在高處望見，先來衝陣，張揚部將穆順出馬不敵，孔融部將武安國上陣又不敵，曹操建議說：

「呂布忒會作戰，當今我方可會合八路諸侯共議良策，只要擒住呂布，董卓就容易對付！」

眾諸侯商議時，呂布又引兵前來挑戰，八路諸侯軍一齊上陣，公孫瓚親自迎戰呂布，不敵敗走。此時但聽得一聲大喝，張飛飛馬趕來，大叫：

「三姓家奴休逃，我張飛在此！」

呂布見了張飛，抖擻起精神，和張飛交手，連戰數十回合，不分勝負；關公見了，把馬一拍，便舞起八十二斤青龍偃月刀，來夾攻呂布，戰到三十回合，又擊不倒呂布；玄德一看，遂即掣雙股劍，騎上黃鬃馬，也來助戰。這三個人圍住呂布，就像轉燈兒般地繞著，奮力廝殺，八路人馬看得都呆了！呂布招架不住，往玄德面上，虛刺一戟，玄德急忙閃身，呂布趁機倒拖畫戟，飛馬跑回。劉、關、張三人急急趕上，來到關下，只見關上西風飄動著的青羅傘蓋，三人知是董卓所在，想要進攻，而關上矢石如雨般射下，劉、關、張及八路諸侯不得已退了回來。

在袁紹的營帳中，袁紹正下令孫堅進兵，孫堅帶著程普、黃蓋卻來到袁術寨中，孫堅以杖擊地，說：

「董卓原來和我並無仇隙，而我為了列位諸侯，奮不顧身，先行去挑戰，上為國家，下則為了將軍個人，將軍你卻聽信讒言，不發軍糧，以致我軍失敗，你這樣做，良心可安？」

正當孫堅嚴責袁術之時，忽然有人來報說：

「關上有一將，乘馬而來，要見孫將軍。」

孫堅一見，這人乃是董卓愛將李傕。李傕說：

「丞相敬佩的人，在諸侯之中，只有將軍一人，如今，特派我來和將軍結親，丞相有女，想要匹配給將軍。」

孫堅一聽，怒不可遏，罵道：

「董卓逆天無道，殘暴昏昧，我正想要殺他九族，以謝天下之人，如何能和逆賊結親！我不殺來使，饒你一命，你趁早離開，如果你還喋喋不休，我一定叫你粉身碎骨！」

李傕回去後，在董卓面前，直嚷孫堅無禮。董卓亦十分生氣，李儒乃建議董卓，不如領兵回洛陽，而把少帝遷往長安！因為缺少錢糧，又聽信李儒的話，在洛陽遍捉富戶，有數千家之多，在他們頭上插上「反臣逆黨」的大旗，推出斬首，而後奪取他們的財寶金器；又驅趕洛陽數百萬人民前往長安，軍隊押著百姓，在途中倒地而死的人，數也數不盡。

董卓又放任軍士奪人糧食，侮辱婦女，一路上啼哭之聲，真是驚天動地！臨行前，又在洛陽各城門放火，火燒居民房屋，以及宗廟、官府，南北兩宮，洛陽的建築，一時幾乎成了廢墟。董卓又差呂布去挖掘先皇及后妃的陵墓，奪取陪葬的寶器，軍士也趁機大掘官民墳塚，將金珠緞疋，載了幾千車，押了天子、后妃，開往長安。

此時，董卓手下的一員大將趙岑，見董卓已棄洛陽而去，便獻了汜水關。孫堅乃驅兵先入，只見洛陽火焰沖天，黑煙鋪地，孫堅就救滅了火，令諸侯各於荒地上紮營，安頓人馬。

這時，曹操來見袁紹，責問他何以不乘勢追趕董卓？袁紹託辭諸侯疲困，恐怕無法得逞。而眾諸侯也以為不可妄動，曹操一聽大怒，遂自領兵萬餘，命夏侯惇、夏侯淵、曹仁、曹洪連夜追趕董卓。大軍一行到滎陽，董卓用李儒計，命呂布埋伏在滎陽城外山旁，以偷襲來兵。呂布眼見曹操軍漸近，就將軍馬擺開，兩軍大戰起來，夏侯惇、夏侯淵抵擋不住，曹操只好棄軍自滎陽退回，在一荒山腳下埋鍋炊飯。不料，徐榮伏兵又殺到，曹操慌忙上馬逃走，徐榮搭上了箭，射中了曹操的肩膊。而後兩個軍士將曹操捉住，正在刻不容緩之際，曹洪騎馬衝來，揮刀將兩軍士砍死，在逃亡途中，夏侯惇、夏侯淵又領數十人前來營救，曹操終於能回到營中，乃決定聚集殘兵，回到河內。

在洛陽的眾諸侯，此時正分別在各處屯兵。孫堅救滅了宮中餘火，將營帳安紮在建章殿前；又命軍士掃除殿中瓦礫，凡是董卓所挖掘的陵寢，全部加以掩蔽。他還命人在太廟前，構築了簡單的三間殿屋，請眾諸侯立先人的神位，以太牢來祭祀先人。這一夜，星月交映下，孫堅按劍而坐，仰觀紫微星座，一片漫漫白氣籠罩著，低頭俯想人間的動亂，孫堅嘆息道：

「帝星不明，以致賊臣誤國，生靈塗炭，京城不保！」

說完了，眼淚便禁不住地流了下來。

孫堅正在傷感時，殿中有一軍士自井中得到一方玉璽，方圓四寸，上面刻著五龍，印旁缺一角，鑲以黃金，璽上有篆文八字，是「受命於天，既壽永昌」。孫堅得到這方玉璽，並不知道來歷，程普便將這玉璽的來歷一一說明，並且說：

「今天主公得到這方玉璽，是天授與的，將來必能登上天子之位！此處不能久留，我軍還是速回江東，再行圖謀大事吧。」

兩人商議已定，便拔營離開洛陽。袁紹恨孫堅得玉璽而不交出，乃差人連夜送書給荊州刺史劉表，希望劉表在半路攔截孫堅。

此時，曹操見袁紹、孫堅等人各有異心，不能合力完成大事，遂自領兵，投往揚州。玄德和關、張兩人聽公孫瓚的建議，離開袁紹。為防有變，乃拔營北行，到平原守地養軍。袁紹見眾人各自分散，也就領兵拔營，離開洛陽，投往關東。

在荊州，劉表因袁紹的要求，在半路擊敗孫堅。孫堅幸得程普、黃蓋、韓當三員大將相救得以脫險，而軍隊折了一半，孫堅等人便急忙奪路回到江東，劉、孫兩人因此結為死敵。

稍後，袁術向劉表借軍糧，劉表不給，袁術遂挑撥孫堅伐劉表。孫堅也打算報仇雪恥。孫堅有四子：孫策，字伯符；孫權，字仲謀；孫翊，字叔弼；孫匡，字季佐。孫堅命黃蓋在江邊安排戰船，攜著孫策，殺向樊城，大勝；大勝之餘，又領兵要圍攻襄陽。

此時劉表手下謀士蒯良獻計，要健將呂公領一百人上峴山，尋石子並執弓伏在草叢樹林中。又令五百人馬出陣誘敵，追兵到山下時，山上埋伏的百人便矢石俱發，然後城中軍士便出來接應，兩面夾殺。果然，當孫堅和呂公交手，呂公詐走，孫堅隨後趕入，忽然一聲鑼響，山上石子亂下，林中亂箭齊發，孫堅身中石箭，腦漿迸流，人馬都死在峴山之下。孫策只得把父親葬在曲阿附近，罷戰回江東，在江都安頓下，努力招賢納士，羅致人才，而由於孫策屈己待人，一些豪傑也都漸漸投附他，樂於為他所用。

四、計獻貂蟬

董卓來到長安以後，放肆奢華，一日甚於一日。聽說孫堅已死，十分高興，以為除去心腹大患。又得知孫策才十七歲，董卓更不以為意，從此愈加驕橫，自號「尚父」，出入所行都是天子之禮，有儀仗隨行。董氏宗族，不問年長年幼、無不封侯。

董卓在離長安城二百五十里處，驅役百姓二十五萬人築郿塢，城郭高下厚薄，完全和長安相同，城內宮室倉庫之中，又屯積了足夠二十年食用的糧食，強選民間少年及美女八百人，令他們離家背井住在郿塢。而在郿塢堆積的金銀財寶，已到無法勝計的地步。董卓時而往來長安，公卿還得列隊在城門外送行！

有一天，董卓出城門，大列賓宴，百官送行的時候，忽然從北方招降來的降卒有數百人經過此地。董卓即命人把他們抓到座前，或砍斷手足，或鑿出眼睛，或割掉舌頭，或用大鍋煮，哀叫的聲音震天動地。百官看了這一幕，無不膽顫心驚，站也站不住，坐也坐不穩，連手中的筷子也掉了下來，然而董卓卻談笑自若。董卓的濫殺無辜、草菅人命，也是到了令人不能忍受的地步。

司徒王允是個有心人，眼見董卓如此殘暴，總想設計除去他。一日，王允步入後園，在荼蘼架側仰天垂淚，忽然聽到有人在牡丹亭畔長吁短嘆。王允悄悄地走過去一看，原來是府中的歌妓貂蟬。這貂蟬自幼選入府中，色藝俱佳，王允對待她就像親生女兒一樣。王允便問她是何緣故，到了入夜時分還在園中長嘆？貂蟬回答說：

「妾蒙大人教養，自小訓練歌舞、學習禮儀，雖是粉身碎骨，我也難報教養之恩。近來只見大人兩眉深鎖，想來必是國家大事困擾，今晚又見大人坐立難安，因此長嘆。大人如果用得著妾，妾絕不推辭。」

王允一聽，忽然靈機一動，用手杖擊地說：

「沒料到大漢天下卻掌握在妳的手中！來，貂蟬，隨我到畫閣中來！」

王允和貂蟬來到閣中，王允忽然跪下，貂蟬大驚，急忙扶起。王允說：

「如今董卓專權，百姓痛苦不堪，正待人援救。又聽說董卓即將篡位，朝中文武百官，都無計可想。董卓有一位義子，名叫呂布，這人十分驍勇，幫著董卓為非作歹，濫殺無辜，這兩人務必要除去，天下生靈方能安居。我看呂布和董卓兩人都是好色之徒，我想用連環計，先把妳許嫁給呂布，然後把妳獻給董卓，用來離間他們父子的感情，叫他們父子反目，使呂布殺了董卓，然後再建立大漢社稷。妳是否願意解救天下蒼生？」

貂蟬一聽，便回答王允說：

「妾願意藉此報答大人！大人可以盡快把我獻出，妾心中自有盤算！」

第二天，王允將家藏的幾顆夜明珠，命良工嵌造金冠一頂，叫人密送呂布。呂布便親自到王允府邸來道謝，王允請入後堂，殷勤勸酒，酒至半酣，二名著青衣的婢女引著貂蟬出來，呂布一見，驚為天人。王允說道：

「這是小女貂蟬。允承蒙將軍錯愛，將軍對於我，就好像至親一樣，所以令小女前來和將軍相見。」

王允便命貂蟬把盞勸酒，貂蟬和呂布兩人，眉來眼去，呂布請貂蟬坐，貂蟬假意要進去，王允便勸止貂蟬，假稱將軍是至友，稍陪坐無妨。貂蟬便坐在呂布旁邊，呂布目不轉睛地看。又飲過數杯酒後，王允便問呂布，願不願意納貂蟬為妾？呂布大喜過望，連聲道謝！王允許諾再過數天，定將貂蟬送入呂布府中。並說：

「王允本來想留將軍在舍下過夜，但恐怕太師懷疑。」

過了幾天，在朝堂上，王允見呂布不在，伏地向董卓邀請到家中小宴，董卓同意前往。

王允回到家中，在前廳大事布置，以錦繡鋪地，內外各設幔帳，預備許多山珍海味。

次日近中午時分，董卓來到，王允穿上朝服跪迎。在席間王允不住地讚美董卓，將他比為伊尹、周公，董卓十分高興。天晚酒酣時，王允又請董卓進入後堂，王允捧著酒杯阿諛董卓理當繼漢室為天子，董卓更樂。當堂上點上畫燭，王允便告訴董卓，要請家妓獻歌舞。王允放下簾櫳，笙簧聲起，貂蟬在簾外起舞。舞罷，貂蟬又轉入簾內，向董卓深深再拜，董卓一見，驚為天人，稱賞不已。王允乃命貂蟬敬酒，董卓笑道：

「真正美如天仙！」

王允就說：

「允想把這妓獻給太師，不知太師是否肯接納？」

董卓大喜，再三稱謝。王允就命人駕車，把貂蟬送入相府。回程時，車行到半途，只見呂布騎馬執戟而來，呂布一見王允，便一把揪住衣襟，厲聲問道：

「有人告訴我，你用車把貂蟬送入相府，是何緣故？你既然以貂蟬許我在先，怎麼又把貂蟬送給太師？你如何這般戲弄我！」

王允連忙請呂布到家中，說道：

「將軍如何能怪我？昨天太師在上朝時對我說，要到舍間，有事相告，允因此準備，等候太師。酒席間，太師對我說：『我聽說你的女兒名喚貂蟬的，已許配我兒奉先，我想看一看貂蟬。』老夫一聽太師此言，不敢違命，便喚貂蟬出來見太師，太師說：『今日是良辰，就是今天，我把你女兒帶回去，和奉先完婚吧。』將軍，您想一想，我王允豈有不答應之理？」

呂布聽了這番解說，自覺魯莽，便向王允道歉，遂回府去了。到了次日，呂布到太師府中打聽，一點消息也沒有，呂布直入中堂，侍妾們對呂布說：「太師和新人共寢，還未起身呢！」

呂布一聽，憤然大怒，就偷入董卓臥房，這時貂蟬已起身，見窗下池中有一人影，正是呂布，貂蟬隨即故蹙雙眉，作憂愁不樂之貌，又頻頻以香巾拭淚。當董卓起身用餐，呂布侍立在董卓背後，但見繡簾內，貂蟬微露半面，以目傳情，呂布真是神魂飄蕩，董卓一見，心中猜忌呂布，便令呂布退出。

從此以後董卓為美色所迷，經常三四十天不理政事。有一回，董卓患病在床，貂蟬衣不解帶地細心看護，董卓心喜，而呂布卻常藉探病的機會前往董卓寢室和貂蟬相見。有一次董卓正假寐時，貂蟬以手指心，又以手指董卓，揮淚不止！呂布覺得十分心碎。正在眉目傳情時，董卓朦朧中看見呂布目不轉睛地注視著貂蟬，就大怒罵呂布說：

「小子大膽，竟敢戲弄我的愛姬！」

董卓把左右叫來，拉呂布出門，不許他再進入內室。呂布憤恨而歸。

董卓病癒後，入朝議事，呂布執戟相隨，見董卓與獻帝正談得起興，便溜回相府，尋找貂蟬，貂蟬要呂布到後花園談話，呂布遂提戟前往，在鳳儀亭旁等候。不久，見貂蟬分花拂柳而來，正如月宮中的仙子，貂蟬哭泣著對呂布說：

「妾雖非王司徒的親女，然王司徒待我如己出，妾自從見到將軍，又得父命許配將軍，於願已足！不料太師起不良之心，將妾淫汙，妾憤恨而尚未自盡，就是等著和將軍一見！如今能見到將軍，表明心願，真是死而無憾了。」

貂蟬說完，手攀池邊的曲欄，便要往荷花池中跳。呂布慌忙抱住，激動地說：

「我今生不能娶妳為妻，就不是英雄！」

呂布摟住貂蟬，好言相勸，兩人偎偎依依，不忍分開。此時董卓在殿上，一回頭不見呂布，心中懷疑，連忙向獻帝告辭，驅車回府。一看，呂布所騎之馬就繫在門前，問門吏，得知呂布在後花園，急忙趕到後花園，正好瞧見呂布和貂蟬親熱地在鳳儀亭下談心，畫戟倚在一邊。董卓火冒三丈，大喝一聲，呂布回身就走，董卓搶了畫戟來追趕呂布。董卓肥胖，趕不上呂布，就擲戟刺向呂布，一刺不中，董卓再拾起戟來追趕，呂布已經走遠了。

董卓不得已，回到後堂，叫貂蟬來問話，貂蟬一見董卓，頓時淚流滿面，哭著說：

「妾在後花園看花，呂布突然來到，妾立刻迴避，不料呂布說：『我是太師之子，何必迴避？』提著戟趕妾到鳳儀亭。妾見其存心不良，要投荷花池自盡，卻被他抱住，正在生死之間，幸好太師及時趕來，救了我性命！」

董卓有些不相信，就假意問道：

「我就把妳賜給呂布，怎麼樣？」

貂蟬大哭，說道：

「妾已身事貴人，如今竟要把妾賜給家奴，還不如死的好！」

貂蟬要拿壁間懸掛的寶劍自刎，董卓慌忙抱住她，表明自己不捨之意，董卓又安慰貂蟬，欲將貂蟬安置在郿塢。在百官送行之時，貂蟬在車上遙見呂布亦在眾人之中，立即虛掩其面，假裝痛哭。呂布望著車騎揚起的塵土，嘆息痛恨，正想用什麼法子才能得到貂蟬時，王允相邀到府中，對他說：

「太師竟然淫汙我的女兒，強奪將軍的妻子！我恐怕天下人笑的不是太師，而是我和將軍！我年已老邁，被天下人恥笑也就罷了！可惜將軍啊，將軍你是蓋世英雄，怎能受此侮辱！」

呂布被王允一激，怒氣沖天，說：

「我誓當殺此老賊來洗雪我的恥辱！唉，只是念及父子之情，恐怕後人議論。」

王允一聽此言，微笑著說：

「將軍姓呂，太師姓董。當太師擲戟要追殺你的時候，又哪裡念到父子之情了呢？」呂布至此心意已定，便和同郡騎都尉李肅商議，請李肅往郿塢，假獻帝之旨宣董卓來朝。次日，董卓擺列儀隊進朝，李肅手執寶劍，扶車而行，到了北掖門，只見御車女十餘人一同進入，董卓遠遠地看見王允等人各執寶劍立在殿門口，大吃一驚，王允遂即大喊：「反賊在此，壯士們在何處？」

自兩旁轉出一百多人，有的持戟、有的挺槊，向董卓刺來，不料董卓身披甲衣，刀槍不入，董卓大叫：「我兒救我！」呂布從車後厲聲說：「有王命要討賊！」一戟直刺董卓咽喉，接著李肅一刀，把董卓首級割下。

董卓死後，兵士從他的肚臍裡取出膏油來點燈，百姓經過董卓屍體時，無不取石投擲其頭，用足踐踏屍身！

五、移駕許都

董卓死後，他的心腹之將李傕、郭汜便逃往陝西，派人到長安上表求降，王允不同意，遂聚眾十餘萬人，分作四路，殺向長安來。王允令呂布領軍退敵，數天之後，董卓餘黨李蒙、王方等人又在城內響應，於是四路賊軍便湧入城中。呂布阻擋不住，便投奔袁術去了，賊兵殺了王允，便想就勢把獻帝殺了。因張濟、樊稠之諫，遂各自寫上職銜，強要天子賜官。獻帝只得聽從。李傕、郭汜逐漸掌握大權，不將天子及諸侯放在眼中。

這時，青州黃巾又起，聚眾數十萬人，劫掠百姓，有人向李、郭二人推薦曹操，以為非他不能破賊。李、郭二人遂命曹操和鮑信一同破賊，鮑信戰死，而曹操兵馬到處，賊軍無不投降，不過百多天，敵人就投降了三十餘萬。從此，曹操威名日振，朝廷誥封他為鎮東將軍。曹操也刻意發展自己的勢力，努力地網羅人才，一時荀彧、程昱、典韋等人都為曹操所用，曹操幕下有文士、有武將，勢力更加強大，其稱雄的野心也一日甚於一日。以後又得到勇士許褚、徐晃，還有謀士董昭，更是如虎添翼，其威勢益發強勁。

自從曹操平了山東，表功朝廷，朝廷便加封他為建德將軍費亭侯。這時，李傕自封為大司馬，郭汜也自封為大將軍，兩人橫行無忌，朝廷無人敢勸諫。於是太尉楊彪、大司馬朱儁，暗中上奏獻帝，說：

「如今曹操擁兵二十萬，謀臣和武將數十人，如能得到這人的幫助而剷除李、郭兩奸賊，國家和人民就可以安寧了！」

獻帝一聽，不免想起受迫的種種，於是哭著說：

「朕被這兩賊人欺凌很久了，如果能得曹操之力，把他們殺了，那就太好了！」

楊彪說：

「臣有一計策，可以使兩賊自相殘殺，然後再詔令曹操引軍進殺，掃清賊黨。」

獻帝立即問道：

「你是如何計劃的？」

楊彪回道：

「臣聽說郭汜的妻子生性善妬，可派人往郭妻處，行反間之計，使郭、李兩人反目。」

於是，獻帝就暗中派人送密詔給楊彪，楊彪妻子藉機前往郭汜府，告訴郭妻說：

「聽說郭將軍和李司馬的夫人有染，知道此事的人還不多，然而萬一被李司馬知道，恐怕就有大麻煩了！夫人，您要設法使他們斷絕來往才好！」

郭汜的妻子很驚訝地說：

「難怪他常常深夜不歸，原來幹出這麼無恥的勾當！如果不是夫人見告，我還被蒙在鼓裡，這一下，我得好好應付！」

楊彪的妻子告別回府，郭妻再三道謝，兩人始分手。幾天後，郭汜又要到李傕府去喝酒。郭妻乃說：

「李傕這人底細摸不清！如今兩雄對立，不知他會做出什麼事來，如果他酒後下毒，我要怎麼辦喲？」

郭妻再三勸阻，到了晚上，李傕見郭汜始終不來，就派人送酒菜到郭府。郭妻就暗中在酒菜中下毒，在郭汜將食用時，郭妻說：

「自外面送來的東西，豈能不試試就吃？」

郭妻就把酒菜先給狗嘗，狗立刻斃命。從此，郭汜心中對李傕就十分不滿，心存懷疑。有一日，李傕又力邀郭汜去家中飲酒，到深夜才散席。郭汜喝醉了，肚子突然有點疼，郭妻就說：

「一定是李傕下毒了。」

郭妻趕緊把糞汁灌入郭汜口中，郭汜大吐，怒道：

「我和李傕兩人共圖大事，如今他竟無緣無故要置我於死地，如果我不先發動，恐怕有朝一日就要死在他手中了。」

於是郭汜暗整軍隊，要攻李傕。有人把消息告訴李傕，李傕大怒，說：

「郭汜竟敢如此膽大！」

李傕也就點齊兵馬，來殺郭汜，兩處合兵，有數萬之多，就在長安城下混戰，趁機擄掠百姓。

李傕姪李暹（ㄒㄧㄢ xiān）領著軍隊，用兩輛車，一輛載了天子，一輛載了皇后，並押了宮人內侍出後宰門，正遇郭汜軍隊來到，亂箭齊發，不知射死多少宮人內侍？李傕隨後殺來，郭汜軍稍退，車駕冒險出城，不由分說，李暹便將車駕擁到李傕營中。郭汜領兵入宮，到處搶擄嬪妃、宮女，又放火大燒宮殿。次日，郭汜方知李傕劫了天子，便領軍來營前廝殺，天子和皇后都受到了驚嚇。郭汜兵稍退後，李傕便將帝、后移到郿塢，令李暹監視，斷絕內史，由於飲食不足，侍臣都有餓色。獻帝派人向李傕要五斛米、五副牛骨以便讓左右飽餐。李傕不允，反而拿腐肉、朽糧給天子，種種虐待，使獻帝既憤怒又傷心！

正在獻帝淚濕龍袖的時候，忽然有人來報，說：

「啟稟皇上，有一路軍馬，刀槍閃閃，鼓聲震天，要來救駕！」

獻帝一打聽，竟是郭汜，心中不禁由喜而憂。只聽到郿塢外喊聲大起，原來是李傕引兵出迎郭汜，李傕揮鞭指郭汜大罵：

「我待你不薄，你如何要謀害我？」

「你乃反賊，我如何能不殺你！」郭汜回道。

李傕說：「我在此保駕，我如何是反賊？」

郭汜說：

「這明明是劫駕，如何是保駕？」

兩人言辭來往，針鋒相對，罵個不休。李傕不禁性起，便說：

「你我兩個不必多言！你我兩人不用軍士，拚他一場，贏的就把皇帝取走就是了！」

二人就在陣前廝殺起來。戰到十回合，不分勝負。只見楊彪拍馬而來，大叫：

「兩位將軍請停一下，老夫特地邀請眾官，來和二位講和。」

李傕、郭汜一聽，遂各自領軍回營。楊彪和朱雋，會合朝廷官僚六十多人，先到郭汜營中勸和，郭汜竟把眾官員一齊監禁起來。眾官說：

「我等好端端地來勸和，你如何這般對待？」

郭汜竟說：

「李傕能劫天子，難道我就不能劫公卿？」

李傕、郭汜自此以後，一連五十多天，濫殺無辜，死者不知有多少？李傕的軍隊多是西涼人，獻帝乃派謀士皇甫酈前往西涼，揚言李傕謀反。西涼軍軍心漸漸渙散，又加上郭汜不時來攻，李傕從此軍勢漸衰。這時，張濟趁機上表請天子駕幸東都。獻帝往東都途中，又遇郭汜來劫駕，幸得徐晃保駕，前往弘農。

李傕、郭汜所到之處，大事劫掠百姓，殺老孺，強拉壯丁充軍。在戰場中，又把民兵趕在隊伍之前，稱為「敢死軍」，聲勢頗為浩大。獻帝與皇后得徐晃、楊奉的保護，來到黃河邊，賊兵追趕得急，侍臣李樂找到一艘小船，急請天子渡河。這時天寒地凍，邊岸又高，無法下船，行軍校尉用絹包著帝、后，把兩人放下小船。李樂和伏德在船頭保護，岸上有不得下船的，紛紛爭扯船纜，李樂不得不把他們砍死，一些爭先渡過的，都被李樂砍下手指，一時哭聲震天！

獻帝已渡到對岸，左右侍從總共剩下十多人，楊奉找到一輛牛車，把獻帝載到大陽，晚上宿在瓦屋中。糧食已用盡，有野老進獻粟飯，帝、后卻因粟飯粗糲而無法下咽。這時李樂又自以為保駕有功，專權妄行，任意在帝前罵人，故意送濁酒、粗食給獻帝。董承、楊奉商議差人修洛陽宮院，打算送天子回東都，李樂又不從，竟然暗中派人連結李傕、郭汜一同劫駕！

李樂詐稱李傕、郭汜來追車駕，天子大驚。楊奉識透李樂詭計，遂令徐晃出戰，不過一回合，李樂便被徐晃砍於馬下。獻帝遂入洛陽，只見宮室燒盡，街道荒蕪，滿眼望去都是蒿草。帝、后來到小宮，百官朝駕，都站立在荊棘之中。於是獻帝下令改元，改興平為建安元年。這一年，又逢大饑荒，城中居民無以為食，剝樹皮、草根來吃，一些達官顯要也出城打柴，撿拾野菜，漢末氣運之壞，已經到了無以復加的地步。

這時，曹操正在山東，聽說車駕已經回到洛陽，便聚集謀士商量，荀彧進言說：

「從前晉文公接納周襄王，而各國諸侯尊為盟主；漢高祖為義帝發喪，而深得天下民心。如今天子蒙塵，將軍可趁此時發動義兵，尊奉天子來爭取民心，這是成就大事業的方法。如果不把握機會，恐怕有人捷足先登了。」

曹操一聽荀彧的話，但覺心有戚戚焉，正要收拾起兵，忽然有使者帶來聖旨要徵召曹操，曹操當日便領兵西進。

原來獻帝在洛陽，百廢待舉之時，李傕、郭汜又領兵來攻。董承建議往山東避難，出發之時，百官無馬匹可騎，都隨馬步行。才出洛陽不遠，只見無數人馬殺將過來，帝、后戰慄得話都講不出來，忽然一騎飛奔前來，報告說：

「曹將軍發動了山東的全數軍隊，應詔來保駕，聽說李傕、郭汜已經來攻，所以先派夏侯惇為先鋒，領精兵五萬，前來護駕。」

不多久，曹洪等人也來見駕。獻帝便命夏侯惇分兩路迎戰賊兵，盡力攻擊。這一次戰役，李傕、郭汜大敗，死了萬餘人。第二天，曹操領大隊人馬來到洛陽。李傕、郭汜得知曹操領軍來到，打算速戰速決。李傕軍馬先來挑戰，曹操便命許褚、曹仁領三百鐵騎衝進李傕營中，衝入衝出三遍之後，方才布陣。李暹、李別兩人上陣，還未開罵，便被許褚砍下人頭。許褚回到營中，曹操極為高興，撫著他的背，說：

「仲康，你真是我的樊噲啊！」

又命夏侯惇領兵從左出，曹仁領兵自右出，自己親自上陣，領兵由中間衝入敵陣，鼓聲一響，三軍並進，賊兵抵擋不住，大敗而走。曹操親自舉著寶劍，領軍連夜追殺，殺戮極多，李傕和郭汜自知不敵，又無處可容身，便逃亡山中落草，當強盜去了。

曹操立了大功，自不免得意。獻帝宣召入宮議事，曹操出見使者，只見那人眉清目秀，精神充足，原是董昭，字公仁。兩人相談投機，曹操便問起董昭有關朝廷的大事。董昭說道：

「如今將軍興義兵以除亂賊，又能入朝輔助天子，這就是五霸的功業。但是，諸將人多，意見也紛歧，未必服從將軍。如今留在洛陽，恐有許多不便的地方，不如移駕前往許都，方是上策。雖然朝廷一再遷動，並非好事，天子又在新近才回到洛陽，國內不論遠近無不關心東都的動態。如今又行遷都，恐怕還有反對者的意見。然而，一個人要做不尋常的事，方能建立不尋常的功業啊！這一點還望將軍仔細考慮。」

曹操聽了董昭的話，心中大喜。便用董昭的說辭，告訴大臣，因為京師缺乏糧食，不得不駕幸許都。許都靠近魯陽，轉運糧食十分方便。曹操便和謀士密議遷都的事情。

次日，曹操見獻帝，說明移駕許都的理由，獻帝不敢不聽從。群臣因畏懼曹操勢力，縱有異議，也不敢提出，遂擇日出發。曹操領軍護送，百官都步行隨從。行不到幾里，前面有一高陵，忽然李傕的舊將楊奉、韓暹領兵攔路，徐晃在前，大叫：

「曹操想要劫駕往何處？」

曹操出馬，一見徐晃威風凜凜，便令許褚應戰，兩人刀斧交鋒，戰了五十多回合，不分勝敗，曹操鳴金收軍，對謀士表明愛才的心意，遂由滿寵去說服徐晃，投降了曹操，曹操得到許褚、徐晃兩人，真是如虎添翼。楊奉、韓暹失去徐晃，勢孤力單，只好領著軍隊投靠袁術去了。

曹操收軍回營，厚待功臣謀士。迎鑾駕到許都後，大興土木，蓋造宮殿屋宇，立社稷宗廟，又修城郭府庫，封董承等十三人為列侯，賞功罰罪，一任曹操決定。曹操自封為大將武平侯，從此之後，大權就落到曹操手中，朝廷大事，先稟曹操，然後才能奏天子！

六、血字密詔

曹操坐大後，處心積慮地要對付劉備、呂布。曹操謀士荀彧以為許都新定，不可輕易用兵，不如用「二虎競食之計」，讓劉備與呂布兩人自相吞併，互相殘殺。荀彧又說不妨奏請天子詔令授劉備為徐州牧，暗中教劉備殺了呂布，不論事成不成，二虎為患，終去一虎。

曹操果然修密書一封，派使者送往劉備處，劉備卻不願殺前來投靠的呂布，反在呂布來訪時，將密書給呂布看，並對呂布表明曹操欲令二人不和的用心。使者回去見曹操，報知劉備不殺呂布的事，荀彧又獻「驅虎吞狼之計」：暗中派人往袁術處，告訴袁術說劉備上密表，要去攻打南郡，袁術必然怒攻劉備，而後，由曹操詔令劉備討伐袁術，兩邊相併，呂布定會起疑心。曹操依計而行。

就在劉備領兵往伐袁術的時候，負守城之責的張飛因酒誤事，失了徐州，竟被呂布所占據。劉備不得已，輾轉投奔曹操。這時孫策也極力鞏固自己的地位，盡量拉攏人才，得到周瑜和太史慈兩人的鼎力相助。

當時，袁術在淮南，地廣糧多，又得到孫策所質押的玉璽，不免自大起來，想要稱帝。袁術大會屬下，和他們商議道：

「從前漢高祖不過是一個南昌亭長，也能擁有天下，至今四百年，氣數也已衰竭了。我家四世三公，都是天下人崇敬的英雄，我應當順應天人，登天子之位，你們眾人以為如何？」

袁術的部下默然不語，主簿閻象進諫說：

「主公萬萬不可！從前周的祖先積德累功，一直到文王，三分天下有其二，還以臣禮事殷紂。主公家世雖然顯貴，然及不上文王；漢家如今雖勢力不振，也不像殷紂般的暴亂。這事絕對不能去做……」

袁術不聽，反而大怒說：

「我袁姓原來出於陳氏，陳乃是舜的後代，如今我又有傳國的玉璽，如果不順天應人為天子，恐怕違背了天意。我已經決定了，你們不用多說，誰敢再勸諫就斬誰！」

於是袁術建號仲氏，設立臺省等官，出入乘天子坐的龍鳳輦，又建立南北郊的封禪大禮，立馮方之女為后，以子為東宮，並組織軍隊分七路去征伐徐州。呂布用陳登之計痛擊袁軍，袁術率軍退回淮南，派人往江東，向孫策借軍糧。孫策怒道：

「你賴我玉璽不還，私自僭封帝號，背叛漢家天子，實在大逆不道。我正要領軍討伐，如何還能借糧與你，幫助你這反賊呢？」

袁術大怒。孫策從此派兵守住江口，以防袁術的軍隊來襲，有一天，曹操使者忽然前來，封孫策為會稽太守，令他起兵征討袁術。孫策用長史張昭的建議，勸曹操南征，兩軍夾攻袁術。曹操遂興兵南征，令曹仁守許都，領馬步兵十七萬，糧食輜重千餘車，和孫策、劉備、呂布一齊討伐袁術。出發時，曹操傳令各營的將領，說：

「三日內如果不能合力攻下壽春，都要以軍法論斬！」

曹操親自來到壽春城下，監督軍士搬土運石，填壕塞塹（ㄑㄧㄢˋ qiàn）。城上箭下如雨，部隊中有兩員副將畏懼退縮，曹操親自持劍將兩人斬死，自己又下馬運土填坑，於是大小將士無不士氣高昂。曹操的部下爭先登上城牆，開關落鎖，大軍擁入，焚燒偽造的宮室殿宇，壽春城中被搶掠一空。這時，忽然使者來報曹操，說是張繡依附劉表，就要來攻許都。曹操乃命孫策跨江布陣，抵制劉表。自己班師回許都，來抵制張繡，令玄德和呂布結為兄弟，勿再相攻，呂布領兵徐州，而曹操又暗中告訴玄德，說：

「我令你軍屯紮在小沛，這是掘坑待虎之計。你但與陳珪父子商議，我自作你軍的外援。」

呂布回到徐州後，每當賓客宴會之際，陳珪父子必然當面阿諛呂布，陳宮懷疑陳珪父子的動機不善，然而呂布不信。一日，陳宮俘得一人，正是玄德的使者，陳宮自使者懷中搜得玄德給曹操的一封密書，呂布一看，劉備所寫乃是：

「奉丞相命要對付呂布，備豈敢不日夜用心？只是士卒太少，不敢輕舉妄動。丞相如發動大軍，備自願作軍前鋒。備正嚴整軍隊，等候丞相之命。」

呂布一見，既驚又怒，遂將使者斬死，又派陳宮、臧霸等人，先取下山東兗州諸郡，令高順、張遼來沛城攻玄德。關、張兩人守城不出戰，曹操此時聽荀攸計來助玄德，先命夏侯淵、夏侯惇等人領軍五萬先行。然而又被呂布大軍截殺，呂布領軍乘勢攻入城門，玄德一見情勢已急，只得棄妻小不顧，走出西門，匹馬逃難。

玄德在逃難的途中，背後有一人趕到，原來是孫乾。孫乾建議玄德投奔曹操，玄德無奈，只好尋小路往許都，在途中斷糧，曾往村中討食物吃，村中人聽說是劉豫州，紛紛進獻食物。玄德出城，遇到曹操所領大軍，正欲用計來攻打徐州。玄德便暫隨曹軍行動。曹軍連攻了幾個月，呂布因誤信陳珪、陳登父子，不聽陳宮之言，而被裡應外合，兩面夾攻，失去徐州，引軍向東逃走，直奔下邳（ㄆㄧ pī）。呂布在下邳，自恃糧食足備，又有泗水之險，以故安心坐守，不聽陳宮「以逸擊勞」之諫，又顧念妻小，以至失去先機，聲威不振，屬下離心，只好終日飲酒解悶。他所仗恃之赤兔馬又被侯成盜走，獻與曹操，曹操一方面招降下邳城中諸將官，一方面竭力攻城時，呂布被手下宋憲、魏續綁住，生擒活捉，獻與曹操，曹操令人將呂布縊死，然後梟首示眾。

下邳戰後，曹操大犒三軍，拔寨還師，路過徐州時，徐州百姓在路邊焚香迎送，請求留下劉玄德為州牧。曹操表示且待面奏聖上，再作決定。大軍回到許昌，封賞出征有功人士，曹操把玄德留在自宅。次日上朝時，曹操引玄德見獻帝。獻帝問起玄德家世，玄德乃說：

「臣是中山靖王的後裔，孝景皇帝的玄孫，祖父名雄，父親名弘。」

獻帝命人將宗族世譜取來查看，又令宗正卿宣讀。論起輩分，玄德乃是獻帝之叔。獻帝大喜，請玄德入偏殿，以叔姪禮相待。封玄德為左將軍宜城亭侯，自此，人稱玄德為劉皇叔。

曹操回府後，謀士程昱便勸說曹操：

「如今丞相威名一日遠甚一日，何不乘此時機稱霸天下？」

曹操弄權已久，早想獨霸，然而顧及朝廷將相仍多，不敢輕舉妄動，遂請天子田獵，試探眾人的反應。於是揀選良馬、名鷹、俊犬、弓矢，先聚兵城外，然後入宮請天子田獵。獻帝覺得不妥，然而曹操說：

「古時候帝王春、夏、秋、冬四季，出郊示武藝，令天下人臣服。如今四海之內並不平靖，正好借用田獵來顯示武藝。」

獻帝不敢不從。玄德和關、張三人各彎弓插箭，領數十人隨駕出許昌；曹操騎著駿馬，領十萬大眾，和天子在許田行獵。曹操和天子並行，只有一馬頭之隔，四周都是曹操的心腹，文武百官，任誰也不敢近前。

獻帝說：

「朕想看皇叔的射藝。」

玄德領命上馬，草中有一兔，玄德發射，正好射中。獻帝不禁喝采。大隊人馬轉過土坡，忽然從荊棘中趕出一隻大鹿，獻帝連射三箭不中，回顧曹操說：

「你射了牠吧。」

曹操就把獻帝的寶雕弓、金鈚（ㄆㄧˊ pí）箭取了過來，扣滿一射，正中鹿背，鹿倒在草中，群臣見了金鈚箭，以為是天子射中，都雀躍著呼萬歲。然而曹操縱馬直出，在天子之前接受喝采，眾人都大驚失色。關、張兩人見曹操欺君罔上，尤其憤怒不已。獻帝回到宮中，流著淚對伏皇后說：

「朕自即位以來，奸雄並起，先是董卓，後是李傕、郭汜！常人所不曾受過的苦，我和妳兩人都受過了！以後得到曹操，以為可以分擔國家大任，不料他專橫弄權，作威作福，到了如此地步。朕每一次見他，都覺芒刺在背。今天在圍場上，站在我面前接受呼賀，尤其無禮！唉！他早晚會有陰謀，到時，妳我不知將葬身何處？」

伏皇后說：

「滿朝文武百官，難道竟無一人來解除國難嗎？」

話未說完，有一人從門外走來，原來是伏皇后之父伏完，伏完說：

「許田射鹿，曹操專橫，任誰也看得清楚！滿朝官員，不是曹賊宗族，就是他門下！如今，如果不是國戚，恐怕未必肯盡忠討賊，國舅車騎將軍董承應該是可以託付重任的！」

獻帝唯恐事機洩漏，便咬破了指尖，用血寫道：

「朕聽說人倫之常，父為子先；尊卑之異，君為臣重。近日曹操欺君弄權，結黨營私，敗壞朝綱，私行封賞，完全無視於朕之存在！朕日夜憂心，恐怕天下的局面將要大亂。卿是國中的大臣，是朕的骨肉之親，應當念及高帝創業的艱難，結合忠義兩全的烈士，殄滅奸黨，使國家得到安寧。今破指灑血，將這密詔交付，望卿再四計劃，不要辜負了朕心。建安四年春三月詔。」

而後，獻帝穿上錦袍，令伏皇后將密詔縫在玉帶的襯裡內，自己將玉帶繫在腰上，令內史宣召董承入宮，獻帝將錦袍玉帶賜給董承，又囑咐董承回去細看。董承會意，穿上錦袍，繫上玉帶，便行辭出，早已有人向曹操報告，曹操便來到宮內等候，董承無法閃避，只得站在路側行禮。曹操便說：

「衣帶解來我看！」

董承心中猜想衣帶中有詔書，唯恐曹操看破，遲疑著不解。曹操便命左右強將玉帶解下，看了半晌，笑道：

「果然是條好玉帶，再把錦袍脫下我瞧瞧！」

董承不敢不從，曹操親手提起錦衣，對著日光仔細翻看，自己穿在身上，繫上了玉帶，對左右說：

「長短如何？」

左右連連讚好！曹操便說：

「國舅，這套袍帶就轉送我了吧？怎麼樣？」

董承求道：

「這錦袍玉帶乃是天子所賜，我不敢轉贈，丞相，容我另外訂製一套，再奉獻給丞相。」

曹操說：

「國舅接受這衣帶，其中是否有什麼陰謀？」

董承大驚，說道：

「我董承如何敢如此做，丞相如果真想要這袍帶，就請留下吧。」

曹操聽董承如此說，便說道：

「天子賜你的錦袍玉帶，我哪裡真想要？不過是和你開開玩笑罷了！」

就把袍帶脫下，還給了董承。董承回到家中，深夜時分，獨自坐在書房中，反覆仔細地將錦袍看了很久，並不見有什麼異樣的地方。隨即又拿起玉帶檢看，縫綴得十分整齊，不覺有什麼破綻。董承看了很久，覺得很疲倦，正想伏在桌上小睡一番，忽然燈花落在玉帶上，燒著紫錦的襯裡，破了一個小洞，董承一驚，只見紫錦之內，微露素色的絹布，隱然有血跡，一看乃是天子手寫的血字密詔。董承看畢，不禁涕淚交流，一夜不能安睡。

第二天清晨，董承又到書房中，將詔書再三觀看，沉思如何消滅曹操之計。由於一夜不能安眠，此時竟不知不覺睡著了，以致侍郎王子服尋來竟渾然不覺。王子服與董承一向友好，此刻見董承伏几而睡，袖底壓著素絹，微露「朕」字，子服便取來一看，看了之後，子服默然良久，便將密詔藏在袖中，說：

「國舅呀，你好自在，虧你還睡得著！」

董承驚覺，不見詔書，魂不附體，手腳慌亂。子服說：

「你竟要殺曹公，我要去檢舉你！」

董承流淚，求告說：

「兄台如果真如此作，那麼漢室的命運就太可悲了！」

王子服這才說出自己原不過是開開玩笑，祖宗世世代代在漢朝為官，豈能不忠心王室？董承大喜，又尋來吳碩、吳子蘭、西涼太守馬騰，五人取酒歃血為盟，誓死效忠漢室。席間馬騰建議去求豫州牧劉玄德，以為玄德也是有心之人。董承恐曹操懷疑，在次日黑夜方直接來到玄德住處，將衣帶詔令給玄德看。玄德看了以後，真是既悲且憤，董承希望即刻能覓得十人，共同計謀討伐曹賊，然而玄德以為事不可急，當緩慢謹慎，從容計議。董承就回府去了。

此後玄德言行更加小心，為防曹操猜忌以致壞了大事，便整日在後園種菜，親自澆灌，韜光養晦，以圖大計。關、張兩人並不諒解，以為玄德竟學那小人之事。

有一天，關、張兩人不在府中，玄德正在後園澆菜，許褚、張遼兩人領了數十人來到園中，言明丞相有請。玄德隨兩人來到相府見曹操，曹操笑著說：

「你在家做得好大事！」

嚇得玄德面如土色，曹操隨即牽著玄德的手來到後園，曹操說：

「玄德，學老農也挺不容易啊？」

玄德的一顆心這時才放了下來。原來曹操只見園中青梅已經結成，打算請玄德在園中煮酒嘗鮮。二人對坐，開懷暢飲。酒喝到半酣，曹操忽然問起玄德，可知誰是當世之英雄？玄德謙辭，但在曹操堅持之下，玄德只好說：

「淮南袁術，兵糧足備，可以算得上是英雄了。」

曹操卻笑道：

「塚中的枯骨，我早晚要捉到他！」

玄德說：

「河北的袁紹，四代之中，身居高位者有三人，在他的門下又有許多官吏。如今他盤據了冀州之地，部下能幹的人十分多，可以算得上是英雄了。」

曹操說：

「袁紹外強中乾，實在是個貪利膽小之徒，又缺少謀略，一味愛惜生命，算什麼英雄？」

玄德又說：

「有一個人，人稱八駿，聲威震動九州，名叫劉景升的，應當可以說是英雄了。」

曹操不以為然，他說：

「劉表這人徒得虛名，毫無實力，絕不是英雄。」

玄德說：

「有一個人血氣方剛，是江東地方的領袖，孫伯符是真正的英雄。」

曹操說：

「孫策不過是仗賴著他父親的聲名，不是英雄。」

於是玄德問道：

「益州的劉季玉可以算得上是英雄嗎？」

曹操說：

「劉璋雖然是宗室，然而不過像是一隻守門狗，哪裡配稱得上英雄？」

玄德搜索枯腸，已想不出有作為的人物，遂向曹操說：

「像張繡、張魯、韓遂這班人怎麼樣？」

曹操鼓掌大笑道：

「這群碌碌無用的小人，何足以掛齒？」

玄德說：

「除了這些人以外，我實在也想不出了。」

曹操說：

「所謂英雄，是胸中懷大志，腹中有良謀，有包藏宇宙的機心，吞吐天地的志向的人哪！」

玄德深覺曹操所言不差，就問道：

「當今之世，丞相以為何人能當得上英雄兩字呢？」

曹操以手指玄德，然後再指向自己說：

「當今之世的英雄人物，不過只有使君你和我兩人罷了！」

玄德一聽，大吃一驚，手中所拿著的筷子，竟然落到地下。席散後回到府中，玄德對關、張兩人說起此事後，玄德說道：

「我之所以學老農種菜，正是希望曹操知道我並無大志，不料還是被他指我為英雄。」

這事以後，玄德借著帶兵往徐州伐袁術的機會，急忙遠離曹操，另謀發展。在伐徐州之時，玄德得到關、張兩人，以及朱靈之助，殺得袁術軍隊屍橫遍野，血流成河，逃亡的士卒，多得不能盡數，袁術就在這一役後的逃亡途中吐血而死，這年正是建安四年六月。

七、擊鼓罵曹

建安四年六月，玄德得了徐州後，為防曹操來攻，遂用陳登之計，與袁紹商議合力興兵攻打曹操。今手下書記陳琳草擬檄文，陳琳，字孔璋，一向有文名，此時馳騁其文才，洋洋灑灑，細數曹操罪行，指責曹操放縱跋扈，殘害忠良，貪殘酷烈，無德無行，更是篡逆脅主的暴臣。陳琳在檄文中並呼籲說：

此時便是忠臣肝腦塗地之秋，烈士成名立功之會，如果有人得到曹操首級，封五千戶侯，賞錢五千萬。而若曹操手下來降，也一律寬赦。

袁紹看畢陳琳所寫的檄文，不覺大喜，遂令人在各處關津隘口張掛。檄文傳到許都，曹操一見，毛骨悚然，出了一身冷汗，急忙招聚眾謀士商量迎敵之策。

曹操先命前將軍劉岱，後將軍王忠，領兵五萬，虛張聲勢，打著丞相旗號去徐州攻打劉備。曹操自領兵二十萬，進黎陽去抵拒袁紹。然而劉岱、王忠尚未交戰，便被玄德降服，反而回到曹營為劉備關說，曹操大怒，欲斬劉、王兩人，孔融說道：

「劉岱、王忠原來就不是劉備對手，如今殺了他們，於事無補，反而失去將士之心，丞相，還是放過他們吧。」

曹操乃免去兩人死罪，然而降官減祿，作為懲罰。曹操又想要帶兵去伐劉備，孔融道：

「如今天氣正值嚴冬，天寒地裂，動兵不易，不如等到來年春天再動兵吧。在這段期間，丞相不如派人先招安張繡、劉表，然後再打算進兵徐州。」

曹操覺得孔融言之有理，於是派遣劉曄去遊說張繡，張繡便隨著劉曄、賈詡來到許都投降，在階下行跪拜禮，曹操連忙扶起，牽著張繡的手說：

「過去的一切，不要記掛在心。」

曹操便封他做揚武將軍，封賈詡為執金吾使。曹操又命張繡寫信招安劉表，但賈詡說：

「劉景升專喜歡結交名流，最好是派遣一名有名望的文士去遊說，劉景升才可能降從。」

曹操便問荀攸何人合適，荀攸推薦孔融，但孔融說：

「丞相想要得一位有文名之人，作為使者，我的朋友禰衡，字正平，這人的才情勝我十倍，其能力也足以輔佐天子，不僅僅只能擔任一位通訊的使者，我應當把他推薦給天子。」

於是孔融上表奏請獻帝任用，獻帝將奏摺看畢，便教曹操去請禰衡，禰衡來到，作揖完了，曹操並未請他坐下。禰衡便仰天嘆道：

「普天之下，竟然沒有一個有見識能力的人嗎？」

曹操說：

「我手下有幾十個人，個個都是當代英雄，怎麼能說天下沒有一個可用的人？」

禰衡問：

「誰算得上當代英雄？」

曹操說：

「在我手下的荀彧、荀攸、郭嘉、程昱，機深智遠，就是漢初的蕭何、陳平也趕不上。張遼、許褚、樂進、李典諸人，勇不可敵，雖是岑彭、馬武也比不過。呂虔、滿寵，能辨事；于禁、徐晃，會帶兵；夏侯惇是天下的奇才；曹子孝是運道最好的大將，你如何能說當今之世沒有具有見識能力的人？」

禰衡笑著說：

「丞相這話就說錯了。你所說的這班人，我全認識。荀彧這個人可以派他去弔喪探病；荀攸可以差他去看守墳墓；程昱可以做做關門閉戶的瑣事；郭嘉這人只配捧著白紙念念詞賦；張遼或許可以差他打打戰鼓；而許褚的本領只在牧牛放馬；樂進還能拿著狀子談談詔令；李典卻只能送送書信公文；呂虔專會磨刀鑄劍；滿寵不過善於喝喝老酒；于禁力大，可以負版築牆，作作守禦工事；徐晃最適合殺狗宰豬；如果夏侯惇可以稱作『完體將軍』（因為夏侯惇瞎了一隻眼睛），曹子孝就是『要錢太守』。其餘諸人更是一群衣架、飯包、酒桶、肉袋！」

曹操一聽，怒火三丈，反問禰衡：

「你又有什麼本領？」

禰衡從容回答道：

「我禰衡，天文地理，無一不通；三教九流，無一不曉。上可以輔佐國君，使國君的成就在堯舜之上；下可以修養品德，和先賢孔、顏等人並比。豈能和你這種俗物談什麼道理？」

這時張遼在場，想要拿劍斬禰衡。曹操便說：

「我正少一個擊鼓的小吏，早晚上、下朝及祭祀時，可以讓他擊擊鼓，禰衡正好擔任這鼓吏！」

禰衡聽了，也不作聲，應聲而去。張遼說：

「這人出言不遜，何不把他殺了？」

曹操說：

「這人一向有虛名，遠近的人都知道，如果今天我把他殺了，天下人必以為我不能容納他。他自以為了不起，所以我故意叫他擔任鼓吏來折辱他。」

幾天後，曹操來到大廳上，大宴賓客，命鼓吏擊鼓。禰衡穿著破舊的衣服入場，擊「漁陽摻撾（ㄘㄢˋ ㄓㄨㄚ càn zhuā）」，音節十分動聽，其間好似傳出金石相撞擊的聲音。坐客聽了，沒有不慷慨流涕，意氣奮發的。當時擊鼓的習慣，一定要穿新衣，此時曹操左右便喝道：

「為什麼不換新衣！」

禰衡當眾脫下舊衣，裸體而立，渾身上下，不著一物。坐客大驚，人人用手掩面不敢看，禰衡乃才慢慢地穿上褲子，臉色始終不變。

曹操覺得十分尷尬，乃叱罵禰衡，說：

「聽堂之上，竟然這般失禮！」

禰衡說：

「什麼才是無禮？欺壓國君、僭越弄權才是無禮，我不過露出父母所給予我的清白之身罷了。」

曹操說：

「你是清白的人，誰又是汙濁的？」

禰衡說：

「你不能明辨人的賢愚，這是眼濁；一向以來不讀詩書，這是口濁；不接納忠告，這是耳濁；不明白古今勢變，這是身濁；排擠其他諸侯，這是腹濁；常常想著篡位弒君，這是心濁！我禰衡是天下名士，而你竟然令我為鼓吏，就好像春秋時陽貨輕視仲尼，戰國年間臧倉詆毀孟子。你想要成就王霸之業，而竟如此輕視人嗎？」

這時孔融也在座，深恐曹操性起，要殺禰衡，趕緊為禰衡脫罪，求曹操不要計較，曹操指著禰衡忿忿地說：

「現在我命令你到荊州去作使者，如果劉表因此投降，我便用你作公卿。」

禰衡不肯去。曹操便教人準備三匹馬，兩個人挾持禰衡出東門，又讓手下文武百官，在東門外整酒送行，荀彧對其他人說：

「如果禰衡來，你們不可以起身。」

當禰衡來到城東，下馬看見眾人端坐著，並沒有一個起身為禮，禰衡就放聲大哭。

荀彧問他：

「你為何而哭？」

禰衡說：

「我在棺柩之中，看到了這麼多死人，怎能不哭？」

眾人不料禰衡竟如此嘲笑他們，就說：

「我們這群人是死屍，你就是無頭狂鬼！」

禰衡說：

「我是堂堂的漢朝大臣，不肯阿附曹操那傢伙，如何無頭？」

眾人大怒，想要殺他，荀彧急忙制止，說道：

「唉，像這種鼠雀們的小人物，何勞諸位的寶刀？」

禰衡說：

「如果我是鼠雀，我還有人性，你們這群不知廉恥的人不過是蜾蟲罷了。」

眾人心中憤恨不已，也就不歡而散了。禰衡來到荊州，見到了劉表，表面上是稱讚劉表，其實句句含著譏諷。劉表知道曹操要借他的手殺禰衡，使自己得一個殺害賢良的惡名，雖然禰衡戲謔自己，卻不肯殺禰衡，令他到江夏去見黃祖。禰衡見了黃祖，兩人對飲，已有十分酒意。黃祖便問禰衡：

「你在許都還有什麼親戚？」

禰衡說：

「大兒孔文舉，小兒楊德祖。除這兩人外，別無親人了。」

黃祖問他：

「你看我是何等人物？」

禰衡說：

「你就像那廟中的土神，雖然受人供奉祭祀，可是從不靈驗。」

禰衡責他是行屍走肉。黃祖大怒，就把禰衡殺了，禰衡至死，還罵不絕口。

曹操聽說禰衡已死，譏諷地說：

「區區腐儒，口才犀利，反而害了自己！」

曹操一無憐惜之心！又不見劉表來降，便想用兵問罪，荀彧加以勸阻，認為袁紹、劉備方是最大的心腹之害。建安五年，元旦朝賀時，曹操的態度愈加驕橫。董承與王子服等人無計策可以滅曹操，反而因家奴慶童密告，曹操在董承房中搜出衣帶詔並義狀，曹操嘲笑著說：

「鼠輩們竟敢如此！」

便命人將董承全家監禁起來，回府之後，和眾謀士商議，要廢獻帝，更立新君。程昱勸道：

「丞相之所以能夠威震四方，號令天下，正是因為打著漢家的旗號！如今諸侯並未完全順服，如果不加考慮，廢立獻帝，恐怕諸侯假借這事發動戰爭！」

曹操只好打消廢立的念頭。只將董承等五個人，曾在義狀上簽名的，全家老小，一律處斬，死者共七百多人！城中官民眼見，沒有不流下淚的。曹操殺了董承等人，怒氣未消，又帶劍入宮，要來殺董貴妃。這時董貴妃已懷孕五個月。曹操對獻帝怒道：

「董承謀反，陛下你是知道，還是不知道？」

獻帝說：

「董卓已經正法了呀。」

曹操大聲地說：

「不是董卓，是董承。」

獻帝戰慄道：

「朕實在不知此事。」

曹操便說：

「你忘了割破指頭寫的密詔嗎？」

獻帝無法回答。曹操便命武士捉拿董妃，獻帝哀求道：

「董妃已經懷了五個月的身孕了，還望丞相可憐。」

伏皇后也求曹操：

「就把董妃貶在冷宮，等到分娩之後，再殺也不遲。」

曹操憤憤地說：

「留下逆種，將來為母報仇嗎？」

於是曹操令武士將董妃牽出宮外，在宮外勒死！這時正是建安五年正月。

八、掛印封金

董妃死後，曹操便對全體宮監說：

「今後如果有外戚宗族，不奉我的命令就進入宮中的，以死論罪！太監們守禦不嚴的也一律處死。」

曹操又撥心腹之人三千充作御林軍，來監視進出宮中的人。曹操對程昱說：

「如今董妃已死，但馬騰、劉備還在，不能不除去。劉備在徐州，氣候雖還不夠強大，然而劉備是人中之人，不能不及早除去。」

曹操於是興起二十萬大軍，兵分五路進攻徐州。玄德和孫乾商議，派人向袁紹求救，然而袁紹不願發兵。玄德很是憂慮，這時張飛獻計，要乘曹軍遠來疲乏，先行劫寨，可以攻破曹軍。可是曹操早已料到，即刻分兵九隊，只留一隊虛紮營寨，其餘八隊分作八面埋伏。在玄德，則分兩隊兵進發，留下孫乾守小沛。

張飛自以為得計，領輕騎突入曹營，只見零零落落，人馬不多，說時遲、那時快，只見四邊火光大起，喊聲震天，張飛知道中計，急忙衝出；然而八處軍馬一齊殺來，張飛的手下盡皆投降，張飛突圍而走，只有數十騎隨從。當玄德領軍來劫寨時，也遭遇到同樣命運，只見曹軍漫山遍野，截住去路，玄德不得已，只得匹馬單騎，落荒而逃，去投靠袁紹。袁紹親自引領眾官在鄴都三十里外迎接玄德，對玄德十分禮遇。

曹操攻下了小沛，隨即進兵攻徐州，守徐州的陳登棄守。曹操便入了徐州，打算要攻取下邳。下邳是由關羽把守，玄德妻小俱在城中。曹操因深愛關雲長的武藝人才，想要得雲長來幫助自己，於是派張遼去遊說。程昱獻計說：

「雲長不是等閒之將，非智取不能降服。如今可差劉備手下的降兵逃回城中作為內應，引關公出城，假裝失敗，引誘他到無路可退的地方，然後以精兵截住歸路，在這種情況下，遊說雲長，方能成功。」

曹操覺得程昱說得很對。第二天便差夏侯惇領兵五千來罵戰，關羽大怒，領三千兵出城，夏侯惇邊戰邊退，約二十里路，關羽唯恐下邳有變，想要退回，這時左邊有徐晃，右邊有許褚的軍隊攔截，關羽奪路就走；然而兩邊伏兵排下弓箭手，箭如飛蝗，關羽無法通過。一直戰到黑夜，關羽無路可退，退到一座土山，曹兵把土山團團圍住。關羽居高臨下，只見下邳城中火光沖天，原來是那詐降的兵卒偷開城門，曹操自領大軍殺入城中，令軍士舉火來煽動關羽的心。關羽一見下邳失火，想起玄德家小還在城中，心中驚惶萬分，連夜幾次衝下山來，但都教亂箭逼回。捱到天亮，正想再往下衝，只見一人騎馬上山，原來是張遼。張遼對雲長說：

「玄德如今不知身在何處，翼德也生死不明。昨夜曹公已經攻下下邳，軍民都不受傷害，並且差人保護玄德家眷，不許任何人驚擾。我特地來把這情形向你報告。」

關公怒道：

「你這是來遊說我投降曹操嗎？我今天雖身處絕境，然而視死如歸。你儘管離開，我就要下山迎戰。」

張遼大笑，說道：

「兄臺這番話說出來，豈不要教天下之人恥笑？」

關公說：

「我乃秉持忠義而死，天下人如何能笑我？」

張遼從容答道：

「如今你若赴死，身犯三罪：當初劉使君和你結義之時，誓同生死，如今劉使君剛失敗，你就戰死，倘若有一天使君復出，想要得你的幫助，而你已不在人間，這豈不是違背了當年的盟約？這是一。劉使君把家眷都託付予你，如果你一戰而死，兩位夫人倚靠何人？這是二。你武藝超群，又通文史，而不打算幫助使君共同輔佐漢室，只想赴湯蹈火，逞個人一時的意氣，怎麼稱得上『忠義』？這是三。」

關公一聽，似乎言之成理，便沉吟道：

「你說我有三罪，依你的看法，我該如何？」

張遼說：

「如今四面都是曹操的軍隊，你若不降，則必死無疑。然而徒死無益，不如暫時投靠曹操，一面打聽劉使君的行蹤。知道他的住處，然後你再去投靠。這方法你覺得如何？」

關羽道：

「在同意之先，我有三個要求。第一：我曾和皇叔立下誓言要共同匡扶漢室。如今我只投靠漢帝，不降曹操。第二：兩位嫂嫂，請支給皇叔的俸祿，閒雜人等不許騷擾。第三：只要我得知皇叔去向，不管千里萬里，我也要相隨。這三個條件如果全依我，我就休戰，如果不依我，我寧可戰死。」

張遼報知曹操，曹操不得不同意。關羽入城見了兩位皇嫂之後，領了數十騎來見曹操，曹操自出軍門來迎接。曹操設宴款待關羽，次日便還師許昌。在旅途中曹操有意要紊亂君臣之禮，使關羽和兩位皇嫂共處一室，然而關羽秉燭站在戶外，一直到天亮，臉上毫無倦色。曹操準備了綾羅綢緞和金銀器皿送給關公，關羽都送給二位嫂嫂收存。曹操送了十個美女給關羽，關羽只教她們服侍兩位嫂子。

有一日，曹操見關羽所穿綠錦戰袍已經破舊，就量身為關公作了一襲新的戰袍。關羽接受了，然而穿在裡層，外層仍罩上舊的戰袍。曹操以為關羽太節儉了。

關羽說：

「我並非節儉。舊袍是皇叔贈我，我穿了就如同見了兄面。」

曹操口中雖讚關羽是義士，然而心中十分不悅。曹操又賜紗錦所作的錦袋，給關公護髯。有一日早朝時，獻帝見關羽胸前垂著一個紗錦囊，就令關羽解開錦袋，只見關羽的鬚髯已經長過胸腹，獻帝不禁讚道：

「真是美髯公啊！」

自此以後，眾人都稱關羽為美髯公。

曹操又見關羽馬瘦，便將得自呂布的赤兔馬贈予關羽。關羽拜謝。曹操不高興地說：

「我屢次送你美女金帛，你從未下拜。如今我送你一匹馬，你反而拜謝，這是什麼緣故？」

關羽說：

「我知道這匹馬日行千里。今天我有幸得到牠，一旦得知兄長下落，我就可以早一天見到面了。」

曹操愕然，覺得十分後悔。對於關羽的常懷去心，也始終不能釋懷。

卻說玄德在袁紹處，因關公、張飛不知下落，妻小又落在曹操之手，而日夜煩惱。這時已是春分時候，袁紹先遣大將顏良作先鋒，興兵攻伐曹操。兩軍交戰，不過三數回合，顏良便殺了曹操的部將宋宗憲，又擊退徐晃。這時關公上陣，鳳目圓睜，蠶眉直豎，倒提青龍刀，上了赤兔馬，直奔顏良，一刀就把顏良砍倒馬下，割了顏良首級，提刀出陣入陣，直似進入無人之境。曹操大喜。

顏良部下逃回軍營的，在半路遇見袁紹，報告說被赤面長髯，使大刀的勇將破了戰陣，斬了顏良，袁紹驚問此人是誰？袁紹的謀士沮便說：

「這必定是劉玄德的結義弟關雲長！」

原來曹操令關公破袁紹兵是一石兩鳥之計：令關公去破敵，一則引起袁紹對劉備的猜忌，殺了劉備，如果劉備死了，關公無所投靠，便只得安心待在曹操手下。果然，袁紹大怒，要斬玄德，玄德從容地說赤面長髯之人，不一定就是雲長。天下容貌相同的人多得很，袁紹方才釋懷。

袁紹手下大將文醜，要為顏良報仇，自請上陣。文醜驍勇，張遼、徐晃合力迎戰，張遼被文醜一箭射中頭盔，張遼仍奮力作戰，又被文醜射中面頰。徐晃自料敵不過，撥馬就逃，這時雲長提刀飛馬殺將過來，交戰不到三回合，文醜就被雲長的大刀斬下馬來。袁紹得知文醜被關公殺死，大怒罵劉備道：

「大耳賊竟敢佯裝不知！」

說完就要殺玄德，玄德說：

「容我先說幾句話再領死不遲。如今曹操令雲長來攻，正是因為知道我在公處，使雲長殺了顏良、文醜，正要激起公之怒氣，好借公手殺了我。」

袁紹一想，這話有理，便喝退左右，仍請玄德上座。玄德也再派心腹之人去見雲長，告知助袁伐曹之意。關羽在得知玄德在袁紹處後，隨即告知二位嫂子，來到相府，要向曹操辭別，這時曹操早已得知事情經過，便在門口懸上迴避牌，關羽只得怏怏而回，命舊日隨從的人收拾車馬，留下所有原賜之物，分毫不可帶走。次日又去相府辭行，又不見曹操，關羽一連去了幾天，都不得見。於是上了辭呈，領了舊日隨從，騎上赤兔馬，手提青龍刀，護送著車仗，逕自走出北門。

有人向曹操報告，說是關羽封金、掛印，只帶著原來從人和隨身行李，出北門去了。曹操大驚，對張遼說：

「雲長不忘故主，來去明白，真是人中之英雄。如今掛印封金，正足以證明財帛不足以打動他的心，爵祿不足以改變他的志向，這人我深為敬佩。料想他去得不遠，我做個人情給他，你先去請住他，待我替他送行，更以路費、征袍相送，作為日後的紀念。」

於是曹操領著張遼、許褚、徐晃、于禁、李典等人飛奔而去，張遼大叫：

「雲長且慢！」

曹操見關羽在橋上，橫刀立馬並不下馬，表示自己曾幾次至相府辭別，均不得見，並且掛印、封金，還予曹操，如今得知故主在河北，所以不得不急去。

曹操令一將托上黃金一盤，要送給雲長，雲長不收，曹操又要將錦袍一襲，賜給雲長，曹操說：

「我也算是天下的一個盟主，我要取信天下，如何能食言？雲長是天下義士，我只恨福薄，不能將你留下。如今送上一襲錦袍，只是略表寸心而已。」

雲長聞言，不得不領情，又恐怕有變故，不敢下馬，乃用青龍刀尖挑錦袍披在身上，勒馬回頭向曹操道謝，然後便急忙追車仗，往北而去了。

以後雲長過五關、斬六將，終得與玄德、張飛相見，在此途中，雲長得了勇士周倉、義子關平；玄德得了驍將趙雲。他們在汝南古城殺牛宰馬，拜謝天地，遍勞諸軍，兄弟重聚，欣慰無比，一連飲了數日。

九、坐領江東

玄德之所以能自袁紹處來到汝南，全得力於孫乾所獻的脫身之計，因此自玄德逃離之後，袁紹大怒，欲起兵伐玄德，然郭圖進言道：

「劉備不值得擔心，曹操方是勁敵，是不能不除去的人。如今劉表占據了荊州，然勢力不強。在江東，孫伯符威鎮三江，地連六郡，謀臣、武士極多，可以派人和他連合，一齊攻打曹操。」

袁紹就派人去見孫策。孫策自從進駐江東，兵精糧足，到了建安四年，襲取廬江，擊敗劉勳；遣虞翻招降豫章，豫章太守華歆投降，自此之後聲勢大振！孫策遣使上表奏捷，求任大司馬的官，曹操不許，因此孫策懷恨在心，便時常有攻打許都之心。當時吳郡太守許貢深知孫策的用心，便暗中派人送書給曹操，信中稱：

「孫策這人十分驍勇，和項羽相似。朝廷應當表示獎勵籠絡之意，不可使他獨自在江東發展，以免後患無窮。」

然而送信的使者要渡江時，被在江邊防守的將士捉住，送到孫策處，孫策一見此信，勃然大怒，便將使者殺了，又假意請許貢來商量大事，待許貢一來，命武士將他絞死。許貢有家客三人，想為許貢報仇，一直沒有機會。

有一天，孫策領軍在丹徒的西山上狩獵，為了趕一隻大鹿，孫策縱馬來到樹林中，只見三個人持槍帶弓站著，孫策正要舉轡離開，忽然一個人挺槍就往孫策左腿刺來，孫策大驚，急忙取佩劍從馬上砍下，一人早已搭弓射箭，這時箭發，正中孫策面頰，孫策就把臉上的箭拔出，回射那放箭的人，那放箭的人應聲倒地。餘下的兩個人舉槍向孫策亂刺，大叫：

「我們是許貢的家客，要為主人報仇。」

這時孫策手中已無器械，只有弓一張，便以弓拒敵，且拒且退，二人死戰不退，孫策身中戰槍，馬也受了傷。正在危急時，程普帶了數人來援救，把許貢家客剁成肉泥。孫策血流滿面，受傷很重，便以刀割袍，把傷處包裹起來，急忙回吳郡養病。

孫策受傷回郡以後，派人請華佗醫治，不料華佗往中原去了，華佗的徒弟說：

「箭頭有藥，毒已深入骨中了，必須靜養三四個月，方能痊癒，最怕怒氣衝激，這傷就難治了。」

而孫策這人，性子最急，恨不得早一天痊癒。休息了二十多天，只聽張紘說郭嘉不服，以為自己「輕而無備，性急少謀」，便不等傷好，就要出兵。孫策正與張昭談話，有使者傳來袁紹打算連結東吳一齊攻曹操的消息，孫策心情激動，想立即起兵。不料傷口迸裂，昏倒於地。過了一會兒，神志稍醒，便對夫人說：

「唉，恐怕我不能好了！把張昭和權弟召來吧。」

當張昭、孫權來到臥榻前，孫策囑咐道：

「如今天下正亂，以吳越的軍容，又加上有地利之便，實在大有可為。子布啊，你要好好地輔助仲謀！」

於是，孫策又命人將印綬取來，交給孫權，說：

「說到領著江東大軍，在戰場上和敵人周旋，來爭奪天下，這點你比不上我；至於舉用賢能的人，使他們盡心盡力來保衛疆土，這點我卻不如你，希望你體念父兄創下基業不易，好好地持守住。」

孫權聽了大哭，跪著接受印綬。孫策又交代母親，倘如內政有疑難，可以問張昭；在戰爭攻伐上有困難，就可以請周瑜解決。孫策又勉勵諸弟，要他們同心輔佐孫權，不可有異心，如有異心，死後不得入葬祖墳。最後，孫策又交代妻子喬夫人轉告周瑜盡心盡力輔佐孫權，方不負自己一向的器重。

孫策死時才二十六歲，孫權哭倒床前，張昭立刻諫道：

「眼前並不是將軍哀痛的時候，如今要一面治理喪事，一面接管軍國大事。」

孫權至此才停止哭泣。張昭請孫權出堂，受文武百官的進賀。孫權長得方頤大口，碧眼紫髯，形貌奇偉，骨格非同凡人。這時孫權接掌了江東之事，周瑜自巴丘領兵回吳，來見孫權，向孫權道：

「自古有話說：得人心的人國必昌隆，失人心的人國必滅亡。方今之計，必定要尋訪高明有遠見的人來輔助，然後江東方能安定。我願意推薦一個能士給將軍。這人姓魯，名肅，字子敬。胸懷大略，又懂兵法，平生又十分慷慨仗義，善於擊劍、射馬，主公，您不妨去徵召他。」

孫權大喜，隨即請周瑜前去聘請。魯肅因周瑜的舉薦，就來見孫權，孫權十分敬重他，和他談論天下大事，整日不覺厭倦。有一天，孫權下朝後獨留魯肅一齊飲酒，到了晚上，兩人抵足而眠，夜半，孫權對魯肅說：

「如今漢室危在旦夕，四方紛擾不安，我秉承父兄的餘業，想要效法齊桓公、晉文公，你有什麼辦法嗎？」

魯肅從容應道：

「從前漢高祖打算尊事義帝而不能，是因為項羽為害的緣故。如今的曹操，就好比是項羽，將軍又如何能和齊桓、晉文一樣？我估計漢室無法重振，曹操勢大，短時間內也無法剷除。如今，只有鼎足而居，暫時在江東發展，等待天下情勢的變化。不過，也不妨乘著北方多事之時，先剿滅黃祖、進伐劉表，據守長江以東的地方，然後建號稱帝，進一步打算天下大事，這也就是高祖建立功業的步驟！」

孫權大喜，披衣起身，向魯肅道謝，次日，厚賜魯肅，魯肅又推薦一人見孫權，這人博學多才，事母至孝，姓諸葛，名瑾，字子瑜。諸葛瑾勸孫權和袁紹斷絕，姑且順從曹操，以等待機會，孫權依言而行。這時孫權又得到顧雍，這人嚴厲公正，孫權任用他為丞相，從此之後，孫權威震江東，深得民眾的擁戴。

在北方的袁紹試圖連絡江東的軍隊齊伐曹操不成之後，大怒之餘，遂率領冀、青、幽、并等處人馬七十餘萬，要來攻打許昌。曹操派張遼、許褚應戰，二軍棋逢敵手，不分高下。

袁紹部下審配見曹軍來衝陣，便下令放箭，一時萬箭並發，中軍內弓箭手也一齊射出亂箭，曹軍不敵，退至官渡。再令軍士在曹營前築起土山，令弓箭手在土山上扼住咽喉要路，又不時自上往下放箭，曹操不得不集合謀士商量對策。劉曄乃建議造「發石車」數百輛，發石車作成後，當袁軍射箭時，兵士一齊拽動發石車，一時砲石飛空，往上亂打，敵軍的弓箭手死者遍地皆是，袁軍稱呼發石車為「霹靂車」，至此不敢再登高發箭。審配又設計用鐵鍬掘地道，直透曹營，號稱「掘子軍」，此時劉曄又建議曹操遶營掘深坑，當袁軍掘地道掘到坑邊，不能掘入曹營，徒然浪費軍力。

以後，曹操苦守官渡，軍糧一天比一天少，軍力也疲憊不堪，只得用荀彧計，令軍士死守，又派輕騎數千人，半路截取袁軍糧食，並放火焚燒。同時在袁紹手下，審配與謀士許攸不和，當曹操軍糧告竭，急派使者往許昌運糧時，使者行不到三十里，就被許攸截下，搜到催糧的書信，許攸去見袁紹，進言曹操將立刻起兵，建議兩路分擊曹營及許昌。然而袁紹以為曹操用詭計誘敵，反而懷疑許攸。許攸因此投靠了曹操，曹操大喜，來不及穿上鞋子，赤足前去迎接，曹操乃問許攸要如何才能破袁紹之兵？許攸說：

「我曾教袁紹以輕騎部隊進攻許都，用首尾相攻之法。」

曹操大驚，說：

「呀！如果袁紹用你的計策，我就一敗塗地了！」

許攸說：

「如今丞相營中的軍糧還有多少？」

曹操說：

「可以維持一年。」

許攸笑道：

「恐怕未必吧。」

曹操就說：

「還有半年的草糧。」

許攸拂袖即起，快步走出軍帳，說道：

「我投靠你，原是出自一片誠心，而你卻這等欺瞞，豈是我當初的打算？」

曹操立即起身挽留，說道：

「子遠，子遠，你別生氣，容我老實對你說，軍中的糧食只能支持三個月了。」

許攸笑著說：

「人說曹操是奸雄，果然如此！」

曹操也笑著說：

「難道不曾聽說過：『兵不厭詐』這句話？」

於是附耳低言，說道：

「軍中只剩下這個月的糧食了。」

許攸大聲地說：

「休要瞞我，糧食已用完啦！」

曹操愕然，問道：

「你如何知道的？」

許攸方才把如何捉得使者，搜出書信的事和盤托出。於是曹操牽著手對許攸說：

「子遠，既然你顧念往日交情來到我營中，希望你能教我如何擊破袁紹的軍隊。」

許攸這才獻上烏巢燒糧之策。當烏巢糧草盡被曹軍燒盡之後，袁紹營中，一時軍心惶惶，又逢曹操用計，分散袁軍軍力，然後，八路兵馬齊衝袁紹軍營，袁軍至此大敗。袁紹甚至來不及披甲，單衣上馬，領著長子袁譚，急忙渡河逃往冀州。

曹操接著急攻冀州，袁紹、袁譚再整人馬與曹操大戰，曹操用程昱「十面埋伏」之計，袁軍大亂。袁紹聚集了三子一甥，趕忙殺開血路，逃到倉亭，袁紹兵敗，怒火攻心，不禁昏倒。

曹操正在犒勞軍士之際，聽說劉備、關、張、趙雲等人領數萬之兵打算偷襲許都，不得不親自領兵往汝南來迎擊劉備。當曹操來到，玄德鼓譟而出，曹操出馬，在旗下以鞭指罵說：

「我以貴賓之禮來接待你，你怎麼這般忘恩負義！」

玄德說：

「你名為漢相，其實是國賊。我乃是漢室宗親，如今奉天子密詔來討伐反賊！」

然而當兩軍交鋒時，趙雲、雲長敵不過許褚及夏侯惇，劉辟已棄城逃走，張飛去救襄郡，也被圍住。玄德不得已只好隨著趙雲落荒而逃，這時孫乾向玄德進言：劉表所領荊州，兵強糧足，又是漢家宗親，不如去投靠他。玄德覺得言之有理，於是便領著眾人往荊州去投靠劉表了。曹操得知玄德動向，原打算攻打荊州，但程昱諫道：

「如今袁紹尚未除去，而貿然攻打荊襄，倘若袁紹從北起兵來夾攻，勝負就難說了，不如回兵許都，養精蓄銳，等待來年春暖，然後引兵破袁紹，再取荊襄。」曹操深覺程昱說得對，於是班師回朝，這時已是建安六年的歲末了。

十、躍馬檀溪

建安七年正月，曹操商議著要攻打袁紹，先差夏侯惇、滿寵鎮守汝南，以抵拒劉表；留下曹仁、荀彧守許都；又親自統領大軍前往官渡屯紮。此時袁紹身體稍好，一聽曹兵要攻打冀州的消息，便急著要自領大軍迎敵。袁尚自告奮勇，要提兵前去迎戰，不待袁紹集合青州袁譚、幽州袁熙及并州高幹四路軍，便鳴起戰鼓，去對抗曹軍，然而交戰不過三回合，就大敗而退。

袁紹一聽這消息，吐血數斗，昏倒在地，病勢又更加嚴重了起來，待審配、逢紀來到榻前，袁尚生母劉夫人便問袁尚是否可以繼位？袁紹點頭，審配便在榻前寫了遺囑，袁紹翻身大叫，吐血而死！袁紹死後，審配、逢紀便依遺囑立袁尚為大司馬將軍，領冀、青、幽、并四州牧。這時袁紹長子袁譚不服，乃屯兵城外，不肯入冀州，恐被殺害，時時懷著爭冀州之心。

建安八年春三月，曹操分路攻打袁譚、袁熙、袁尚、高幹，四軍大敗，曹操又引兵追趕直到冀州，袁譚、袁尚入城堅守。曹操連日攻打不下。這時郭嘉進言，說：「袁紹不立嫡長子而立幼子，已造成兄弟之間的不和，兩人各自發展勢力，不是短時間的事了。如今袁尚、袁譚兩人，情事危急時就彼此結合，情事稍緩，就彼此相爭。如今我方不如舉兵南下，攻打荊州，征討劉表，靜觀袁氏兄弟間的變化，然後再全力進攻冀州。」

曹操覺得郭嘉的話說得有理，乃引大軍向荊州進兵，以鬆懈袁氏兄弟的防備。在冀州，袁尚、袁譚得知曹軍退兵，互相慶賀，然而過了不久，兩人又各懷鬼胎，彼此對付，甚至兩人親自交鋒。曹操就趁兩人鬩牆之時，奪得冀州，自領冀州牧，又殺了袁譚。袁尚逃往幽州投靠袁熙，曹操又分三路進攻幽州，一面命李典、樂進攻并州。

袁尚、袁熙自知難敵，便逃往烏桓，幽州刺史遂投降曹操。而高幹也中計，被曹操誘殺，曹操遂平定了并州。定并州後，便打算攻打烏桓，正逢袁熙、袁尚會合冒頓軍數萬人前來，兩軍大戰，二袁不敵，便逃往遼東，遼東太守公孫康用公孫恭的建議：如果曹兵來攻遼東，則留下二袁相助；如果曹軍按兵不動，則殺二袁以結交曹操。曹操用了郭嘉計不舉兵，公孫康便計誘二袁，殺了兩人，砍下二袁之頭，用木匣盛好，送往易州，來見曹操，曹操大大重賞來使。

曹操領兵返回冀州，程昱等人認為北方已經平定，眼前的當務之急，便是攻下江南劉表，曹操覺得十分有理。一面領著袁紹的降兵五六十萬回許都，一面聚集謀士商議，如何南征劉表。而荀彧以為大軍北征而回，疲憊已極，在半年之間，實在需要養精蓄銳，方能南下攻伐劉表，進而打擊孫權。曹操認為很對，遂分兵屯田，等待來春興師。

玄德自到荊州投靠劉表，劉表相待十分優厚，玄德也頗為劉表建立了不少軍功。趙雲、張飛、關羽也隨處不離，時時為玄德盡力。因而引起蔡夫人的不滿，蔡夫人在夜晚時，屢次提醒劉表，要如何如何來防備劉備。劉表聽得多了，就對玄德說：

「賢弟長久留在荊州，恐怕荒廢了你的武藝，襄陽附近的新野，是有餘糧的好地方，賢弟就領著本部兵馬前去屯紮，好嗎？」

因此，玄德次日就辭別劉表，前往新野，玄德自到新野後，政治一新，軍安民樂。建安十二年春，甘夫人生下劉禪，乳名阿斗。這時曹操正要統兵北征，玄德往荊州遊說劉表，希望劉表利用曹操北征，許都空虛的機會，領荊、襄的軍隊趁機攻伐。然而劉表畏忌蔡夫人，始終不敢有所行動。

這年冬天的某一日，玄德和劉表在後堂喝酒，喝到微醺時，劉表忽然潸潸然流下淚來，玄德便問他到底是什麼緣故，劉表說：

「前妻陳氏所生的長子劉琦，人雖有才，然而性情懦弱，看起來不能成大事；後妻蔡氏所生的幼子劉琮，人頗聰明，我打算廢長立幼，又恐怕有礙禮法，心中真是難以決定。」

玄德正色說：

「自古以來，兄弟鬩牆，就是因為廢除嫡長子改立幼子的緣故，這樣最易導致混亂。如今蔡氏一族，把持軍務，實在可以慢慢削弱他們的權勢，千萬不能因溺愛幼子而廢立長子。」

劉表聽後，默然不語。這時玄德和劉表的談話，正被屏風後的蔡夫人聽到，蔡氏心中對劉備真是十分痛恨。玄德如廁，因為自己大腿骨的肉又鬆弛了，不覺流下淚來，入席之後，劉表覺得奇怪，玄德說：

「往常我總是東征西討，身不離馬鞍，腿骨的肉十分結實，如今久不騎馬，腿骨的肉都鬆了，我想到日復一日，年歲也老大了，功業卻未建立，所以傷心啊！」

劉表就提到從前玄德和曹操在許昌煮酒論英雄的事，他說：

「當時賢弟舉盡天下英雄，而曹操只說：『天下英雄，惟玄德與我兩人罷了！』以曹操如此權勢，還不敢居先，賢弟何需發愁功業不能建立？」

玄德因著酒興，失口回答說：

「我如果有發展的基礎，則天下平庸之輩，實在不值得一顧。」

劉表聽後，不發一言，玄德猛地酒醒，只道自己失言，只好假託酒醉，趕忙回館休息。

劉表心中十分不樂，加上蔡夫人在屏風後聽到這番對話，鼓動劉表要除去玄德，劉表十分為難。這時蔡氏就密詔其弟蔡瑁前來，商量這事，打算先斬後奏，派人到館舍中殺了玄德，再行稟告劉表。不料這事卻被伊籍知道了，三更時分，急忙去見玄德，告訴他蔡瑁的陰謀，於是玄德連夜逃回新野。

暗殺不成之後，蔡瑁又與蔡夫人商議，在襄陽大會眾官，打算設法在襄陽將玄德處死。玄德帶著趙雲，和馬騎、步兵三百人前去赴會。蔡瑁出城迎接，態度十分謙謹，入館舍之後，趙雲便披甲掛劍，行坐不離玄德左右。

當九郡四十二州官員都到齊後，蔡瑁便對蒯越說：

「劉備實在是當今最大的心腹之害，不能不盡早除掉。劉荊州已經給我密令，要除去劉備。如今東門峴山大路，由吾弟蔡和領軍把守，南門是由蔡中把守。北門由蔡勳把守，只有西門不必把守，因為前有檀溪阻隔，就是有數萬人保護，也不容易逃脫！」

當天殺牛宰羊，大開宴席，各人坐定後，蔡瑁使人強請趙雲坐另一席。軍士戒備森嚴，把外面收拾得和鐵桶似的，將玄德帶來的三百軍士遣回館舍，只等到酒酣之時，就要下手。

伊籍對於蔡瑁的陰謀十分清楚，在席中，故意把盞斟酒，到玄德面前，暗示他「更衣」，玄德會意，立刻起身如厠。伊籍來到，急忙告訴玄德蔡瑁要加害的情形：

「城外東、南、北三處，都有軍馬把關，只有西門可走，玄德，快逃要緊！」

玄德大驚，飛身上馬，不顧隨行的人，望西門直奔，門吏問話，玄德也不回答，加鞭快跑。門吏飛報蔡瑁，蔡瑁發覺玄德真的不見了，急忙領五百人追趕。玄德撞出西門，跑了數里，前面橫了一條大溪，攔住去路，只見那溪澗闊數丈，流往襄江，水勢很急。玄德回身，又見追兵來到，心想：這次死定了！

玄德心慌之餘，奮不顧身，縱馬下溪，走了幾步，馬的前蹄又陷在泥中，衣袍完全浸濕，玄德就加鞭大叫，那馬忽然從水中湧身而起，一躍三丈之高，飛上西岸，玄德只覺騰雲駕霧，似醉如痴，就來到了對岸。蔡瑁等人趕到岸邊，只見玄德已飛馬越過檀溪，驚詫之下，也無可奈何。

玄德越過檀溪後，策馬往南而行，這時日已西沉，玄德來到一座莊院前，清幽的琴韻不時傳出，玄德因此得見莊主司馬徽，人稱「水鏡先生」。玄德把襄陽事件告訴了水鏡，又自嘆命途多蹇。水鏡以為不然，認為是玄德左右沒有一個得力的人。玄德說：

「我雖是個無才之人，然而在我手下，能文之士有孫乾、糜竺、簡雍等人；能武之士有關、張、趙雲等人，他們都對我忠心耿耿，盡力輔助我。」

水鏡笑道：

「關、張和趙雲，確實是能敵萬人的勇將，然而未必懂得如何用兵；至於孫乾、糜竺，只是白面書生罷了，算不上是運籌帷幄之才。」

這下玄德才悟到在自己左右，少了能知兵法的人，於是向水鏡打聽哪些人是天下奇才？水鏡說：

「伏龍、鳳雛兩人，若能得到其中一人的幫助，就能安定天下了。」

玄德就問誰是伏龍，誰是鳳雛？水鏡不答，只撫掌大笑，說：

「好！好！」

當晚玄德聽到有人來訪水鏡，來者號元直，但不知是何人。第二天玄德又問起誰是伏龍，誰是鳳雛？水鏡又避不作答，只笑道：

「好！好！」

這時趙雲、關羽、張飛等人都尋到莊上，眾人便辭別水鏡，將要回新野。在途中，玄德見到一人，身穿葛巾布袍，長歌而來，歌辭中似有欲投明主之意，於是玄德下馬相見，邀請回城，待為上賓，這人姓單名福，玄德拜他為軍師。

到了這時，曹操養兵已近半年，便時時有先攻荊州的打算。他命曹仁、李典諸人在樊城屯紮，監視荊、襄，又以為劉備在新野招兵買馬，積貯糧食，志不在小。曹仁輕敵，自請領兵五千，要來新野廝殺。單福用計將曹仁打得落花流水，大敗而逃！曹仁又想來劫營，又被單福識破。當曹仁、李典出戰時，樊城就被關公奪下了。

當劉備領兵進入樊城，樊城縣令劉泌請玄德到家，設宴相待，劉泌甥寇封長得器宇軒昂，侍立在後，玄德一見，十分喜愛，遂不顧關公勸阻，收寇封為義子，改名劉封。

曹仁和李典兵敗回到許都，向曹操請罪，告訴曹操原是單福為劉備軍師，設謀定計，以致軍敗。曹操便問：

「單福是何許人？」

程昱答道：

「這人乃是潁川人徐庶，字元直，單福只是他的假名。」

曹操問程昱說：

「這人比你的才學如何？」

程昱應道：

「十倍於我！」

曹操說：

「可惜呀，可惜。這麼好的人才為劉備所用，並且羽翼已成了呀！」

程昱說：

「雖然如此，丞相要請他來並不難。我聽說徐庶是個孝子，只要老母吩咐，徐庶絕不敢不聽。」

曹操大喜，派人把徐母騙到許昌，命她寫信招回徐庶，徐母憤然不從，並取石硯擲打曹操，後來，程昱騙來徐母筆跡，仿其字體，寫了一封家書，寄給徐庶。

在新野城，徐庶讀畢來信，沒想到是假信，淚如泉湧，便向玄德告別，玄德也大哭。兩人對泣，從入夜至到天明。臨行之前，徐庶表白心跡，說明自己雖為曹操所迫，絕不為曹操所用。玄德送別徐庶時，在林畔看著徐庶乘馬和隨行的人匆匆過去，玄德哭著說：

「元直這一次離開後，我要怎麼辦哪？」

玄德欲凝淚遠望，卻被樹林隔斷視線，於是以鞭指著前面的樹林說：

「我要砍盡這些林木，因為它們隔斷了我的視線，使我見不到元直，不能以目送行。」

玄德正在哀怨惆悵，忽然徐庶拍馬而回，玄德心中大喜，以為徐庶改變了心意。徐庶說：

「我心緒煩亂，忘了一件事。在襄陽城外二十里的隆中，有一位奇才，使君可以親自去求他相助。如果能得到他的輔佐，就無異於文王得到呂尚，高祖得到張良了！」

玄德說：

「這人比起先生的才略怎如何？」

徐庶說：

「啊！以我和他相比，好似駑馬配麒麟，寒鴉比鳳凰，這人實在是天下獨步的經天緯地之才。他複姓諸葛，名亮，字孔明，原是瑯琊人，和弟弟諸葛均正在南陽耕讀，他的居處稱作臥龍岡，人都稱他為『臥龍先生』。您如果能得到他，那何需煩惱天下不能平定？他正是伏龍，和鳳雛龐統齊名。」

徐庶在馬上推薦了孔明後，便告別玄德，策馬遠去了。這處玄德似醉方醒，如夢初覺，便領著眾將回到新野，預備了豐厚的禮物，要同關、張兩人前去南陽請孔明下山相助。

十一、三顧茅廬

當玄德同關、張兩人，並一些隨從來到隆中，只見山畔有數人荷著鋤頭，正在種田，口中唱著歌，歌辭說：

「蒼天如圓蓋，陸地如棋局。世人黑白分，往來爭榮辱。榮者自安安，辱者定碌碌。南陽有隱居，高眠臥不足。」

玄德覺得歌辭深刻，不像農夫所作，便問農夫，歌辭是誰作的？有一位農夫回答說：

「歌辭乃是臥龍先生作的。」

玄德又問臥龍的住處，農夫說：

「這山以南一帶的高岡，就是臥龍岡，岡前樹林內的茅屋，就是諸葛先生的住處了。」

玄德便領著從人往前行，來到莊前下馬，親自叩柴門，有一位童子前來應門，玄德說：

「漢左將軍宣城亭侯領豫州州牧皇叔劉備，特來拜見先生。」

童子說：

「我記不得許多名字！」

玄德說：

「你只說劉備來訪就成了！」

童子說：

「先生今早就出門了。」

玄德說：

「先生往何處去了？」

童子說：

「蹤跡不定，也不知道他往何處去了。」

玄德問：

「先生幾時回來？」

童子說：

「歸期也不一定，或者三五天，或者十幾天。」
玄德心中十分惆悵。張飛不耐，便說：
「既然見不著，我們就回去算啦。」
玄德要再等片刻。雲長說：
「不如先回去，再派人來打聽。」
玄德便囑咐童子，待諸葛先生回來時，告訴他劉備曾來拜訪。於是上了馬，回頭觀看隆中景色，真是山不高而秀雅，水不深而澄清，地不廣而平坦，林不大而花盛，猿鶴相親，松篁交翠。正在賞覽之時，忽然有一人從山間小路走來，這人容貌軒昂，丰姿俊爽，玄德心想，這大概就是臥龍先生了，急忙下馬行禮，問道：
「先生是否臥龍先生！」
那人回答道：
「我是博陵人崔州平，孔明是我的好友，我不是孔明。」
原來孔明和博陵崔州平、潁川石廣元、汝南孟公威和徐元直四人是密友。玄德和崔州平兩人便在林間石上坐下，州平問玄德道：
「將軍何故要見孔明？」
玄德說：

「如今天下正亂，四方戰事不住地發生，我想見孔明，就是要請教他安邦定國的方法。」

州平就說：

「將軍以定亂為個人的抱負，確是出於一番仁心。然而自古以來，治亂無常，就以本朝為例，自從高祖起義，推翻秦二世，平定天下，天下由亂入治。至哀、平之世，二百多年太平日子已久，王莽遂行篡逆，這是由治而亂。以後光武中興，重整基業，又由亂而入治，如今又已二百多年。戰爭紛紛發生，也不過就是由治而亂罷了。情勢所趨，不見得能藉少數人的力量而使之平靜。將軍想要得孔明來斡旋天地，補綴乾坤，恐怕不容易達到目的，只是徒然浪費心力罷了！」

玄德說：

「先生所說的，真是一番高論，然而我是漢家後胄，如何能不盡心？」

玄德還想邀州平回到縣中，州平表示無意求名，便長揖而去。張飛等候已久，十分急躁，便說：

「孔明見不著，卻遇到這個腐儒，白白浪費了許多時間！」

三人只好回到新野。玄德常常派人去探聽臥龍回來了沒有，有一天，使者回說臥龍已經回家，玄德就令人備馬，張飛說：

「看起來也不過是鄉下人，何必哥哥親自去？派個人叫來就成了。」
玄德叱罵張飛無禮，上馬再訪孔明，關、張兩人照例跟隨。這時正值深冬，天氣十分寒冷，彤雲密布，北風吹得正猛烈，張飛說：
「天寒地凍，尚且不適合打戰，竟要來拜訪這個沒有用的人？不如早些回新野避風雪。」
玄德聽了覺得不高興，表示自己正想使孔明知道自己的誠意。走近酒店，聽見店中有兩人擊桌而歌，歌聲激昂慷慨，玄德就進去問道：
「臥龍先生在這裡嗎？兩位之中誰是臥龍先生？」
原來兩人是臥龍的朋友潁川石廣元及汝南孟公威。玄德只好告辭上馬，向臥龍岡走去，來到莊前下馬，叩門問童子說：
「先生今天是否在莊上？」
童子回答道：
「此刻正在莊上讀書呢。」
玄德大喜，就跟著童子進門，來到中門，只見門中對聯寫作：
「淡泊以明志，寧靜而致遠。」
玄德正看著對聯，又聽到吟詠之聲傳來，從門邊看入，只見一個少年，在草堂上擁爐抱膝唱著歌。玄德等他歌畢，就上前施禮，說道：

「我長久以來，便想結識先生。今天冒雪而來，能夠見著，真是萬幸。」

那少年慌忙答禮，問道：

「將軍莫非是劉豫州？想見家兄？」

玄德驚訝地說：

「難道先生又不是臥龍先生？」

少年回答說：

「我乃臥龍之弟諸葛均，兄弟三人，長兄諸葛瑾正在江東孫仲謀處，孔明乃二家兄。」

玄德悵然若失，便問孔明去向，諸葛均說：

「家兄昨天被崔州平邀約出去閒遊，或在江湖之上駕小舟，或者往山中訪僧道，或者在村落中尋朋友，或者在洞府內下棋、奏琴，我並不知道兩人去向。」

玄德覺得自己真是福薄緣淺，心想我到此處，豈能不留下片言隻字，便借紙筆寫了一封短信，留給孔明，表達自己仰慕的赤忱。只見張飛忍耐不住，一直嚷著風雪這麼大，不如早回去，玄德心中十分不快。

玄德回新野之後，經過了一段時日的忙碌之後，便命人選擇了佳期，自己齋戒沐浴，打算再往臥龍岡去見孔明。關、張兩人不悅，希望玄德打消去意，關公以為玄德兩次前訪，執禮太過。張飛也說：

「哥哥，你錯啦，想來這個臥龍，也不過是一個村夫，哪裡是什麼大賢？這趟用不著哥哥去，我來對付，他如果不肯來，我只用一條麻繩綁來就得了！」

玄德怒叱張飛無禮，且說道：

「這次你不用去，我自和雲長兩人去便了。」

張飛卻又說道：

「兩位哥哥都去，小弟如何能落後？」

於是玄德再三叮嚀張飛，千萬不可失禮。三人上馬便往隆中出發，在不到草廬約半里的地方，玄德就下馬步行。走了一程，正遇到諸葛均，玄德急忙施禮，問道：

「令兄是否在莊上？」

諸葛均說：

「昨晚方回莊，此刻正在莊上。」

說罷，便飄然自去了。玄德覺得十分僥倖，這次必能見到孔明，而張飛卻不滿諸葛均不幫忙引見。

三人來到莊前叩門，童子出來應門，玄德說：

「有勞仙童轉告，說劉備特來拜見先生。」

童子說：

「今天先生在家，但是現在正在草堂小睡。」

玄德說：

「既如此，就先不要通報吧！」

玄德吩咐關、張兩人只在門口等著，自己慢慢走入，只見孔明仰臥在草堂几席之上。玄德從容不迫，便在階下拱手站立。

過了半個時辰，孔明猶未醒來。關、張兩人在門口等得不耐煩，便進來見玄德，只見孔明高臥不起，玄德正侍立階下。張飛大怒，對雲長說：

「這先生太傲慢，等我到屋後去放一把火，看他起是不起！」

雲長再三勸阻，張飛乃強行捺住怒氣。玄德仍命二人在門外等候，二人望向堂上，只見孔明翻身將起，卻又朝裡睡著了。童子欲通報，玄德攔阻不肯。因此，玄德又立了一個時辰，孔明方才醒來，吟道：

「大夢誰先覺？平生我自知。」便問童子，是否有俗客來訪，童子回報說：

「劉皇叔在此站立等候很久了。」

孔明趕緊起身，整衣出迎，玄德見孔明身長八尺，面如冠玉，頭戴綸（ㄍㄨㄢ guān）巾，身披鶴氅（ㄔㄤˇ chǎng），飄飄然好似神仙。便行下拜，對孔明說：

「備是漢室末冑，涿郡的愚夫，早已聽說先生大名，兩次晉謁，不得見面，今天有幸能見到先生。」

孔明謙遜一番，兩人分賓主坐下。玄德立即表明自己渴慕孔明，欲得孔明相助的赤忱。孔明笑著說：

「我希望聽聽將軍的打算。」

於是玄德移坐促席，慷慨陳言，表明自己欲伸大義，輔佐漢室，又希望孔明念及天下蒼生，能教誨開導自己。孔明方才說：

「自從董卓弄權以後，天下豪傑紛紛起義。曹操的勢力不及袁紹，而能繼袁紹而起，完全是仰仗人謀的緣故。如今曹操已擁有百萬之軍，挾天子以令諸侯，無法和他爭鋒。孫權占據江東，已有三代，占地利之便，又得江東百姓的擁護，一時無法和他相爭。而荊州這地方，原是兵家用武之地，是上天要助將軍取得的，不應該放棄。益州有天險，土地又肥沃，從前高祖就因為據有此地而成就了帝業，然而劉璋昏昧柔弱，不能善持這民殷國富的情勢。至於將軍，信義之名聞四海，又能求賢若渴，又有英雄相輔佐，如果再能擁有荊、益兩州，依恃地利，對內修理政事，對外安撫西戎、南越，和孫權連絡，一待天下有變，領著荊州之兵，攻向許都，則可以成大業，可以興漢室！如今曹操居北占天時，孫權居南占地利，而將軍可占人和，先取荊州，後取西川，和曹、孫成鼎足而居之形勢，然後才能打算進攻中原。」

玄德聽了這一番精闢的剖析後，離席拱手向孔明道謝，他說：

「先生這一席話，真令我茅塞頓開，好似撥雲霧而見青天，然而荊州的劉表、益州的劉璋，都是漢室宗親，我如何能忍心去搶奪？」

孔明表示劉表已不久人世，劉璋並非能立業者，荊、益兩州日後定歸玄德。玄德頓首拜謝，力請孔明出山相助，孔明不肯，玄德就流下眼淚，說道：

「先生不出，天下的蒼生將要如何？」

玄德眼淚沾濕了袍袖，連衣服前襟也都被淚沾濕了，孔明感覺玄德的心意真是十分誠摯，才說：

「既蒙將軍不棄，我盡力效勞就是了！」

玄德大喜，命關、張入見，又送上金帛禮物，孔明堅持不受。眾人在莊中住了一晚，次日，孔明囑咐諸葛均說：

「我受了劉皇叔三顧之恩，不能不出山相助！你要在此好好耕讀，不要讓田畝荒蕪，待我功成之日，立即歸隱。」

玄德便和孔明、關、張諸人，辭了諸葛均，同回新野。玄德以師禮待孔明，食同桌、寢同榻，終日談論天下大事。

十二、火燒新野

在許都，曹操自免除三公之職後，自己以丞相兼三公，重用了毛玠、崔琰、司馬懿三人。這司馬懿，字仲達，河內人，原是潁川太守司馬雋的後代，父親是京兆尹司馬防，司馬懿之弟司馬朗也在曹操手下任主簿之職。此時曹操，又打算向南征討，夏侯惇為此進言說：

「近來劉備在新野，每天訓練士卒，勢力日趨擴大，應當早早對付。」

於是曹操命夏侯惇為都督，令于禁、李典兩人為副將，領兵十萬，直抵博望縈營，打算近窺新野的動靜。荀彧及徐庶都勸夏侯惇不可輕敵，但夏侯惇眼高於頂，根本不把劉備看在眼中。

在玄德這方，自從得到孔明之後，不免和關、張兩人疏遠，兩人始終不高興，認為孔明無甚才學。當夏侯惇屯兵博望，玄德心中發愁，孔明遂教玄德招募民兵三千人，自教禦敵之法。

有一天，探子來報夏侯惇領兵來犯的消息，張飛一聽說，便對雲長說：

「叫那孔明前去迎戰，不就成了？」

玄德正色說：

「翼德，在戰場上，智賴孔明，勇還得靠二弟，如何可以推諉？」

三人遂去請孔明商議。孔明唯恐關、張兩人不肯聽命行事遂向玄德要了劍印。孔明聚集眾將聽令，張飛對雲長說：

「我們姑且去聽聽看，看他怎生調度？」

只見孔明傳令軍中諸將，說道：

「博望的左邊有豫山，右邊有安林，兩處可埋伏軍馬。雲長領一千軍在豫山埋伏，等敵軍來到，放過他，千萬不要攻擊；因為對方的輜重糧草，定在隊伍之後。只要一見南面火起，就立刻放火燒糧草。翼德領一千軍在安林埋伏軍馬，一見南面火起，便向博望城舊日屯貯糧草處放火焚燒。關平、劉封引五百兵在博望坡後兩邊等候，到初更時分，敵軍來犯，就可以開始放火。」

孔明又命趙雲自樊城趕回，擔任前鋒，和敵軍交手，只要輸，不要贏。雲長等人尚未心服孔明，這時雲長便說：

「我們都要迎敵，不知軍師你作些什麼事？」

孔明說：

「我只需坐守這城。」

張飛大笑，說：

「我們都去廝殺，你卻在家裡坐著，真好自在！」

孔明說：

「劍印在此，膽敢抗命的人處死！」

玄德從中協調：

「雲長、翼德，豈不聽說『運籌幃幄之中，決勝千里之外』這兩句話？」

張飛冷笑而去，雲長對張飛說：

「我們且看這孔明使的計成不成？應不應？如果不靈，那時再來問他也不遲。」

除關、張二人外，諸將也都疑惑不定，不知孔明有否勝算？孔明又對玄德說：

「今天主公領兵在博望山下屯住，等待敵軍來攻時，主公就棄營而起，只要看到火起，立即回軍廝殺。」

又命孫乾、簡雍準備慶功宴席，同時安排「功勞簿」，待戰爭結束時計算軍功。孔明的部署，就連玄德也頗為疑惑。

這時夏侯惇和于禁已引兵到博望，一半精兵作前隊，一半軍士保護糧草。夏侯惇來到博望，一見諸葛亮所布的陣式，不禁仰天大笑，因而輕敵之心更甚往日。戰爭的進行一如孔明所料，當夏侯惇所領曹軍來到狹窄的南道，孔明就用火攻，燒盡糧草輜重，殺得曹軍屍橫遍野、血流成河。

孔明收軍回營，關、張兩人下馬拜伏，至此才真正對初出茅廬就立戰功的孔明感佩莫名。孔明回到縣中，對玄德說：

「這次夏侯惇失敗，曹操必定自領大軍前來。新野是個小縣，已不能久居，我聽說劉景升近日病情十分嚴重，不如乘此機會攻打荊州，作為安身之地，一方面也能因此抵拒曹操。」

然而玄德卻覺得十分為難，只覺自身蒙受了劉表大恩，這種背義之事，是寧死也不願作的！孔明只好另作商議。

在許昌，夏侯惇兵敗逃回，自縛而見曹操，伏地請死，曹操責備夏侯惇說：

「你自幼熟讀兵法，竟然不知道在狹處需防火攻！」

夏侯惇認罪，並對曹操表示李典、于禁在戰爭中曾經談及此，於是曹操重賞兩人。這時已是建安十三年秋七月，曹操傳令起大兵五十萬，又令許褚為折衝將軍，引三千兵為先鋒，前去對付劉備、孫權，掃平江南。

當曹操起兵來攻時，玄德正在劉表處，劉表病重，自知不久人世，便請玄德前來交代後事。玄德一聽曹操自統大軍來伐，便急忙趕回新野去了。

劉表病中得知曹兵進犯，吃驚不小，便打算把長子劉琦立為荊州之主。蔡夫人聞言大怒，一面使蔡瑁、張允把住外門，不許劉琦探病，劉琦不得已仍回江夏，而劉表病危，望劉琦不到，到了八月戊申日，大叫數聲而死。蔡夫人便假擬遺囑，令次子劉琮為荊州之主。蔡氏宗族分領荊州之兵守荊州，蔡夫人和劉琮往襄陽駐紮以防劉琦、劉備。

劉表死，也不訃告劉琦和玄德。劉琮剛抵襄陽，曹操便領大軍往襄陽來，這時傅巽進言，認為不如把荊、襄九郡獻給曹操，以免三面受敵。於是劉琮便寫了降書，命人送給曹操，曹操假意要命他永遠鎮守荊、襄兩州。

劉琮投降曹操之事，傳到玄德耳中，玄德大哭。正值伊籍奉劉琦命來報哀，伊籍以為玄德不如以弔喪為名，前赴襄陽誘劉琮出迎，奪了荊州。孔明也以為伊籍所言極是，然而玄德垂淚說：

「吾兄在臨終時託孤給我，如今我若捉住了他的兒子又強占他的土地，他日若在九泉之下，我有何面目去見他呢？」

玄德以為不如前往樊城暫避。正在商議間，探馬飛報，曹兵已到博望了。玄德慌忙請伊籍回江夏整頓軍馬，一面和孔明商議如何拒敵。孔明說：

「不如早到樊城去！新野住不得了！」

遂令差人在城四門張榜，曉諭百姓無論男女老幼，願意隨行的即日前往樊城。一面差孫乾往河邊調撥船隻，以備百姓乘坐。先教雲長領一千軍去白河上頭埋伏，孔明吩咐道：

「每個人都帶著布袋，袋中多裝沙土，堵住白河之水。明天三更時分，只要聽見下流人喊馬嘶的聲音，就趕緊把布袋取走，讓水沖下，而你們也順著水殺將下來。」

孔明又喚張飛領一千人去博陵渡口埋伏，吩咐道：

「此處水流得最慢，曹軍被大水沖淹，一定是從此逃脫，你們可以趁機砍殺。」

孔明又喚趙雲，說道：

「你領三千，分成四隊，埋伏在城的東、西、南、北四門，一方面在城內人家的屋頂上多藏一些硫磺焰硝引火的東西。曹軍入城，一定要找民房屯住，明日黃昏後，定有大風，只要風一起，就令西、南、北三門埋伏的士卒將火箭射入城中。當城中火勢大作，就在城外吶喊助陣，只留下東門放曹軍逃走，而你自率東門之士卒從後攻擊。天明和關、張二將軍會合，收軍回到樊城。」

孔明再令糜芳、劉封兩人，帶兩千人，一半持紅旗，一半持青旗，在新野城外三十里鵲尾坡前屯紮。孔明說：

「只要一看到曹軍到，紅旗軍走在左邊，青旗軍走在右邊，曹軍心疑，一定不敢追趕。你們兩千人就趕緊分頭埋伏，只要一見城中火起，就出來追殺敗兵，然後到白河上游接應。」

孔明安排已定，乃與玄德一同登高瞭望。

曹仁、曹洪領十萬軍為前隊，許褚引三千鐵甲軍開路，浩浩蕩蕩，殺向新野來。來到鵲尾坡，只見坡前一隊人馬，打著或青、或紅的旗，許褚催軍向前，青、紅旗各分左右，許褚趕緊報告曹仁。曹仁以為是疑兵，就加速進軍。許褚回到坡前，提兵殺入時，已不見一人。

此時日已向西，只聽得山上大吹大擂，抬頭一看，玄德和孔明正對坐飲酒。許褚大怒，想要領軍上山，山上擂木、砲石又打將下來。

折騰半日天色已晚，曹仁領兵來，遂令士卒奪新野城。當軍士來到城下時，只見四門大開，曹軍進到城中，發覺城中連一人都沒有，竟是一座空城。曹洪便命部下安歇，明日再進兵。

到初更以後，狂風大作，守門軍士飛報失火。曹仁不疑有他，以為是軍士燒飯引起。接著，西、南、北三門都起了火，曹仁急令眾將上馬，這時滿城火起，只見上下通紅一片。曹仁聽說東門不曾起火，便率眾急忙奔出東門，軍士自相踐踏，死者無數。

曹仁等人方才脫出火圈，只聽背後一片喊聲，趙雲領軍來攻。曹仁大敗，奪路而逃，到四更時分，人馬困乏至極，軍士個個焦頭爛額，奔到白河邊，只見河水不深，於是人馬盡都下水。當人聲馬鳴傳至上游，雲長急令軍士把布袋移開，這時水勢滔天，往下流沖去，曹軍死者不勝其數！

曹仁領著殘軍往水勢慢處奪路而走，來到博陵渡口，又遇上了張飛，截住曹軍就殺。曹軍紛紛逃走。接著張飛、玄德、孔明等人沿河來到上流，一齊渡河，往樊城去，過了河，孔明便令人將船筏放火燒毀。

曹操得知戰敗的消息，就下令三軍在新野下寨，一眼望去，漫山遍野都是曹軍，曹操命軍士一面搜山，一面填塞白河。又命大軍分作八路，一齊要去攻打樊城。此時孔明以為應當急取襄陽，玄德因有百姓相隨，行動遲緩，一路上扶老攜幼，連男帶女，滾滾渡河，兩岸哭聲不停。來到襄陽東門，只見城上遍插旌旗，壕邊密布鹿角。玄德勒馬大叫：

「劉琮賢姪，我只是想救救百姓，並無他意，請快開門。」

然而劉琮害怕，不敢出應，蔡瑁、張允不得劉琮同意，來到城樓令軍士射下亂箭，城外百姓，無不望著城樓而哭。城中忽然有一將軍名叫魏延，領著數百人上了城牆，殺了守門將士，開了城門，放下弔橋，急喚玄德進城。這時蔡瑁的手下文聘與魏延交戰不休，玄德向孔明表示本打算保民，如今反而害民，因此不願進入襄陽。

孔明以為江陵是荊州要地，不如先往江陵。這時襄陽百姓有乘亂逃出的，隨著玄德，因此玄德同行的軍民有十餘萬人，大小車輛數千輛，挑擔背負者也不計其數。

玄德始終不忍放棄百姓，擁著百姓緩緩而行，孔明對玄德表示：追兵不久即來，請雲長趕緊往江夏向劉琦求救，令張飛斷絕後路，趙雲保護老小，每日行走十餘里。這時曹操在樊城，使人渡江至襄陽，召劉琮相見。劉琮不敢去見曹操，而蔡瑁、張允卻催促劉琮即刻去見曹操。王威暗中獻計，對劉琮說：

「將軍既已投降，玄德又已離開，曹操必定鬆懈。希望將軍能整奮奇兵，趁機攻打，如果能把曹操制服，那麼中原雖廣，將都一一臣服於將軍，這難得的時機，希望將軍不要放過。」

劉琮不但不聽，反把王威的話告訴蔡瑁。蔡瑁和張允去拜見曹操，辭色十分諂佞。曹操想命劉琮為青州刺史，令他即刻上路。劉琮大驚，心中十分不願。再三推辭而曹操不准，劉琮只得和蔡夫人同往青州，在途中，曹操命人把劉琮母子殺了。襄陽便落入曹操的手中。

曹操取得襄陽後，日夜趕路，要追上劉備。劉備領著眾人馬，一程一程地挨著向江陵進發，來到當陽縣的景山，玄德停住屯紮。約四更時分，忽然聽到西北喊聲震天，玄德派了二千人去迎戰，曹軍士氣高昂，玄德正在危迫之際，幸好張飛趕來，殺開一條血路，往東而走，到天明時分，方才歇下，看看隨行的人只不過百餘，其餘百姓老小都不知下落！趙雲在亂中因不見玄德家小，急忙單騎去尋，幸而尋得，衝破重圍而出。不料又在陣外遇到鍾縉、鍾紳兄弟攔住廝殺，殺了一陣才碰見張飛趕來相救，趙雲終於得和玄德相見。

張飛待趙雲離去後，手持蛇矛站在長坂橋上，圓睜環眼，倒豎虎鬚，向西立視曹軍。並在橋後樹林中命隨行的二十餘騎砍下樹枝，拴在馬尾上，在樹林內往來奔馳，揚起塵土，使曹軍起疑，以為有埋伏之軍。

此時曹操部將曹仁、李典、夏侯惇、夏侯淵、張遼、許褚等見張飛怒目橫矛站在橋上，又恐怕是孔明之計，都不敢進前，因此暫時阻擋了曹軍的進攻。玄德等人即從小路往沔陽進發。曹操大軍又火速進兵，追趕而來，正在緊急之時，關公領著由江夏所借得的一萬軍馬，從半路殺出來，曹軍不敵向後退軍。雲長回軍保護玄德等人到漢津，劉琦也率江南水軍前來援助。三支兵馬會合在一起，商議如何破曹，孔明對玄德及劉琦說：

「夏口有地勢之險，又有錢糧，可以據守，請主公先往夏口，公子自回江夏整頓戰船，收拾軍器，共同來抵擋曹操。如果大家齊歸江夏，則勢力反而孤單了。」

劉琦卻想先請玄德赴江夏，當軍馬整頓好時，再回夏口；於是留下雲長領五千軍守夏口，玄德、孔明、劉琦三人回到江夏。這時，曹操恐怕由水路先被玄德奪了江陵，先趕往江陵，守荊州的鄧義、劉先自料不能抵擋曹操，就向曹操投降，於是曹操又得了荊州。

十三、結連東吳

曹操入荊州以後，大事安定，乃和眾將商議，說：

「如今劉備已經前往江夏，恐怕他會連結東吳，發展勢力，這該如何處理？」

荀攸回答說：

「將軍不妨大振兵威，遣使者送檄文到江東，請孫權到江夏會獵，一塊兒來對付劉備。只要孫權臣服，那麼大事也就定了！」

曹操覺得荀攸說得有理，於是一面發檄文到東吳，一面計算馬步、水軍八十三萬，對外號稱一百萬，水陸並進，船、騎並行，沿江而下，隊伍迤邐，約有三百里長。

這時江東的孫權屯兵在柴桑，早已聽說曹操大軍取得了襄陽，如今又日夜趕路，要往江陵攻打江南。於是乃聚集謀士商議如何應敵。魯肅說：

「荊州地勢險要，又與我國國土相鄰接，不僅利於攻守，而且土地肥沃，居民一向安居樂業。如果我們能先據有荊州，必定能成就帝王之業！如今劉表已逝，劉備新近大敗。我願意承命前往江夏弔喪，藉此遊說劉備，要他安撫劉表眾將，同心一意來擊破曹操，如果劉備同意，就不需顧慮曹軍來進犯了！」

孫權乃命魯肅前往江夏弔喪。

當魯肅來到江夏時，玄德正與孔明、劉琦共商對策。孔明以為曹操勢力大，一時無法抵禦，不如結連東吳，以為援助，使曹、孫相爭，而從中牟利。玄德恐怕江東人物極多，不肯輕易相容。孔明遂道：

「如今曹操領著百萬之眾，盤據江、漢，聲勢浩大，江東如何能不派人來探虛實？如果有人來此，我願隨著他到江東，憑著三寸不爛之舌，遊說孫權，使他和曹操對壘，互相吞併。如果南軍勝，我方就和他們共誅曹軍，奪取荊州之地，如果北軍勝，則我方乘勝可以取得江南。」

這時，有人來報告江東孫權差魯肅來弔喪。孔明笑著說：

「大事成了！」

孔明乃叮嚀玄德，若是魯肅問起曹操動靜，只要推說不知，魯肅如堅持要問，就請他問諸葛亮。

魯肅見禮畢，果真如孔明所料，追問曹軍的虛實，而玄德也推說不知虛實。魯肅說：

「聽說皇叔用諸葛孔明之計，兩場大小火燒得曹操魂亡膽落，怎麼能說不知曹軍虛實呢？」

於是玄德說，只有諸葛亮清楚曹軍動向。於是魯肅來見孔明。孔明表示對於曹操奸計，完全洞悉，只是力量薄弱，不足以對付。魯肅就問：

「皇叔今後準備留在江夏嗎？」

孔明說：

「劉使君和蒼梧太守吳巨交情不錯，準備去投靠他。」

魯肅說：

「吳巨兵少糧缺，尚且不能自保，如何能去投靠這種人？」

孔明表示不過是暫時的打算。魯肅就說：

「孫將軍虎踞六郡，兵精糧足，又十分敬重賢者，江東英雄，早已歸附。如今為你們打算，不如派遣心腹之人前去東吳輸誠，和東吳結連，方足以成大事。」

孔明說：

「劉使君和孫將軍向無交情，只怕到了東吳，徒然浪費口舌。而且也找不出什麼心腹之人！」

魯肅說：

「先生令兄諸葛瑾就在孫將軍手下為參謀，先生何不自任使者，和我同往江東見孫將軍，共圖大事呢？」

孔明假意推託，玄德也佯裝不許，而魯肅堅邀，孔明方說：

「事情也十分緊急了，我就奉命走一趟吧！」

魯肅遂別了玄德，和孔明登舟，前往柴桑。

兩人在前往柴桑的途中，魯肅一再告誡孔明，千萬不要在孫權面前說曹操兵多將廣。兩人上了岸，魯肅便請孔明到館舍中暫歇，自己前去見孫權，孫權就把曹操的檄文交給魯肅看，檄文上說：

「孤近日來奉命討伐有罪之人，大軍南向，劉琮束手投降；荊、襄之民亦望風而歸順。如今統領百萬雄師，上將千人，想和將軍在江夏會獵面商，共同討伐劉備，分其土地，永結盟好！」

魯肅看完後便問孫權作何打算？孫權表示還未決定。這時張昭對孫權說：

「曹操擁有百萬大軍，借天子之名四處征討，如果要抵抗，恐怕力有所不及。主公所仰仗的天險，就是一條長江，如今曹操既然得到了荊州，可以說和我方同樣得了地利之便。

情勢使然，根本無法和曹操為敵，不如投降，方能保全江東。」

張昭說完了話，孫權低頭不語。過了一會兒，孫權到後堂去更衣，魯肅跟隨在後，孫權知道魯肅有話要說，便執著魯肅的手說：

「子敬，你打算怎麼辦？」

魯肅說：

「張昭等人的想法，適足以延誤將軍。眾人都能投降，只有將軍不能投降！」

孫權就問魯肅為什麼不能投降的理由，魯肅說：

「像張昭和我這班人投降曹操，曹操大可以打發我們回到鄉黨，賜個官做，也許還能做上州郡之長！將軍若要投降曹操，曹操要怎樣安排將軍呢？了不起封個侯爵，給幾個隨從，豈能有機會南面而王？眾人主張投降，是各自為自己打算，而不曾為將軍打算啊！」

孫權感嘆地說：

「眾人之見，實在令我深感失望，如今子敬所說，正和我的想法相同。然而目前曹軍大兵已壓境，恐怕很難抵擋得了。」

魯肅便向孫權推薦諸葛亮。次日，魯肅引見孔明前，又囑咐孔明說：

「如今去見將軍，萬萬不可說曹操兵多。」

孔明笑著答應。魯肅和孔明來到孫權處，只見張昭、顧雍等一班文武大臣，早已整衣端坐。張昭心想，這人器宇軒昂，不是等閒人物，恐怕是前來遊說的說客，便先發言挑戰，張昭說：

「劉豫州三顧茅廬，始請出先生相助，想要席捲荊、襄，如今何以被曹操先占？劉豫州在未得先生之時，尚割據城池，如今得先生，反而棄新野、走樊城、敗當陽、奔夏口，一無容身之地？」

孔明回答說：

「我主劉豫州躬行仁義，所以不忍奪同宗的基業。劉琮懦弱，暗自投降，方使曹操如此猖獗。豫州在未得我輔助之時，軍敗於汝南，寄跡劉表，兵不滿千，將止關、張、趙雲而已。此後，博望燒屯，白河用水，使夏侯惇、曹仁輩心驚膽裂，亮也盡了一己之棉力。當陽兵敗，全由於數十萬赴義之民相隨，一日只行十里之故。寡不敵眾，也是兵家常事。至於說到國家大計，社稷安危，端賴主謀，不是由徒口誇辯，虛譽欺人的人所能擔當的！」

張昭聽罷，啞口無言。虞翻、步隲、薛綜、陸績、嚴峻等紛紛發難。這時有一人自外進入，厲聲說道：

「孔明乃當代奇才，你們以脣舌相難，豈是待客之道？曹操大軍就要臨境，不思對付之法，而還在這徒鬥口舌嗎？」

這人正是黃蓋，字公覆。黃蓋對孔明說：

「金石之論，應當和我主談論，不需和這班人大肆辯論。」

於是孔明、魯肅、黃蓋一齊去見孫權，孫權問孔明曹軍虛實。孔明回答道：

「馬步、水軍大約有一百萬。曹操在兗州時已有青州軍二十萬，平了袁紹又得五六十萬，中原新招的兵卒有三四十萬，如今又得荊州之兵二三十萬，大約不在一百五十萬之下。曹軍有百萬之多，恐怕嚇著江東之士吧？」

魯肅在旁，聽到孔明這麼說，不禁顏色大變，以目向孔明示意，孔明只是故作不見。

孫權說：

「曹操部下戰將還有多少？」

孔明說：

「足智多謀之士，能征慣戰之將，何止一兩千！」

孫權說：

「如今曹操攻下了荊、襄，還有什麼進一步的打算嗎？」

孔明說：

「眼前曹軍沿江紮營，準備戰船，不攻取江東還能攻取哪裡呢？」

孫權表示自己正處於戰與不戰兩難的情況，孔明分析道：

「前不久天下大亂時，將軍起兵江東，劉豫州收服漢南，和曹操共爭天下。如今曹操陸續除去心腹之害，擴充領土，新近又得荊州，威勢真是震驚天下。在這種情勢下，縱有英雄，也毫無用武之地，所以劉豫州投奔江夏。但願將軍量力而為！如果能以吳越大軍和曹軍對抗，不如早早表明立場，和曹操決裂；如果吳越之軍不能和曹軍對敵，何不就聽從謀士們的意見，按兵束甲，以臣禮事曹操？」

孫權聽了這話，不覺勃然變色，對孔明說：

「曹操平生最痛惡的，就是呂布、劉表、袁紹、袁術、劉備和我！如今呂布等人都被剿滅，只有豫州和我還活著。我自然不能以全吳之地，受曹操的控制。我已經有所決定了：和劉豫州聯合起來，共同抵擋曹操。然而劉豫州新近敗於曹操，還有能力來對抗曹操嗎？」

孔明說：

「豫州雖然新敗，然而關雲長手下還有精兵數萬餘人，劉琦的江夏戰士，也在萬人之上。曹軍遠來疲憊，又和豫州交戰，輕騎部隊一日夜行軍三百里，這種情勢實在是如一支強弓射出，到了末尾，力道已失，甚至穿不過一片薄絲。而且北方人不熟悉水戰，荊州地方的百姓，暫時投靠曹操，也是迫於情勢的緣故。如今將軍真能和豫州同心協力，一定能攻破曹軍，曹軍如果被攻而逃回，那麼荊、吳勢力增大，鼎足三分的情勢也就確定了。成敗的關鍵，實在就在今天啊！希望將軍好好考慮，再作決定。」

孫權雖然決定要和玄德聯合攻曹，心中仍是猶疑，便和周瑜商量。周瑜見了檄文，乃笑對孫權說：

「老賊以為我江東無人，竟敢如此侮辱我們！」

這時張昭說道：

「曹操挾天子之名而征討四方，動輒以朝廷為藉口，近日又得荊州，威勢更大。我江東唯一可資抵禦的，就只有一條長江。而如今曹操的戰艦就不止千百，水陸並進，如何抵擋得住？不如先投降，再作打算。」

周瑜以為張昭的意見真是迂儒之見，江東自開國以來已經三代，如何能說放棄就放棄？便對孫權道：

「曹操雖然託名為漢相，其實就是漢賊！將軍神武雄才，又有父兄留下的基業，據有江東肥饒之地，兵精糧足，正應當橫行天下，為國家除去殘暴之賊，如何能投降？並且這次曹兵東來，多犯兵家之忌：北方尚未安定，馬騰、韓遂是其後患，而曹操卻一意南征，此其一。北軍不熟悉水性，曹操又捨陸戰而用水戰，想和東吳爭衡，此其二。這時正值嚴冬，天氣酷冷，馬無糧草，不利戰爭，此其三。趕著一群北方人，遠涉江河，多半水土不服，多生疾病，此其四。如今曹操，在這種情況下要和東吳交戰，必然會招致失敗！將軍要捉拿曹操，眼前就是最好的時機！我願意請領精兵數千，進駐夏口，為將軍擊潰曹操！」

孫權聽了矍然而起，說：

「我和老賊勢不兩立！」

孫權拔出佩劍砍下面前奏案的一角，對群臣說：

「諸官如果還有人進言要投降曹操者，就和這奏案一樣！」

於是就把佩劍賜給周瑜，封他為大都督，封程普為副都督，魯肅為贊軍校尉，準備大舉破曹。

十四、蔣幹中計

當周瑜駐兵夏口時，曹操派使者送信來，封面上寫著：「漢大丞相付周都督開拆」。周瑜一看大怒，將來信撕碎，並且將來使殺了，一面派人把首級送回給曹操，一面派甘寧為前鋒，韓當、蔣欽分別為左、右翼，周瑜自己領兵接應。

曹操得知周瑜毀書斬使，勃然大怒，便叫蔡瑁、張允領著荊州降將為前軍，曹操自為後軍，催督戰船，到達三江口。這時正逢甘寧率東吳船隻前來，甘寧令萬餘兵士齊發弓箭，曹軍不能抵擋。

曹軍大半來自北方，不善水戰，在江面上，戰船擺動，早就立不住腳，這時蔣欽和韓當又衝入曹軍中，曹軍中箭的和被砲轟擊的，不計其數。曹軍敗退，曹操就責問蔡瑁、張允，何以眾不能擊寡？蔡瑁談到北方人不善水戰，於是，曹操便命人先立水寨，令蔡、張兩人，每日操練水軍，而兩旁岸上旱寨長達三百餘里。

周瑜得勝當夜，登高觀望，只見西邊火光照得水面通紅，左右告訴他說是北軍軍營透出的燈火。周瑜亦十分心驚。第二天，周瑜親自坐了一條小船前去窺探水寨的動靜，得知蔡瑁、張允兩人諳習水戰，此時正在調教北方來的士卒如何打水戰，乃尋思如何能先除去蔡、張兩人。

在曹操營中，有人報告周瑜探營，曹操自覺挫了銳氣，正在發怒要如何用計破周瑜，帳下一人表示願憑三寸不爛之舌去江東遊說。曹操一看，原來是幕賓蔣幹。曹操十分高興，便派遣蔣幹到周瑜營中。這時周瑜正在軍帳中商議兵事，聽說蔣幹來到營中，便笑著對其他人說：

「說客到啦！」

周瑜就對眾將密語一番，眾人應命而去。於是周瑜整整衣冠，領著數百從人，都穿上了錦衣，戴上花帽，來接見蔣幹。蔣幹領著一個青衣小童，昂然而入，向周瑜說：

「公瑾，別來可好？」

周瑜先發制人，立即說：

「子翼辛苦了！這趟跋山涉水，為的就是作曹操的說客嗎？」

蔣幹愕然，趕忙分辯：

「我和你久不相見，特來敘舊，怎麼懷疑我是說客？你對待老朋友竟是如此，我還是回去的好。」

周瑜笑著挽著蔣幹手臂，說：

「我只怕你為曹操來遊說，既然只是來敘舊，那再好也沒有了！何必急著要走？」

周瑜便請蔣幹入帳，傳令下去，請江東豪傑，都來和蔣幹相見。不一會兒，文官武將，個個穿著錦衣來到，營中小將們也披上了錦鎧，分兩行進入。周瑜便命他們坐在兩旁，大張筵席，飲酒奏樂，周瑜特地告訴眾官，說：

「這位是我的同窗好友，雖然從江北來到此地，卻不是曹操說客，你們不用擔心。」

說罷，又把佩劍解下，交給太史慈，吩咐太史慈說：

「如今請你佩上這把劍，作監酒官。今天的宴會，我們只敘朋友之情，如有誰提起曹操和東吳軍旅，就立即斬首。」

蔣幹一時驚愕不已，不敢多發一言，周瑜又說：

「我自從領軍，向來滴酒不沾，今天見了老朋友，心中又無顧忌，應當好好開懷痛飲。」

說罷，大笑暢飲，輪番敬酒，吆喝之聲不絕於耳，一時觥籌交錯。周瑜飲到半酣，便攜著蔣幹的手，兩人來到軍營之外，左右軍士，全都披甲執戈肅立著，周瑜問道：

「子翼，我手下的軍士，軍容還雄壯吧？」

蔣幹說：

「真是熊虎之士！」

周瑜又引蔣幹到軍帳之後，只見堆積如山的都是糧草，周瑜說：

「我方的糧食還充足吧？」

蔣幹說：

「兵精糧足，真是名不虛傳！」

周瑜佯醉，執起蔣幹之手說道：

「大丈夫處世，如果遇到知己之主，表面上有君臣之別，實際上親如骨肉，言必行，計必從，共禍福。縱然來了如蘇秦、張儀、陸賈、酈生般的說客，口似懸河，舌如利刃，又哪能說動我呢？」

周瑜說罷大笑，蔣幹一時面如土色。周瑜又帶著蔣幹回到營中，指著諸將說：

「諸位都是江東的英傑，今天這次集會，真可以稱作『群英會』啊！」

滿座歡笑。到了深夜，蔣幹向周瑜表示，已經不能再喝了，周瑜乃命撤席，佯作大醉狀，要求蔣幹抵足而眠。周瑜吐得滿地狼藉不堪，蔣幹睡也睡不著，伏枕靜聽，只見軍中擊鼓報二更的聲音，這時周瑜鼾聲如雷，看似沉睡。蔣幹便起身，看見桌上放著一卷文書，偷偷一看，都是來往的書信，其中一封寫著：「蔡瑁、張允謹封」，蔣幹大驚！信上大略說著：

「我們投降曹賊，並不是貪圖榮華享受，而是迫於情勢！如今已經把北軍騙得困在水寨中，只要一有機會，便將曹賊的首級割下，獻到軍中。我們隨時都會派人來傳遞消息，請都督放心……。」

蔣幹心想，原來蔡瑁、張允這兩個傢伙連結東吳……便把這封信暗藏在衣袖內，正想再翻看其他書信時，床上睡著的周瑜翻身向外，蔣幹急忙就寢，只聽見周瑜口中含糊地說：

「子翼，幾天之內，我教你看看曹賊的頭！」

蔣幹勉強虛應著。周瑜又說：

「子翼且慢……教你看看曹賊……。」

蔣幹心下生疑，不知周瑜是睡是醒，便問周瑜話，可是周瑜又睡著了。蔣幹伏在床上，已是四更時分，只聽到有人入帳，輕喚道：

「都督醒了嗎？」

周瑜好似夢中忽然被人喚醒，故意問來人說：

「床上睡著的是誰？」

來人回道說：

「都督請蔣幹同寢，難道忘了嗎？」

周瑜十分懊悔地說：

「我平日向來不曾喝醉，昨天竟然醉得毫無知覺，不曉得自己有沒有失口說什麼醉話？」

來人對周瑜說：

「江北有人來，要見都督。」

周瑜喝道：

「小聲點！」

便喚蔣幹，而蔣幹只管裝睡。周瑜悄悄出營，蔣幹沉住氣，仔細聽營外的談話聲，只聽到有人聲說：

「張、蔡兩都督說：『急切之間，還無法下手。』」

後面的話，由於聲音太低，聽不真切。不多久，周瑜回到營帳中，又喚「子翼」，蔣幹只是不應，蒙頭假睡。周瑜也解衣就寢。蔣幹心中想道：周瑜是個精明人，天亮找不到信，一定會懷疑我，……。睡到五更，再也忍耐不住，想要逃走，便喚周瑜，周瑜卻不應，蔣幹就趕緊起身，穿戴整齊，潛出營帳，叫醒了小童，要出軍門，守門軍士問道：

「先生要去哪裡？」

蔣幹說：

「我留在這裡恐怕會耽誤都督辦事，所以先行告別。」

軍士也不阻擋。

蔣幹飛船回去見曹操，曹操便問他事辦得如何？蔣幹表示無法打動周瑜，曹操一聽，面帶怒氣，蔣幹趨上說：

「雖然不能打動周瑜來降，但為丞相探聽到一件事，請丞相摒退左右。」

曹操便讓左右侍從離開。蔣幹取出書信，將自己所見所聞，說給曹操聽。曹操大怒說：

「這兩個賊人竟敢如此無禮！」

立刻差人把蔡瑁、張允兩人叫來，張、蔡兩人來到營中，曹操說：

「我想要你們兩人即刻率兵出征。」

蔡瑁說：

「丞相，軍士還不熟悉水戰，不能輕易說要出兵啊！」

曹操怒道：

「等軍隊練熟，我的頭就要獻給周瑜了！」

蔡、張二人不知曹操的話有何用意，驚惶之餘，不能回答，曹操便喝令武士推出去，在營外就地斬首，當軍士把兩人首級獻上時，曹操忽然醒悟：

「唉呀！我中計了！」

心中頗為懊惱，然而又不肯認錯，反而對眾將說：

「這兩人怠慢軍法，所以把他們就地正法！」

眾將心中感慨不已，於是曹操在眾將之內選了毛玠、于禁兩人為水軍都督，來代替蔡、張兩人的職務。

十五、赤壁鏖戰

周瑜自從計退蔣幹之後，在營中聚集眾將，請孔明前來議事，周瑜問孔明道：

「曹軍不久就要來攻，水陸並進，先生以為我方應當用哪一種兵器來禦敵？」

孔明回答，在大江之上，當然用弓箭最好。周瑜一向對孔明十分畏忌，總以為如孔明之多謀，對東吳而言，是最大的威脅，因此想要藉機為難他，周瑜說：

「先生之見，正合我意，但是如今軍中缺少箭矢，能否請先生監造十萬枝箭來應敵？這是公事，請先生千萬不要推辭。」

孔明說：

「既然是都督的吩咐，自當盡力去做。請問十萬枝箭，幾時要用？」

周瑜說：
「十天之內，能辦完麼？」
孔明說：
「曹操大軍即日來攻，如果要等十天之久，恐怕誤了大事。」
周瑜一聽，心中十分詫異，十萬枝箭竟然難不倒孔明，於是又問孔明道：
「那麼幾天之內，可以辦完？」
孔明說：
「只要三天，就可把十萬枝箭送到都督處。」
周瑜便說：
「軍中無戲言！」
孔明表示絕無問題，三日之內如果辦不好，甘願接受重罰，周瑜大喜。孔明說：
「今天趕造已來不及，從明天起算，第三天請都督差五百軍士到江邊來搬箭。」
孔明說完，就告辭離去，稍後，魯肅得知這件事，十分為孔明擔憂，急忙趕著去見孔明，孔明說：
「公瑾之意，原是要害我！三天之內如何能造出十萬枝箭來？子敬啊，你得要救一救我！」

魯肅便責備孔明，說他是自取其禍，十天之內不能辦成的事，卻自己招攬，說是三天之內就能完成。孔明又說：

「希望您能借我二十隻船，每一條船上要三十位軍士，船上用青布為幔，各束草千餘把，分置在船的兩邊，我自有妙用，第三天包管有十萬枝箭。只是，這件事不好教公瑾知道，如果被他知道，這計就使不成了。」

魯肅答應孔明秘密行事，私下就撥了快船二十隻，一切孔明所教準備之事，都已準備妥當，就等著孔明調用。然而，第一天不見孔明動靜，第二天也是。到了第三天清晨四更時分，孔明才密請魯肅來到船中，說是請魯肅一塊兒去取箭。魯肅只見空船，心中疑惑，但孔明要他不需過問。

魯肅只見孔明命人把二十隻船，用長索連在一起，直往北岸駛去。這天晚上的天氣，大霧漫天，長江之中，霧起得更濃，甚至對面來人，也看不真切。孔明催促船隻快行。到了五更時，船已經接近曹操水寨，孔明就教船隻頭西尾東，一字排開，在船上擂鼓吶喊。魯肅大驚，說：

「這還了得，如果曹兵出營來攻擊我們，要怎麼辦？」

孔明笑著表示，重霧之中，曹兵一定不敢出，他對魯肅說：

「我們只顧飲酒取樂，等霧散了就回去。」

這時，在曹營中聽到擂鼓吶喊的聲音，毛玠、于禁兩人慌忙飛報曹操。曹操心想，重霧迷漫，敵軍恐有埋伏，所以命令手下撥水軍弓箭手發射亂箭。又差人到旱寨去傳張遼、徐晃，各帶弓箭手三千，火速趕到江邊助陣。這時一萬多人，盡向江中放箭，一時箭如雨發，孔明教人把船頭掉轉，頭東尾西，逼近水寨，好讓箭射得到船上，一面更加擂鼓吶喊。等到太陽升起，霧漸漸散去時，孔明急令船隻回航，二十隻船兩邊束草上，排滿了箭。孔明下令船上軍士齊聲喊道：

「謝丞相的箭！」

等到曹軍寨內有人把經過通報曹操時，這時船輕水急，已經駛離了二十餘里，追趕不及了，曹操懊悔不已。

孔明在船中對魯肅說：

「每條船上大約有五六千枝箭，不費江東半分力氣，就能得到十萬枝箭，明天用這些箭來回射曹軍，豈不甚好？」

魯肅十分佩服，然而他不明白何以孔明知道今日晨間有大霧，孔明解釋說：

「身為大將而不通天文，不識地理，不曉得天氣的變化，不明白布陣、地勢、人情的，就是庸才！我在三天之前就算定了今天有大霧，所以敢在公瑾面前誇下海口，以三天為限，用計取得這十萬枝箭啊！」

魯肅真是佩服得五體投地，船到岸邊，周瑜已差五百人在江邊等候，軍士計算的結果，總共得了十五六萬枝箭，周瑜自魯肅處得聞孔明「草船借箭」的經過，心中也不由得嘆服三分。

事後，孔明入寨去見周瑜，周瑜出營帳來迎接，至此，才真正表示了佩服之意。周瑜邀孔明入營帳中共飲。周瑜說：

「昨天孫將軍派使者來催促我進兵，我未有奇計，願先生教我。」

孔明謙讓，說自己不過是個碌碌庸才，會有什麼妙計？周瑜說：

「我昨天探營仔細觀察了曹操水寨，看起來十分嚴整而有秩序，如不用奇計，恐怕攻不下，我想得一計，不知可用否，請先生為我作一決定。」

孔明立即說：

「都督且不要說，我們兩人各自把所想之計寫在手掌之內，看看是同還是不同？」

周瑜很高興，覺得這個方法不錯，遂教人取來筆硯，先暗自寫了，待送給孔明看，孔明也暗自寫下。之後兩個人移近坐榻，同時把手掌攤開，互相觀看，看完不禁開懷大笑。原來周瑜掌中，是一個「火」字，孔明掌中也是一個「火」字。周瑜便對孔明說：

「既然我們兩人所見相同，那麼這計策應當可行，這計策你我要保密，千萬別洩漏才好！」

兩人飲酒罷，便各自分散，在周瑜手下，並無一人知曉這事。

當瑜、亮兩人用計之時，曹操正為了平白折損了十五六萬枝箭而生氣。荀攸進言說：

「如今江東有諸葛亮和周瑜兩人用計，急切之間，很難攻得破，不如差人到東吳詐降，作為內應，暗傳消息，使我方能掌握東吳動態。」

曹操表示此計甚好，但是未必有適合的人選，荀攸乃推薦蔡瑁的堂弟蔡中和蔡和，兩人正在曹營任副將之職。荀攸以為蔡瑁被曹操所殺，蔡中、蔡和若去東吳詐降，東吳定然不致起疑。

當夜，曹操便傳令兩人入軍帳，囑咐兩人如何如何行事，事後必有重賞。次日，蔡中、蔡和便領著五百軍士駕了數隻船，順風往南岸來。

在南岸營寨中，周瑜正在處理進兵之事，忽然使者來報，江北有船來到江口，稱是蔡瑁之弟蔡中、蔡和，特來投降。周瑜接見兩人，表情愉悅，重賞兩人，令兩人和甘寧同為部隊的前鋒，兩人拜謝，以為周瑜中了計。然而周瑜吩咐甘寧說：

「這兩人投降不帶家小，恐怕是詐降，替曹操當奸細。如今我想將計就計，教他通報消息。你好好招呼他們，一邊提防兩人，到發兵的那一天，要殺他們兩個來祭旗！」

當天晚上，周瑜坐在軍帳中，忽然見到黃蓋暗中來見，周瑜問他：

「公覆，你何以深夜來見，是有什麼指教嗎？」

黃蓋說：

「彼眾我寡，在這種情況下要用火攻！」

周瑜微驚，忙問：

「是誰教你的計策？」

黃蓋表示正是自己想出來的，周瑜乃說：

「我的意思也是如此，所以故意留下兩個詐降的蔡氏兄弟，令他誤傳消息。但是遺憾的是沒有一個人為我到曹營去詐降。」

黃蓋表示自己願意詐降，而周瑜說：

「不受些苦，恐怕對方不信。」

黃蓋以為自己深受孫氏厚愛，此次雖然肝腦塗地，也不反悔。周瑜起身拜謝，說道：

「公覆如肯行這苦肉之計，那真是江東人民之福啊！」

黃蓋辭出時，向周瑜表示了自己堅定的信念。

第二天，周瑜鳴鼓大會諸將，孔明也在座。周瑜說：

「如今曹操領著百萬大軍，連綿三百里長，非短時間內可破，如今命令諸將各領三個月糧草，準備禦敵，……」

話還未說完，黃蓋搶著發言，說道：

「莫說三個月，就是支三十個月的糧草，也不濟於事。如果能攻得破，在這個月內就能攻破曹軍，如果這個月內攻不破，恐怕最好依張子布的話，棄甲倒戈臣事曹操。」

周瑜勃然變色，怒道：

「我奉主公之命，領軍破曹，誰敢再談投降的一定斬首示眾！如今兩軍相敵，你竟敢說出這番擾亂軍心的話，不把你殺了，教我怎麼管理部下！」

周瑜喝令左右把黃蓋綁起，推出斬首，黃蓋也生氣地說：

「我自從追隨破虜將軍孫堅，縱橫東南，馳騁沙場，已經三代，當我建功逞威之時，那時哪有你來？」

周瑜喝令速斬，這時群臣紛紛為黃蓋求情，說黃蓋是東吳老將，而眼前大敵在望，當同心協力對付曹軍，殺了黃蓋，也無好處。周瑜見眾官苦苦哀求，乃命左右將黃蓋打了一百大板，眾人又紛紛為黃蓋求饒，周瑜推翻案桌，叱退眾官，又喝令士兵把黃蓋衣服剝了，又打了五十下，眾官又苦苦哀求，周瑜仍然罵聲不絕，走回營帳中。

眾官把黃蓋扶起，只見黃蓋被打得皮開肉綻、鮮血迸流，扶回本寨，途中昏倒幾次。黃蓋回到寨中，眾將紛紛來慰問，黃蓋只是長吁短嘆。眾將離開之後，參謀闞澤也來探訪，黃蓋請他入內，闞澤懷疑周瑜用苦肉計，黃蓋向與闞澤交好，因此對闞澤的懷疑並不否認，反而從容表明自己的心意，黃蓋說：

「我雖受苦，但心中一無怨恨。只是遺憾軍中並無一人是我心腹，為我預先向曹操獻上詐降書！」

闞澤欣然表示為國同心之意，願意在黃蓋之先，往曹營見機行事。

闞澤當夜就扮作漁翁，駕了小船，往北岸航去。來到曹營，軍士把他帶去見曹操，曹操懷疑他是奸細。闞澤說自己與黃蓋情逾骨肉，特來呈獻降書，曹操總是不信，闞澤說：

「人說曹丞相求賢若渴，而今天我見到的情形正是相反！唉！黃公覆啊，你真是打錯了算盤了！」

曹操便要投降書看，闞澤把信呈上。曹操在几案上把信翻看了十多次，忽然拍案張目大怒道：

「黃蓋用苦肉計，讓你假傳降書，在我營中臥底，你竟敢來戲侮我嗎？」

曹操便要叫左右把闞澤推出去斬了。闞澤面不改色，仰天大笑，從容而言：

「我豈是笑你曹操？我是笑公覆沒有識人之明！」

曹操說：

「我自幼就熟讀兵書，你這條計，休想瞞我！你如果是真心要獻書投降，何不明約時間？」

闞澤聽罷，更是仰天大笑，對曹操說：

「你真是不識機謀，不明道理，豈不曾聽人說：『背主作竊，不可定期！』的話？豈有預先約定何時來降之事？」

曹操這才改容，取酒接待，表示慰勉之意，說：

「如果你和黃公覆建得大功，他日的封賞一定在其他人之上。」

這時，曹操又得蔡中、蔡和密書，寫道黃蓋被杖責之事，曹操愈加相信，乃命闞澤回南，相機行事。

數日之後，曹操又得蔡中、蔡和密報，說是甘寧也願為內應，曹操心中有些疑慮。闞澤也自寫信，遣人密送曹操，說是黃蓋目前未得機會，如果要北來，船頭會插青牙旗作為標幟。曹操心中舉棋不定，七上八下的，乃聚集謀士商議，希望能得一內應前往江左。蔣幹因前次遊說周瑜未能成功，這次自願前往，將功贖罪。曹操同意，便派蔣幹即日上船。

在南岸，周瑜聽得蔣幹又到，不禁大喜，對魯肅說：

「成功與否，就在這人身上。」

周瑜又吩咐魯肅請龐統來，向他請教如何破曹軍的方法，龐統道：

「要破曹軍，必須用火攻！但是江面遼闊，如果只有一艘船著火，其餘的船便能四散逃逸。必須使『連環計』，將北軍船隻釘成一處，使這計才能成功。」

周瑜深深佩服龐統之見。又請人去接蔣幹，蔣幹不見周瑜親自來接，心中也頗為忐忑。一到營中，周瑜就變色責備道：

「子翼，你為什麼如此欺騙我？我顧念往日交情，請你開懷痛飲，並且留你共眠，欲吐心事，你為何盜了我的私信，又不辭而別？你這番來，一定不懷好意！我原想和你一刀兩斷，馬上送你回去，但又想到舊日交情，這一兩天我就要破曹軍，把你留在營中，恐怕你又要刺探軍情，這樣吧，左右侍從，把子翼送到西山廟中休息兩天——等我擊敗曹軍再送你過江也不遲！」

蔣幹要發言，但周瑜不容他開口，起身回營帳中去了。蔣幹來到西山廟，想到此行任務又不能完成，內心十分憂悶，真是寢食難安。

到了半夜，星露滿天，獨自一人出庵散步，只聽到不遠處傳來讀書的聲音，蔣幹信步走去，見山旁有草屋數間，燈光自小窗中射出，蔣幹悄聲走近，自窗中望入，只見一人在燈前掛劍，口中吟誦著《孫吳兵法》。蔣幹好奇心起，叩門請見。那人開門迎客，蔣幹一見那人，只覺得儀表非凡，心想這必定不是等閒人物。兩人道過姓名，蔣幹十分驚喜，說道：

「莫非是鳳雛先生？」

龐統說：「正是。」蔣幹便問何以會置身在這荒僻之地，龐統表示完全是因為周瑜恃才傲物，不能容人，所以隱居在此。蔣幹便力慫龐統投靠曹操，龐統說：

「我早就想離開江東了，今天既然有你引見我，我就和你同路走吧，不過行動要快，慢了恐怕周瑜知道，就不好辦了。」

於是兩人連夜下山，到江邊尋著原來的船隻，飛棹航往江北。

在曹營，曹操早已得知鳳雛先生要來，親自出帳迎入，分賓主坐定。曹操說：

「周瑜年幼，又恃才欺眾，不懂用兵。操早已聽得先生大名，希望先生能教導我。」

龐統說：

「我平日就知道丞相整軍十分嚴飭，我想看一看布軍的情形。」

曹操就教人備馬，兩人上馬先看了旱寨，龐統說：

「安營傍山依林，出入有門，進退有序，就是孫吳、穰苴復生，恐怕也不能過此！」

兩人又去看水寨，只見南分二十四座內，艨艟（ㄇㄥˇ ㄊㄨㄥˊ měng tóng）戰艦環列，好似城郭，中藏小船，往來似有巷道，秩序十分井然。龐統就說：

「丞相用兵如此，真是名不虛傳。」

曹操大喜。請龐統回到營帳中，兩人論陣說兵，高談闊論。龐統應答如流，曹操佩服得五體投地，便問龐統，北方之軍水土不服，多生嘔吐之病，甚而致死，該如何處理？龐統就說：

「丞相教練水軍之法固然好，然而在大江之中，潮起潮落，風浪不停，北兵不慣坐船，又受到風浪顛簸，自然嘔吐生病，無法作戰。不如把大船小船，或三十隻成一排，或五十隻成一排，首尾用鐵環連鎖起來，上鋪闊板，這樣一來，休說是人在其上行走，連馬匹也能在上奔跑。乘坐這樣連環而成的船隊，任他風浪潮水再大，水軍還會怕嗎？」

曹操一聽，覺得十分有理，乃下席向龐統道謝，曹操說：

「唉！不用先生良謀，我如何能破東吳水軍？」

曹操乃命軍中鐵匠，連夜打造連環大釘，鎖住船隻，諸將得知龐統之計，大家都十分慶幸。龐統又對曹操說：

「當我在江東時，江東豪傑之中，有許多人怨恨周瑜，我願意憑三寸不爛之舌，把他們遊說來降丞相。使周瑜孤立無援，只要周瑜一敗，劉備就不用擔心了。」

曹操聞言，再三叮嚀，務必盡力，龐統遂拜別曹操，自回江東去了，這時已是建安十二年冬十一月時。

某一日，天氣晴朗，長江江面風平浪靜，曹操上馬先巡視沿江的旱寨，然後乘坐大船一隻，在船中央建起「帥」字旗號，巡視兩邊水寨，曹操頗覺滿意，又下令軍中置酒設樂，在晚上會見諸將。到了薄暮時刻，天色漸漸暗了下來，只見月上東山，光采皎潔照耀得四周如白日一樣，月色下的長江恰似一匹白練。曹操居中，左右文武百官依次而坐。

曹操見南屏山山色如畫，向東望可以見到柴桑，向西，則能看到夏口，南邊是樊山，北面可以望得著烏林，四顧空闊，斯情斯景曹操心中頗有感觸。喝酒喝到半夜，曹操想到自己行年五十有四，江南還未平定，耳中傳來樹上的鴉鳴聲，曹操甚有醉意，乃取槊置於船頭，把酒向江中澆奠，滿飲三杯，橫槊對諸將說：

「我就是憑著這支槊破黃巾、擒呂布、滅袁紹、深入塞北，直抵遼東，縱橫天下的！憑了這支槊，頗不辜負我大丈夫的志向。如今美景當前，心中甚為感動，我為諸君唱歌，請你們應和吧：

對酒當歌，人生幾何？譬如朝露，去日苦多。
慨當以慷，憂思難忘。何以解憂？唯有杜康。
青青子衿，悠悠我心。但為君故，沉吟至今。
呦呦鹿鳴，食野之苹。我有嘉賓，鼓瑟吹笙。
明明如月，何時可掇？憂從中來，不可斷絕。
越陌度阡，枉用相存。契闊談讌，心念舊恩。
月明星稀，烏鵲南飛。繞樹三匝，何枝可依？
山不厭高，海不厭深。周公吐哺，天下歸心。」

曹操歌罷，眾人和之，一時之間，彼此十分契合。

次日，水軍都督毛玠、于禁來到營帳中，向曹操說：

「大小船隻，都已配搭連鎖妥當，旌旗武器也一一準備好，請丞相調遣，近日即可起兵。」

曹操來到水軍中央的大戰船上坐定，召集諸將，分派任務，命水、旱二軍，都用五色旗號，水軍部分，由毛玠、于禁居中，旗用黃色；張命在前，用紅旗；呂虔統後軍，用黑旗；文聘率左軍，用青旗；呂通率右軍，用白旗。

陸軍部分，徐晃為前軍，掌紅旗；李典主後軍，用黑旗；樂進統左軍，用青旗；夏侯淵統右軍，用白旗；夏侯惇、曹洪接應水陸西路，許褚、張遼往來監戰，其餘驍將，也各有各的任務。

曹操令畢，水軍寨中擂鼓三通——各隊戰船，分門而出，這日西北風突起，各船拽滿風帆，向前列進，衝波擊浪，渡江如履平地。北軍在船上踴躍施勇，刺槍使刀，身手靈活，勇不可當。曹操心中大喜，以為必勝，乃命眾船收帆，依序回寨。

這時程昱來進言，他對曹操說：

「船都連鎖在一起，固然十分平穩，但若對方用火攻，卻難以迴避，這一點，丞相不能不防備！」

曹操大笑說：

「凡有火攻，必得藉助風力，如今天氣嚴寒，正值隆冬，只有西風、北風，何來東風、南風？我方在長江之北，東吳軍在南岸，如果用火攻，豈不是要倒燒自己的軍隊？」

眾人都佩服曹操之見，紛紛擾擾之間，袁紹手下的舊將焦觸和張南兩人自願乘船，直止北江口，去奪東吳軍的鼓旗。曹操便撥下二十隻船，精銳軍士五百人，人人手持長槍或硬弩。第二日，焦、張兩人便領著哨船，穿寨而出，往江南進發。

在南岸的周瑜，早已聽到喧震的鼓聲，登高觀望，只見有小船衝波而來，周瑜便問軍中有誰敢先行退敵，韓當、周泰兩人齊聲答應，於是便各領哨船五艘，分左右而出。韓當、周泰兩人接近小船時，焦觸便命軍士射出亂箭，然韓當一手用盾牌護胸，一手挺長槍和焦觸交鋒，不過刺出一槍，焦觸已倒下，周泰飛身一躍，直躍上張南船上，手起刀落，把張南砍落水中。焦觸、張南之死，愈令曹操相信連環船艦之妙。

當周瑜在山頂看隔江戰船時，正想問眾將用何計來破江北密如蘆葦的戰船，話未及出口，只見曹寨中被風吹折的黃旗飄向江中。周瑜還兀自得意時，忽然狂風大作，江中驚濤拍岸，一陣風過，旗角在周瑜臉上拂過，周瑜猛然想起，萬事皆備，只欠東風，不覺昏眩過去。

周瑜臥倒帳中，孔明前來探視，周瑜便將心事告知孔明，孔明說：

「我雖無才德，但是曾經得到異人的指點，對天象頗有了解，請都督在南屏山建台，我為都督借三日三夜東風如何？」

周瑜大喜，心病霍然而解，便傳令軍士在南屏山築壇，名為七星壇，孔明在十一月二十日吉時，齋戒沐浴，來到壇前，仰天禱告。

當孔明在七星壇上祭風的時候，程普、魯肅等一班軍官，只在帳中等候，只待東南風一到，便要發兵。黃蓋也已準備了火船二十艘——船頭密布大釘，船內裝滿了蘆葦乾柴，灌上魚油，上又鋪了一層硫黃、焰硝等引火之物，用青布油單遮蓋起來，船頭插上青龍牙旗，眾人在帳中聽候，只等周瑜發下號令。都督營帳周圍盡是東吳軍馬，圍得水泄不通。這時，探子也來報告周瑜，孫權船隻離寨八十五里，以為支援。眾兵眾將，一個個摩拳擦掌，準備廝殺。

將近三更時分，忽然風聲大響，旗旛四處轉動，周瑜出帳觀看，只見旗角竟飄向西北，霎時間東南風大作。周瑜下令集合眾將，先教甘寧帶了蔡中等沿南岸走。他對甘寧說：

「只要打著北軍的旗號，直向烏林走去，就到達曹操屯糧的地方。然後深入軍中，以火為號，留下蔡和一人在帳中，我自有用處。」

周瑜又吩咐太史慈說：

「你領三千兵，直奔往黃州地界，截斷曹操退路以及自合淝來的援軍，遇著曹兵就放火，只要看到紅旗，便是吳侯來接應。」

這兩支人馬路途最遠，所以最早出發。周瑜又教呂蒙領三千兵去烏林接應，教甘寧焚燒曹操的柵寨。又喚凌統領三千兵直接去彝陵的邊界，只要一看烏林火起，便領軍前去。周瑜又喚董襲領三千兵直取漢陽，從漢川殺奔曹營，看白旗接應。然後再喚潘璋領三千兵，打著白旗往漢陽接應董襲。

六隊軍馬各自分路去了。周瑜乃令黃蓋安排火船，使小卒送信約曹操，言明今夜投降。一面又撥四隻戰船，隨著黃蓋船後接應；又將軍隊分成四隊，各有大將統領，這四隊各領戰船三百艘，前面又擺列火船二十艘，周瑜和程普在大艨艟上督戰，只留魯肅、闞澤及眾謀士守寨。

在南屏山，孫權早已準備妥當，只待黃昏出動。玄德在夏口迎接孔明，孔明回營後，立即調兵遣將，吩咐趙雲領三千人馬渡江，攻取烏林小路，揀樹木蘆葦多的地方埋伏，當夜半四更曹操敗走時，等他軍馬來到，就在半中間放起火來。孔明說：

「烏林還有兩條路，一條通南郡，一條通荊州。你只要埋伏在往荊州的路上，因為曹操大軍必然敗回許昌。」

趙雲領命而去，孔明又派張飛領三千兵渡江，截斷彝陵這條路，去葫蘆谷埋伏，當曹軍來此埋鍋造飯之時，就在山邊放起火來。孔明又命糜竺、糜芳、劉封三人，各駕船隻繞江剿擒敗軍，奪取器械。之後，孔明又請劉琦回到武昌，囑咐他不可輕離城郭。安排妥當之後，孔明對玄德說：

「主公，可在樊口屯兵，憑高而望，坐看今夜周郎大逞威風！」

這時，雲長也在座，孔明全然不加理會，雲長終於忍耐不住，高聲說道：

「我關某自從跟隨兄長征戰以來，向未落後，今日遭逢大敵，卻不見軍師有什麼任務派給我，這麼做到底有什麼理由？」

孔明笑道：

「雲長勿怪我。我本想麻煩你把守一個最重要的隘口，但是怎奈何有些不便處，所以不敢派你去。」

雲長不解，便問孔明到底有什麼不便？孔明說：

「過去曹操對待你十分優厚，你心中不時想要回報，這一次曹兵大敗，必定經過華容道逃走，如果由雲長你來把關，到時必然會放他過去。」

雲長說：

「軍師好多心！當日曹操雖然重待過我，而在當時，我已殺了顏良、文醜，解了白馬之圍，報過他了。今日如果撞見他，豈能輕易放過他？假如我放了他，我自願接受軍法制裁！」

於是孔明便下了軍令狀，再三叮嚀：「將軍休得容情」，雲長領了軍令，帶著關平、周倉和五百校刀手，往華容道埋伏去了。

卻說曹操在大寨中，和眾將商議，只等黃蓋消息。當日東南風吹得很急，程昱入寨提醒曹操要預先提防，然曹操一笑置之，以為冬至陽生，哪會起東南風？忽然軍士來報，說有黃蓋密書，曹操趕緊喚入，黃蓋書中說：

「周瑜關防很緊，所以無法脫身。今日正遇鄱陽湖有新運到的糧食，因此想趁機殺幾名江東名將，獻首級來降，只在今晚三更，船上插青龍牙旗的，就是來降的糧船。」

曹操大喜，遂和眾將來到水寨中大船上，等候黃蓋船到。

這一夜，天色向晚的時分，周瑜把蔡和殺了，用血祭旗，便下令開船。黃蓋在第三隻火船上，披上護胸，手提利刃，旗上大書「先鋒黃蓋」四字，往赤壁進發。這時，東風大作，波浪洶湧，曹操在中軍遙望對岸，只見月色照耀在江水之上，如萬道金蛇，翻波戲浪，曹操迎風大笑，十分得意。忽然有軍士報告說，江南隱隱有一簇帆幔，順風而來，曹操登高而望，船首都插著青龍牙旗，其中一面最大的，上書「先鋒黃蓋」四個大字，曹操笑道：

「公覆來降，真是天助我也！」

來船逐漸接近，程昱觀察許久，對曹操說：

「來船有詐，千萬別讓它們接近水寨！」

曹操便問如何知道的？程昱說：

「糧食堆積在船中，船必定十分穩重，如今來船，看來十分輕浮，今夜東南風急，如果有什麼詐謀，要如何抵擋？」

曹操醒悟過來，忙問，誰能去制止？文聘認為自己頗識水性，自願前往，十數隻巡船，便隨著文聘船航出，文聘立在船頭大叫：

「丞相有旨！來降的船隻休近水寨，在江心停住！」

眾軍齊聲大喝：「把篷卸下！」

話還未說完，弓弦聲響，文聘被射中左臂，倒在船中，船上大亂，各自奔回。這時雙方只隔二里水面，黃蓋用刀一招，前船一起發火，火趁風威，風助火勢，船如箭發，煙焰蔽天。二十隻小船，紛紛撞入水寨，曹寨中的船隻一時盡都著了火，又被鐵環鎖住，無法逃避。隔岸又發砲，四下火船又前來攻擊，但見三江面上，火逐風飛，漫天徹地，一派通紅。

曹操趕緊逃上岸，由張遼和十數人保護，黃蓋在後追趕，張遼一箭射中黃蓋肩窩，黃蓋落水，卻被韓當救起。只見水上滿江火滾，左邊是韓當、蔣欽，兩軍從赤壁西殺來；右邊是周泰、陳武，兩軍從赤壁東殺來；正中是周瑜、程普所領的大隊船隻。三江水戰，赤壁壘兵，曹軍著槍中箭，火焚水溺的，數也數不盡。

這時，在岸上甘寧命蔡中領軍到曹寨深處，一刀把蔡中砍死，就草上放起火來，呂蒙遙望中軍火起，也在十數處放火，眾將分頭放火吶喊，四下裡又鼓聲大震。曹操和張遼領著百餘騎，在火林裡走著，看看四處地面，無處不是火，曹操命軍士尋路，張遼指著前方說：

「只有烏林，地面空闊，可以逃走。」

於是曹操領著張遼等人，急奔往烏林，正走間，火光中出現了呂蒙、凌統，曹操肝膽俱裂。在混戰之中，曹操幸得袁紹降將馬延、張顗領著北地軍馬前來接迎，曹操便教二人領一千軍馬開路，其餘留著護身。然而行不到十里，喊聲起處，甘興霸又領兵阻擋，馬延、張顗來抵禦，早被甘寧砍倒，曹操真是吃驚不小。這時正巴望著合淝有軍來援，不料孫權正在合淝路口，令陸遜、太史慈合軍，向曹軍衝殺，曹操奔逃，只見四周樹木叢雜，山川險峻，曹操尚未回神，西邊鼓聲震天，四處火光沖起，驚得曹操幾乎墜馬，從斜裡殺出一支軍隊，為首的大叫：

「我乃趙子龍也，在此等候多時了！」

曹操命張郃（ㄏㄜˊ hé）、徐晃抵擋趙雲，自己就冒煙突火逃走，趙子龍也不來追趕。這時天色微明，東南風仍不止。忽然大雨傾盆，濕透衣甲，曹操和軍士冒雨而行，眾軍士疲憊飢餓不堪，曹操便令軍士往村落中劫糧，在山邊揀乾處埋鍋煮飯。飯還未煮熟，前後喊聲大起，曹操大驚，棄甲上馬，軍士也都四散逃逸。只見四處火煙布合，山口一軍擺開，為首的就是張飛，諸軍心膽皆寒，張遼、徐晃來夾攻張飛，兩邊軍馬混作一團，曹操撥馬就走，只有少數幾人隨行。來到華容道前，人馬皆倒，焦頭爛額地扶著竹杖而行，中箭著槍的勉強著走，個個衣甲濕透，在此隆冬嚴寒之時，真是苦不堪言。走啊走，前軍忽然停馬不進，原來是山間小路由於早晨下雨，泥濘不堪，馬蹄陷於泥中。曹操大怒，說：

「軍旅該逢山開路，遇水架橋，豈有路面泥濘就不能前行之理？」

便命老弱受傷的軍士在後慢行，強壯者擔土束柴，填塞道路，務要行動快速，否則斬首，眾軍只得就路旁砍伐竹木，填塞山路，只要行動遲慢，就行斬殺。曹操乃令人馬沿著棧道而行，一時死者不可勝數，哭號之聲，不絕於路。曹操行進險阻，來到了較平坦處，只有三百人相隨，無一人衣甲整齊的。曹操對部下說，趕到荊州再行休息，話還未完，一聲砲響，五百校刀手兩邊擺開，只見關雲長提出青龍刀，跨著赤兔馬，截住了去路。曹軍見了，亡魂喪膽，面面相覷。程昱便對曹操說：

「我素知關公這人傲上而不忍下，欺強而不凌弱，恩怨分明。丞相往日有恩於他，如今只有親自求他，方能脫險。」

曹操只好請關公以昔日交情為重，當日過五關、斬六將，自己是如何相待？雲長是個義重如山的人，想到從前曹操對自己的好處，如何能不動心？又見曹軍個個淒惶欲淚，心中益發不忍，便將馬頭勒回，對眾軍說：

「四散擺開！」

曹操心知雲長要放自己，便急忙和眾將衝過。張遼及部下趕到，雲長也動故舊之情，一塊放過了。

曹操脫華容之難，回顧所隨軍兵，只有二十七人，不禁大慟！回到南郡，囑咐曹仁，力保南郡，管領荊州，給予錦囊一個，囑咐曹仁，如有敵人來犯，可依計行事，又令夏侯惇領襄陽，張遼守合淝。自回許都收拾軍馬，以待後日報仇去了。

十六、三氣周瑜

赤壁戰後，周瑜收軍點符，大犒三軍。遂進兵想要攻取南郡，前隊臨江紮營，後面分五隊環繞，周瑜居中。

一日，周瑜正和眾將商議如何進攻時，使者傳報說：玄德派孫乾帶著禮物來向都督道賀。周瑜即命人請進，而問孫乾，說：

「玄德現在何處？」

孫乾說：

「現今移軍屯駐在油江口。」

周瑜大驚，便問孔明在何方？孫乾答道：

「孔明和玄德同在油江口。」
周瑜匆匆打發孫乾回去，魯肅見了感到奇怪，便問周瑜：
「都督剛才何以這般吃驚？」
周瑜說：
「劉備屯兵油江，必有攻取南郡之意。我們費了多少軍馬，用了多少錢糧才擊敗曹軍，目前南郡唾手可得。劉備和諸葛亮兩人若是心懷不軌，還得要對付得了我！」
周瑜十分氣憤，乃邀魯肅一起，領了三千輕騎，到油江口來，周瑜說：
「我先和他說理，如果好便好，不好時不等他拿到南郡，先要殺了劉備。」
在油江口，孫乾回來見玄德，並說周瑜將親自來道謝，孔明知道周瑜為南郡而來，一面教玄德如何應對，一面在油江口擺開戰船，船上列著軍馬。
當周瑜來到玄德處，只見軍勢雄壯，心中甚是不安，孔明派遣趙雲來引接，來到營中，玄德舉酒道謝，酒過數巡，周瑜便說：
「豫州移兵在此，莫非有攻取南郡之意？」
玄德回答道：
「聽說都督要攻取南郡，所以列兵來相助。如果都督不取南郡，我必定會攻取。」
周瑜便笑著說：

「東吳早已想吞併漢口，如今取南郡不過是探囊取物，如何會放過？」

玄德說：

「勝負是兵家常事，但不可預定！曹操臨回許都時，曾命曹仁守南郡，必定有奇謀相授，曹仁這人又十分勇武，恐怕都督要攻取南郡並不那麼容易吶！」

這話激得周瑜衝口而說：

「我如果取不到南郡，那麼就任憑你攻取吧！」

玄德立刻說：

「孔明、子敬兩人在此作證，都督此話不要反悔！」

魯肅躊躇，尚未應答，周瑜說：

「大丈夫一言既出，有什麼好反悔的？」

孔明甚喜，遂對劉備說道：

「都督這番話，甚是公道！先讓東吳去攻南郡，如果攻不下，再由主公去取，有什麼不可以？」

當周瑜和魯肅辭別玄德、孔明上馬而去，玄德便問孔明說：

「剛才先生教我如此回答，話已經說出去了，可是我輾轉尋思，還是不知其中道理。如今我孤窮一身，連一個立足之地也沒有，才想要攻下南郡，權且容身。如果讓周瑜先取得了南郡，我又如何是好？」

孔明大笑說：

「當初勸主公去取荊州，主公不聽！怎麼如今卻著急了哩？」

玄德表示荊州是劉表所有，所以不忍相攻，而如今南郡屬於曹操，如何不取？孔明遂要玄德只在江口屯紮按兵不動，說：

「待周瑜去廝殺，早晚教主公在南郡城中高坐。」玄德只得將信將疑。

周瑜、魯肅回到寨中，魯肅便問何以答應玄德攻取南郡？周瑜十分自信地說：

「我彈指之間就能攻下南郡，樂得虛做個人情。」

周瑜命蔣欽為先鋒，徐盛、丁奉為副將，撥五千精銳軍馬，先行渡江。

這時候，曹仁在南郡，吩咐曹洪守彝陵，兩處成為犄角之勢。從人來報：吳兵已經渡過漢口。曹仁吩咐屬下，要堅守南郡，當時驍將牛金自願領精兵出城應敵，說：

「吾兵新敗，正當重振銳氣。」

牛金出城，丁奉縱馬來交戰，假裝不敵退回，牛金遂追趕入陣，丁奉指揮眾軍士把牛金團團圍住。曹仁在城上望見牛金被圍在核心，遂披甲上馬，領壯士數百人出城，殺入吳陣中，徐盛迎戰不能抵擋，曹仁殺到核心，救出牛金，卻碰到蔣欽來攔殺，曹仁弟曹純前來引戰，雙方混殺了一陣，吳軍敗走，曹仁得勝而回。

蔣欽兵敗，周瑜大怒，打算親自領兵去攻。這時，甘寧自願領三千精兵前去攻打彝陵，然後再由周瑜去攻南郡。當甘寧領兵三千要去攻打彝陵，曹仁即令曹純和牛金暗中領兵去支援曹洪，並要曹洪出城誘敵。

甘寧領兵來到彝陵，曹洪出城和甘寧交鋒，戰不到二十餘回合，曹洪詐敗逃走，甘寧便奪了彝陵。到了黃昏時，曹純、牛金兩下會合，便把彝陵包圍起來。

周瑜聽說甘寧被圍城中，大驚，乃用呂蒙之計，留下萬餘軍，令凌統坐守，自領大軍奔向彝陵。呂蒙要周瑜在彝陵以南偏僻的小路上砍倒樹木，以斷絕曹軍後路。周瑜便命人如此去做。大軍來到彝陵，周泰便綽刀縱馬，殺入曹軍之中，直來到城下，甘寧在城上望見，便出城迎接，得知周瑜親自領兵，便傳令軍士嚴裝飽食，準備內應。曹純、曹洪、牛金聽說周瑜兵至，先使人往南郡報知曹仁，一面分兵拒敵。兩軍交鋒，曹兵大亂，吳兵四處掩殺，曹軍敗走。欲投小路，卻又被亂柴擋道，馬不能行，盡皆棄馬而逃，周瑜乘勝趕到南郡，正遇曹仁來救彝陵，兩軍混戰一場，直到天色將晚，方才各自收兵回營。

曹仁回城後，將曹操當日留下的錦囊拆開，便傳令軍士五更造飯，次日清晨，大小軍馬，都棄城而去，城上遍揮旌旗，虛張聲勢，軍隊分三門而出。周瑜領兵來攻，曹軍敗走，周瑜親自領兵追到南郡城下，曹軍也不入城，反向西北方逃走。韓當、周泰領著前軍奮命追趕。周瑜見城門大開，城上又無人，遂下令眾軍士搶城，周瑜在後，縱馬加鞭，直入城中。

一聲梆子響，忽然西邊弓弩齊發，勢如驟雨，爭先恐後入城的，這時好像陷在坑內，周瑜正急勒馬想回來時，一箭射來，正中左肋，周瑜不支，翻身摔下馬來。牛金從城中殺來，要活捉周瑜，徐盛、丁奉兩人捨命去救。這時城中的曹兵盡出，吳軍自相踐踏想要逃出，程普急忙收軍，但曹仁、曹洪又分兩路殺回，吳軍大敗！幸好凌統引了一軍從斜裡殺來，抵住曹兵，程普才能收軍回寨。

周瑜回到營中，行軍醫生用鐵鉗子拔出箭頭，周瑜疼痛難當。程普代理，命三軍緊守各寨，不許輕出。三日後，牛金領軍來攻陣，程普按兵不動，牛金罵到日暮才回。次日，又來罵戰，程普和眾謀士商議，想暫時退兵。

有一天，曹仁親自領了大軍，擂鼓吶喊，前來叫戰，周瑜從床上奮起，披甲上馬，諸將大駭，急忙領軍跟進，只聽到曹仁揚鞭罵道：

「周瑜小子，想來必定橫死，再也不敢冒犯我軍。」

罵聲未了，周瑜從群騎中突然現身，說道：

「曹仁匹夫，想見一見我周郎嗎？」

曹軍看見，盡皆驚駭不已，曹仁吩咐部下大罵，周瑜大怒，命潘璋出戰，還未交鋒，忽然大叫一聲，周瑜口中噴血，落於馬下。曹、吳兩軍混戰一場，吳軍將周瑜救回營中。

周瑜回到營中，程普趕緊來探視，周瑜暗中對程普表明這原不過是一場騙局，欲要曹軍中計，周瑜說道：

「如果曹軍只知我病危，一定趁機來攻。如今可派心腹軍士去城中詐降，就說我已傷重而死。這樣，曹仁今夜必來劫寨，我方可在四下埋伏，待曹仁到，就一鼓作氣把曹仁捉來。」

程普以為此計大妙，出營後，就在帳下發哀，眾軍大驚，各寨都掛起孝來。程普又派人去詐降，說是周瑜病死，程普無能。曹仁大喜，便下令初更時前往劫寨。入夜時分，來到寨內，卻不見一人，只見虛插著的旗槍。曹仁知是中計，趕緊退出，又遇甘寧大殺一陣，曹仁不敢回南郡，便逕往襄陽大路走去。周瑜、程普收住眾軍來到南郡城下，只見城上旌旗滿布，城樓上一將叫道：

「都督少罪。我奉軍師命，已攻下南郡了，我乃常山趙子龍也！」

周瑜大怒，便命將士攻城，城上亂箭齊下，周瑜便只好下令軍馬先回營；一面派甘寧領數千軍馬去攻取荊州，一面又派凌統率兵去攻襄陽，然後再回攻南郡。周瑜正在分派任務，忽然探馬來報，說：

「諸葛亮自從得到了南郡，遂用兵符，連夜詐調荊州守城軍馬來救，卻教張飛攻下了荊州。」

話未說完，又一探馬來報說：

「夏侯惇在襄陽，被諸葛亮差人騙去兵符，詐稱曹仁求救，引誘夏侯惇領兵出城，讓關雲長攻下了襄陽！」

荊州、襄陽二處城池，得來全不費力，這時已全屬劉玄德，周瑜忙問：

「諸葛亮怎會得到兵符？」

程普說：

「他拿住陳矯，兵符自然全屬於他！」

周瑜大叫一聲，氣得暈了過去！

玄德自從得了荊州、南郡、襄陽之後，心中大喜，便和眾人商議久遠之計，伊籍對玄德說：

「要圖荊州之長遠，最要緊的事便是任用賢才。在荊、襄有馬氏兄弟五人，其中年最幼的馬謖（ㄙㄨˋ sù），字幼常，而五兄弟中最賢能的是馬良，字季常，眉內有白毛，所以鄉里之間有諺語說：『馬氏五常，白眉最良』。主公何不訪求此人？」

玄德大喜，便命人將馬良請來，以重禮相待，向他請教保守荊、襄的策略。馬良說：

「荊、襄兩地四面受敵，恐怕不易久守。如今可令劉琦在此養病，派人守禦。然後南征武陵、長沙、桂陽、零陵四郡。積收錢糧，以為根本之計。」

玄德心中十分佩服馬良的見識，便又問：

「四處之中，應當先攻取何處？」

馬良說：

「零陵距離最近，可以先取得。其次攻武陵，然後渡湘江攻取桂陽，最後攻取長沙。」

玄德遂用馬良當從事，和孔明安排人事，便調兵攻零陵，派張飛為前鋒，趙雲隨後，孔明、玄德統中軍，留下雲長、糜竺、劉封守荊州和江陵。

零陵太守劉度和其子劉賢聽說玄德軍馬到來，便領兵一萬餘，依山靠水，在城外三十里下寨。兩軍交鋒，劉度手下的力士邢道榮不敵，只得下馬投降，孔明命他捉了劉賢，才准投降。

邢道榮連聲應好，但回城後，便將事實告訴劉賢，當二更孔明領軍來劫寨放火時，劉賢、道榮兩邊殺來，孔明放火便退，劉賢、道榮緊追不捨，趕了十餘里，軍皆不見，劉、邢兩人大驚，急回本寨，只見寨中衝出一將，正是張翼德，劉賢急叫邢道榮不可入寨，同去劫孔明寨，回軍走了十里，趙雲又引軍從斜裡殺出，一槍殺了邢道榮，劉賢、劉度不得不投降。孔明仍讓劉度為郡守，劉賢則赴荊州隨軍辦事。

之後，孔明命趙雲去招降桂陽太守趙範，事成之後仍令趙範守桂陽。又命張飛領兵去取武陵，金旋整軍拒敵，然被部下鞏志一箭射中面龐，鞏志遂領武陵百姓投降了孔明。武陵降後，關公自請去取長沙。孔明說：

「子龍取桂陽，翼德取武陵，都是領三千軍去。如今長沙太守韓玄，固然不足畏，然而他手下有一員勇將，年近六十，姓黃名忠，字漢升，卻不是等閒人物，曾經和劉表之姪劉磐共守長沙，此人有萬夫不敵之勇，雲長不可輕敵，必須多帶軍馬！」

然而關公不服，以為孔明實在「長他人志氣，滅自己威風」，只肯帶五百人前往。孔明料到關公輕敵不能勝，遂請玄德領兵去接應。

長沙太守韓玄得知雲長軍到，便喚老將黃忠來商議，黃忠說：

「不須主公憂慮，憑我這口刀，這張弓，一千個來，一千個死！」

原來黃忠能開二石之弓，百發百中。當雲長軍馬來到時，軍校尉楊齡自願上陣，然戰不及三回合，早被雲長砍落馬下。韓玄大驚，忙教黃忠出馬，黃忠提刀縱馬，領五百騎兵飛過吊橋，雲長見一老將出馬，知道是黃忠，把五百校刀手一字擺開，橫刀立馬而問道：

「來將莫非是黃忠？」

黃忠回答說：

「既然知道我的名字，怎敢大膽入侵？」

雲長說：

「特來取你的首級！」

說罷，兩軍交鋒，戰了一百多回合，不分高下。韓玄恐怕黃忠有失誤，急忙鳴金收兵。雲長也退軍，離城十里屯紮，心中暗想：

「這老將黃忠，果然名不虛傳，鬥了一百回合，竟無破綻，來日必用拖刀計佯敗，來對付他。」

次日，關公又來城下叫戰，黃忠出馬，韓玄坐在城上觀戰。黃忠領數百騎殺過吊橋，又與雲長鬥了五六十回合，還不分勝負。鼓聲正急，雲長撥馬便走，黃忠趕來，雲長正想反身用刀砍時，忽然聽到腦後一聲響，急回頭一看，只見黃忠戰馬前蹄有失，黃忠被掀倒在地下。雲長急回馬，雙手舉刀猛聲喝道：

「我且饒你性命，快把馬換了再來厮殺！」

黃忠急忙提起馬，飛身上馬，奔入城中。韓玄驚愕之餘，便將自己的坐騎給了黃忠。黃忠拜謝，而心中想道：

「難得雲長這般義氣！他不忍殺我，我又何忍殺他？……但是，若不殺他，又違背了軍令！」

黃忠一夜躊躇未眠。次日天破曉時，雲長又來叫戰，黃忠領兵出城，雲長兩日戰黃忠不勝，心中十分焦躁。兩人交戰，不到三十回合，黃忠詐敗，雲長在後追趕。黃忠想起昨日不殺之恩，便不忍將箭射出，帶住刀，把弓虛拽，弦發出嘣嘣的響聲。雲長急閃，卻不見箭來。雲長又趕，黃忠又虛拽，雲長急閃，又不見箭發出。雲長以為黃忠不會射，放心追來，將近吊橋，黃忠在橋上搭箭開弓，弦響箭到，正射在雲長盔纓根上，雲長吃了一驚，帶箭奔回寨中，這時，雲長才知黃忠有百步穿楊之能，今日不殺，正為了報昨日的不殺之恩！

雲長領兵退去，黃忠回到城中時，韓玄就令左右把黃忠拿下，黃忠大叫：

「我無罪！」

韓玄大怒，說：

「我看了三天，你竟敢欺矇我，你前日不全力以赴，必然有私心。昨天馬失，他不殺你，可見你和他必有私通。今天兩次虛拽弓弦，第三箭又只射他盔上的纓帶，如何不是外結敵人？」

韓玄正喝令刀斧手推出城門外行斬之時，忽然一人揮刀殺入，救起黃忠，大叫說：

「黃漢升乃是長沙的保障，今天殺漢升，就是殺長沙百姓！韓玄殘暴不仁，人人當殺！」

這人原是魏延，由於韓玄平日不加重用，早已怒氣滿胸，這時一呼百應，數百人要殺韓玄，黃忠擋也擋不住，魏延一刀就把韓玄砍為兩段，然後領著百姓，投拜雲長。雲長即令人去請玄德和孔明。玄德來到長沙，親自去請黃忠，黃忠這時方出降，又求葬韓玄的屍首。黃忠向玄德推薦劉表的姪兒劉磐守長沙，玄德同意。自是四郡平定，玄德班師回荊州，聚集錢糧，廣召賢士，又將軍馬屯紮在隘口。

東吳方面，自赤壁戰後，孫權又在合淝城外和曹兵交鋒，大小十餘次，未分勝負。孫權乃調遣程普及其他將士之兵來到合淝，想和曹兵決一雌雄，攻下合淝。然而由於孫權年輕氣盛，謀略不周，竟被張遼打得大敗，在合淝之戰中，折損了宋謙及太史慈。

玄德聽說孫權兵敗合淝，已回南徐，便和孔明商議如何對付曹操，忽然使者來報公子劉琦病亡，玄德十分哀痛，孔明說：

「生死乃自然之事，主公不要過於憂傷，要緊的是差人去守城，並料理喪葬之事。」

玄德便派了雲長前去守襄陽。玄德又向孔明說：

「今日劉琦已死，東吳如果來討荊州，如何回答？」

孔明表示，如有人來，自己已有一番答辭。過了半月，魯肅果然來弔喪。

孔明和玄德在城外迎接他，置酒相待，魯肅開門見山，說道：

「前次皇叔曾說：『公子不在，就把荊州交還東吳。』如今公子已死，必然會交還荊州，但不知幾時可以交割。」

玄德表示不急，先飲酒再說。魯肅勉強喝了幾杯，又開言相問。玄德還未回答，孔明變色說：

「子敬好不通情理！我主乃是中山靖王之後，孝景皇帝的玄孫，是當今皇上的叔父，難道不能分土而王？何況劉景升又是我主的兄長，弟承兄業，有什麼違情違理之處？孫將軍不過是錢塘小吏的兒子，一向並無功德，而如今倚仗父兄勢力，占據了六郡八十一州，還自貪心不足，想要併吞劉家天下！我主姓劉倒無分，你主姓孫，反要強爭？說到赤壁之戰，我主出力，眾將用命，才能擊敗曹操，豈只是東吳之力？剛才我主不立即應話的緣故，是以為子敬是高明之士，原用不著細說的。」

這一席話，說得魯肅緘口無言。半晌才說：

「孔明的話，不是無理，只是魯肅我真是左右為難。」

孔明便問有什麼不方便處？魯肅說：

「當日皇叔在當陽受難，是我魯肅領孔明渡江，去見我主公；後來公瑾要興兵取荊州，也是我魯肅擋住；至於說到待劉琦去世，便還荊州，這又是我魯肅來擔保，如今不應前言，教我魯肅如何去回話？我和公瑾得罪無妨，但恐惹惱東吳興兵，皇叔也不能安坐荊州，徒然為天下人恥笑啊！」

孔明說：

「曹操領著百萬之眾，挾天子之名，我尚且不在意！豈害怕周瑜？但是為顧及先生面上不好看，我勸主公立下一紙文書，暫時借住荊州，等到我主另得城池之時，再交還給東吳，好嗎？」

魯肅便問：

「你要奪得什麼地方，方把荊州還我東吳？」

孔明說：

「中原還不能打算。西川劉璋勢力最弱，我主可以去攻伐，如果得到西川，那時再還荊州。」

魯肅無奈，只得答應。玄德親筆寫成一紙文書，押了字，保人諸葛亮也押了字。孔明說：

「亮是皇叔這邊的人，難道自家作保？煩子敬先生也押個字，拿回給吳侯看也好看些。」

魯肅就說：

「我知道皇叔是個仁義之士，必然不致食言。」

於是就押了字。魯肅收了文書要回東吳，在江邊孔明囑咐他說：

「子敬回去見吳侯，請為我們說些好話，休要妄意而行！吳侯若是不准我文書，我翻了臉皮，說不定連八十一州也給奪了！如今只要兩家和氣，千萬別教曹賊笑話才好！」

魯肅回到柴桑，先見周瑜，周瑜一看文書，頓足跳腳，對魯肅說：

「子敬呀子敬！你中了諸葛之計，他們名義上是借地，實際上是混賴！他說取了西川便還荊州，知他幾時才取？這等文書，如何有用？你卻還替他作保！」

魯肅聽了，呆了半晌，說：

「想來玄德不至於負我！」

魯肅深自不安，周瑜乃安慰他說：

「我如何能不救你？待江北的探子回來再說吧。」

過了幾天，細作回報說荊州城四處掛孝，是皇叔沒了甘夫人。周瑜便向魯肅表示，這下可使劉備束手就縛了，荊州也反掌可取了。他說：

「主公的妹妹是位極為剛勇的女子，侍婢數百人，平日舞槍使刀，房中擺滿兵器。如今我上書主公，只教人去荊州說媒，要招贅劉備，把劉備騙到南徐，押下，再派人去討荊州來交換劉備。」

周瑜便要魯肅去見孫權，說明如此如此用計。孫權也同意了，便派呂範去說媒，呂範即日起程，來到荊州。

呂範到了荊州說親，玄德自以為年已半百，甘夫人又屍骨未寒，實在不宜。至晚上，便向孔明說起這事。孔明卻說：

「這是好事呀！主公應當答應，先教孫乾和呂範同去見吳侯，說擇日再去娶親。周瑜用計，如何能出我意料？亮略用小計，必使周瑜半籌莫展，吳侯之妹又屬主公，荊州又萬無一失！」

玄德心中頗害怕，料想周瑜要害自己，心中猶疑不決，然孔明竟教孫乾前往江南說合親事去了。孫乾自南徐回荊州，便對玄德說吳侯專等著玄德前去。玄德懷疑，不敢前去。孔明說：

「我已定了三條錦囊妙計，非趙子龍不能行！」

便囑咐趙雲到了吳地，當如何如何行。孔明派人赴東吳納了聘。這時正是建安十四年冬十月。玄德和孫乾坐了快船十艘，隨行五百人，離開荊州，往南徐出發。

到了南徐，玄德心中怏怏不安，船已靠岸，趙雲想起諸葛亮的吩咐，教自己到岸就拆開第一個錦囊。於是開了錦囊，看了計策，便吩咐五百軍士，要如此如此，又教玄德先去見二喬之父喬國老。玄德牽羊擔酒，先去拜見，對喬國老說呂範作媒，要娶孫夫人之事。隨行的五百軍士，個個披紅掛綵，入南郡辦物件，城中人人都知道玄德要入贅東吳。

喬國老接見了玄德之後，便到宮中去向吳國太道喜。國太不知有何喜事。喬國老說：

「令嬡已經許配給劉玄德為夫人，如今玄德已到東吳，國太又為何要相瞞？」

吳國太大吃一驚，便命人去探聽，果然女婿已在館驛中安歇，五百隨行軍士都在城中買豬羊菓品，準備成親。做媒的女家是呂範，男家是孫乾！過不多久，孫權入堂來見母親，只見國太搥胸大哭，國太罵道：

「你竟如此把我輕看！男大當婚，女大當嫁，我是你母親，你有事當稟明於我？你招劉玄德為妹婿，為什麼要瞞我？女兒是我的呀！」

孫權大吃一驚，便說出這原是周瑜用計，為了取得荊州。國太愈加憤怒，罵周瑜說：

「你做六郡八十一州的大都督，怎地這般無用？還得使這條美人計，以我女兒之名去取回荊州？殺了劉備，我女兒便得守望門寡，將來如何再提親，誤了我女兒一生，你們作的好事！」

喬國老也表示，就是用了美人計取回荊州，也教天下恥笑！

國太不住地罵著，喬國老便勸她，既然事已如此，不如真招玄德為婿，國太說：

「我不曾認得劉皇叔！明日約他在甘露寺見，如果不中意我，任從你們怎麼辦，如果中我的意，我自會把女兒嫁給他！」

孫權是大孝之人，不敢違背母命。第二天便在甘露寺設宴，請劉備來赴宴，又對呂範說：

「命賈華領三百刀斧手，伏在兩旁，如果國太不喜歡劉備，一聲令下，就把他拿下。」

喬國老辭了吳國太之後，就把經過情形告訴劉備，說是吳國太親自要見，要多多注意。

玄德便與趙雲商議，趙雲告訴玄德，將自領五百軍保護。

次日，一班人馬都來到了甘露寺，玄德內披細鎧，外穿錦袍，從人背著劍緊隨。孫權見了儀表非凡的劉備，心中頗有畏懼之意。玄德入見國太，國太見了玄德大喜，對喬國老說：

「這真是我的女婿！」

就在甘露寺，宴開數席。不多久，子龍帶劍而入，站立在玄德之側。趙雲乘隙對玄德說：

「適才在廊下巡視，見房內有刀斧手埋伏，必然不懷好心，主公把這情形告訴國太才好。」

玄德乃跪在國太席前，泣告國太，說：

「廊下暗伏刀斧手，如要殺劉備，不如此刻就殺。」

國太大怒，責罵孫權，孫權推說不知，把呂範叫了來問，呂範推賈華，國太又把賈華叫來，痛罵不止，又喝令武士推出斬了！玄德和國老兩人力勸才止。事後玄德又向國太請求早早完婚，恐怕江左之人，多有要謀害自己的，國太便教玄德並趙雲等人搬入書院，擇吉完婚。就在數天之後，大排筵會，孫夫人與玄德結親，兩情歡洽，孫權也無可奈何。

玄德和孫夫人成婚後，氣悶的孫權便差人到柴桑來見周瑜，告訴他此計已弄假成真。周瑜大驚，行坐不安，終於想得一計，修書給孫權，告訴孫權當今之計，莫如軟困玄德，建築宮室，多送美色玩好，耳目之娛，使其喪失志氣，又分開玄德和關、張等人的情感，尤其要隔開孔明的謀略，然後再派兵擊荊州。

孫權覺得此計甚好，即日修整東府，廣栽花木，盛設器用，請玄德和孫夫人居住，又增加女樂數十人，及一切金玉錦綺玩好之物。玄德果然被聲色所迷，全不想回荊州。趙雲和五百軍在東府住，整日無事，只在城外射箭看馬，看看已近年尾，趙雲猛然想起孔明曾吩咐自己，一到南徐開第一個錦囊，到年終開第二個，到危急走投無路時，再開第三個。這時已近年終，主公又貪戀女色，避不見面，遂拆開第二個錦囊依計行事。

趙雲即日到府堂，要求見玄德，玄德喚入問之，趙雲故作失驚之狀，說道：

「今早孔明使人來報，說曹操要報赤壁鏖戰之仇，已起精兵五十萬，殺到荊州，情勢十分危急，請主公趕緊回去。」

玄德說：

「我必須和夫人商議。」

趙雲數次催逼，然後才出去。玄德對夫人說明上情後，說道：

「我原不想離開，但荊州若有失誤，恐怕天下人恥笑我，但我又捨不得夫人。」

孫夫人說：

「妾既已事奉夫君，自然跟隨夫君。」

玄德表示恐怕國太和吳侯不肯同意孫夫人離開。孫夫人沉吟良久，才說：「正月初一那天，妾和夫君拜賀時，就推說到江邊祭祖，然後不告而別，好嗎？」玄德跪下向孫夫人道謝。兩個人商議已定，便喚趙雲來仔細吩咐安排諸事，趙雲一一答應。

建安十五年春正月初一，孫權在堂上大會文武百官，玄德和孫夫人入見國太，孫夫人便告訴國太說：

「夫主想起父母宗祖的墳墓都在涿郡，日夜感傷不已，今天欲往江邊遙祭，特來告知母親。」

國太聽了覺得玄德能行孝道，十分可喜，又囑咐孫夫人要一同前去，也是為婦之禮。玄德和孫夫人遂辭別國太，來到江邊，這事只瞞著孫權。玄德夫婦上馬，領著數騎出城去和趙雲相會，五百軍士前遮後擁，離開了南徐。當日孫權大醉，左右近侍扶入後堂，文武百官方散席。等到眾官得知玄德夫婦已逃走時，天色已晚，要報告孫權，孫權又沉醉不醒。

等到孫權醒來，已是五更時分，聽說玄德走了，急令文武諸官商議，又命陳武、潘璋選五百精兵去追。孫權深恨玄德，把案上的玉硯摔得粉碎。程普以為憑陳、潘兩人如何追得上？故孫權又喚蔣欽、周泰，令持寶劍去追，先斬後奏！這時玄德已來到柴桑邊界，望見後面塵土大起，便問趙雲如何是好？趙雲表示由自己來斷後，玄德轉過前面山腳，一彪人馬攔住去路，有兩員大將厲聲高叫著說：

「劉備早早下馬受縛，我等奉周都督之命在此等候多時！」

原來周瑜恐怕走了玄德，老早命徐盛、丁奉領三千兵馬在要衝之地紮營等候，又時常命人登高遙望，料想玄德若走旱路，必得從這條路經過。這時玄德十分驚慌，勒馬回頭而問趙雲：

「前有人攔截，後有人追趕，前後無路，怎生是好？」

趙雲忽然想起第三個錦囊妙計，孔明原吩咐在危急時拆看的，於是便將錦囊拆開，獻給玄德。

玄德看了之後，便來到車前泣告孫夫人：

「前日吳侯和周瑜同謀，要劉備入贅夫人，並非為夫人打算，實在是要幽囚劉備而奪荊州，以夫人為香餌而來釣劉備啊！劉備所以敢冒死前來，因為知道夫人有男子的胸襟，必能憐我。如今，事已至此，吳侯令人在後追趕，周瑜又使人在前攔截，只有夫人能救我了！」

孫夫人一聽，頗怒孫權，覺得孫權並不顧念骨肉之情，便說：

「今日之危，我當自解。」

這時徐盛、丁奉已來到夫人車前，孫夫人罵道：

「你們只怕周瑜，就不怕我？周瑜殺得你，我豈殺不得周瑜？」

把周瑜大罵一場，喝令推車前進。徐盛、丁奉兩人心中想到自己不過是下屬，又見趙雲十分怒氣，只得把軍士喝住，放開大路，玄德和夫人纔行不過五六里，陳武、潘璋趕到，見了夫人，拱手而立。夫人正色罵道：

「都是你們這夥匹夫離間，纔使得我兄妹不睦，今天我已嫁人，又不是私奔！我奉母親慈命，令我夫婦回荊州，便是我哥哥來，也不能攔阻，你兩人倚仗兵威，想要害我們嗎？」

罵得兩人面面相覷，各自想著：他們一萬年也是兄妹！這事由國太作主，就是吳侯也不敢違逆，明天翻過臉來，又是我們不是了！不如做個人情。趙雲在旁又怒目攢眉，只待廝殺，於是兩人唯唯諾諾，連聲而退。忽然又有一軍如旋風而來，為首的便是蔣欽、周泰。得知玄德離開已經半日，忙教水路快船追趕，陳武等四人在岸上追趕。玄德這時已到了劉郎浦，只見江水瀰漫，並無渡船，心中極為焦急。趙雲說：

「主公已從虎口中逃出，如今已接近本界，想來軍師必有調度。」

玄德聽罷，想起東吳繁華之事，不覺淒然淚下。玄德便命趙雲往前哨尋找船隻。忽然後面塵土飛揚，軍馬蓋地而來，心想，連日奔走，人困馬乏，追兵又到，恐怕不免一死了。正慌忙時，江岸邊一字兒拋著拖篷船二十餘隻，原來是孔明綸巾道服，前來迎接，玄德大喜。不多時，四將趕到，船中人笑指著岸上的人說：

「我已算定多時，這就回去告訴周郎，休要再使這美人計。」

岸上亂箭射來，船卻已開得很遠了！蔣欽等四將，只好呆看！

玄德和孔明正行之時，忽然人聲喧譁，自江面傳來，只見戰船無數，帥字旗下，周瑜自領能征慣戰之水軍，左有黃蓋，右有韓當，勢如飛馬，疾似流星。看看就要趕上，孔明教船靠北岸，棄了船，登上岸，騎馬駕車，紛紛起程，周瑜等也趕到江邊，上岸追趕，大小水軍，全是步行，只有將領及為首的軍官騎馬。周瑜問屬下已來到何地，軍士回答說：

「前面是黃州州界。」

周瑜下令全力追趕。正趕得緊急之時，一聲鼓響，山谷內一隊刀手擁出，為首的一員大將，就是關雲長！周瑜一時手足失措，急忙撥馬便走，雲長趕來，周瑜縱馬逃命，正在奔走之間，左邊黃忠，右邊魏延領軍殺出，吳兵大敗！周瑜急急下船時，岸上軍士齊聲大叫，說：

「周郎妙計安天下，賠了夫人又折兵！」

周瑜怒不可遏，想要上岸決一死戰，黃蓋、韓當力阻，周瑜自想如何面見吳侯，一時痛怒攻心，大叫一聲，昏倒在船上。

在南徐，孫權得知玄德走了，不勝忿怒，便想起兵去攻荊州，張昭、顧雍等人都以為不可，坐山觀虎鬥，恐怕曹操得漁翁之利。顧雍乃向孫權獻計，令人前往許都，上表請求封劉備作荊州牧，又派心腹用反間之計，令曹、劉相攻。於是孫權派出華歆前往許都求見曹操，曹操自赤壁戰敗，常想報仇，只恐怕孫、劉聯手，因此不敢輕進。這時正是建安十五年春。曹操在鄴郡銅雀臺上大宴文武諸官，人報華歆來，曹操不知他的來意，程昱說：

「孫權本來忌恨劉備，想要攻取荊州，又恐怕丞相乘虛而擊，所以令華歆為使，表薦劉備，以安劉備之心，以迎合丞相所望罷了！如今，我有一計可使孫、劉自相吞併，丞相可乘間而圖，一鼓而破二敵。東吳所倚重的是周瑜，丞相可表奏周瑜為南郡太守，程普為江夏太守，留華歆在朝，重用他，周瑜必自與劉備為敵！」

曹操深表同意，當日筵散，曹操即引文武官員回許昌。表奏周瑜、程普、華歆，三人各受其職。

周瑜自領了南郡，更加想要報仇，遂上書給孫權，要魯肅去討回荊州。孫權乃命魯肅說：

「前日，你擔保把荊州借給劉備，如今劉備拖延不還，要到幾時？」

魯肅說：

「文書上明白寫著，得了西川就還。」

孫權怒叱道：

「只說取西川，到今又不動兵，不等老了嗎？」

魯肅不得已，只得乘船往荊州而來。孔明和玄德正在荊州廣聚錢糧，調練軍馬，忽然聽說魯肅來到，玄德心想一定是來要回荊州，便問孔明要如何對付？孔明說：

「如果魯肅提起荊州，主公就放聲大哭，哭到悲切之時，我就會出來勸說。」

魯肅入見，坐定，便開口說：

「這次奉命來取回荊州，皇叔已經借住多時了，還未見奉還，如今兩家已結親，當看姻親面上，希望您早早交還。」

玄德一聽大哭了起來，魯肅驚問何以如此？玄德更是哭聲不絕。孔明從屏後出來說：

「子敬知道吾主哭的緣故嗎？」

魯肅說不知。孔明說：

「當初我主人借荊州時，許下取得西川便還荊州的諾言，但仔細一想，劉璋便是我主人之弟，一般都是漢家骨肉，如要興兵去取他城池，恐被外人唾罵；如果不取，還了荊州，又在何處安身？再說不還荊州，又對不住子敬，事出兩難，所以痛哭！」

孔明說完，觸動了玄德衷腸，真箇捶胸頓足，放聲大哭！魯肅勸說：

「皇叔休煩惱，和孔明從長計議吧。」

孔明對魯肅說：

「有煩子敬，回覆吳侯時，就說再請寬容些時。」

魯肅是個寬容長者，聽畢也就啟程回去了。魯肅來到柴桑，把經過告訴周瑜，周瑜頓足嘆息，只說魯肅是個長者。周瑜對魯肅說：

「我又有一計，能使諸葛亮不出我算計中。子敬不必去見吳侯，只要再往荊州對劉備說：『孫、劉兩家，既結為親，便是一家，如果劉氏不忍去取西川，那麼我東吳起兵去取，取得西川時，再把荊州來交換。』」

魯肅聞言，表示西川路遠，取得不易。周瑜笑著說：

「子敬，你道我真去取西川？我只是使他鬆懈，趁他不備，去取荊州。東吳兵馬過荊州時就問他要錢要糧，待劉備一出城勞軍，就乘勢殺了他，奪回荊州，一則雪我之恨，再則也解你之困！」

魯肅便往荊州來和孔明商議，孔明聽了，忙點頭說：

「難得吳侯好心！雄師到達之日，一定出城犒勞！」

魯肅暗喜，宴罷辭回，玄德問孔明魯肅的來意，孔明大笑說：

「這就是『假途滅虢』之計啊！藉口攻西川，實際上要取荊州。再則，等主公出城勞軍時，乘勢拿下，殺入城來，出其不意，攻其無備是也！」

玄德直問如何是好，孔明說：

「主公寬心，只顧準備窩弓來捉猛虎，安排香餌來釣鼇魚，等著周瑜來，他便不死，也要送掉幾分生氣。」

孔明便喚趙雲聽計，囑咐他如此如此，這般這般，玄德方始放心。

魯肅自辭孔明回去後，周瑜便遣魯肅稟報吳侯，遣程普來接應。派甘寧為先鋒，周瑜自與徐盛、丁奉隨後，呂蒙為後隊，水陸大兵五萬，往荊州而來。前軍來到夏口，周瑜便問從人，前面是否有人來接？有人回答說：

「劉皇叔差糜竺來見都督。」

周瑜喚糜竺至，問勞軍的準備情形，糜竺回覆說一切都已備妥。周瑜又問皇叔何在，糜竺回答說：

「正在荊州城門外相等，準備和都督把盞飲酒呢！」

周瑜便囑咐糜竺說：

「這回是為了你家之事方才出兵遠征，勞軍之禮，千萬不要馬虎！」

糜竺回去後，周瑜依次前進，行到公安，也不見一隻軍船，也無一人來接。離荊州十餘里，江面上靜蕩蕩的，哨探的來報說：

「荊州城上插了兩面白旗，並不見一個人影。」

周瑜心疑，便教人把船傍岸，自己領了甘寧、徐盛、丁奉一班軍官，又領了三千精兵，逕往荊州。來到城下，也不見動靜，周瑜命軍士叫門，忽然一聲梆子響，城上軍一齊豎起槍刀，趙雲出現在城樓上，趙雲說：

「軍師孔明早已識破你的假途滅虢之計，所以留下趙雲！我主曾說：『孤子劉璋，與我都是漢室宗親，如何忍心背義而攻西川？如果東吳真的攻下西川，我當披髮入山，不失信於天下！』」

周瑜聽了，勒馬便回，只見一人打著令字旗，在馬前報道：

「探得四路軍馬一齊殺到：關羽從江陵殺來，張飛從秭歸殺來，黃忠從公安殺來，魏延從彝陵小路殺來。四路不知有多少軍馬，喊聲遠近震動百餘里，說是要活捉周瑜。」

周瑜怒氣攻心，在馬上大叫一聲，箭瘡迸裂，墜下馬來。左右急忙救他回船，軍士卻傳來玄德和孔明在前山頂上飲酒作樂的消息，周瑜更是咬牙切齒。這時吳侯弟孫瑜前來相助，遂催軍前行，到巴丘，有劉封、關平兩人領軍截住水路，周瑜愈加發怒。忽然使者送來孔明給周瑜的信，周瑜拆信來看，信中稱：

「漢軍師中郎將諸葛亮致書東吳大都督公瑾先生麾下：

自柴桑一別，至今戀戀不忘。聞足下欲取西川，亮竊以為不可。益州民強地險，劉璋雖暗弱，足以自守。今勞師遠征，轉運千里，欲收全功，雖吳起不能定其規，孫武不能善其後也。曹操失利於赤壁，志豈須臾忘報讎哉？今足下興兵遠征，倘操乘虛而至，江南虀粉矣。亮不忍坐視，特此告知，幸垂照鑒。」

周瑜讀畢，長嘆一聲，命左右取紙筆寫書上吳侯，薦魯肅以替代自己，又聚集眾將，勉勵他們盡忠扶主，共成大業，話還未說完，便昏絕過去，過了一會兒，又慢慢醒來，仰天長嘆，說：

「唉！既生瑜，何生亮？」

說完，連叫數聲而死，享壽不過三十六歲。

十七、議取西蜀

周瑜死後，魯肅便代替周瑜任都督之職，總領東吳兵馬。

玄德則因孔明的推薦，這時又得到了鳳雛龐統，玄德拜龐統為副軍師，和孔明共同策劃謀略，教練軍士。

這時曹操鑒於玄德及東吳的勢力漸大，唯恐雙方一旦聯合，早晚必興兵北伐，於是聚集眾謀士商議南征之事。曹操帳下的謀士荀攸建議先除孫權，次取劉備。而曹操卻擔心一旦遠征，西涼馬騰會趁機來進襲許都，所以荀攸又建議曹操不如假傳詔令把馬騰誘到許都，趁機殺掉。

馬騰和其子馬休，率領西涼兵五千來到許都，卻被曹操害死。馬騰死後，曹操即起大兵三十萬，令張遼準備糧草，欲下江南。這時孫權向玄德求助，孔明用計，和馬騰之子馬超聯合，使馬超為報父仇而領西涼之兵攻許昌，藉以牽制曹操。馬超領二十萬軍來攻長安，曹操得到消息，急忙回軍，曹洪、徐晃守關不敵，因而失去潼關。當曹軍直抵潼關時，兩軍交鋒，曹兵大敗，西涼兵勢猛，在亂軍中，只聽得大叫聲：「要活捉曹操！」、「穿紅袍的是曹操！」曹操一聽，便急忙脫下紅袍；又聽到有人叫道：「長髯者是曹操」，曹操驚慌之餘，又取所佩劍斬斷自己的鬍鬚。正在危急萬分之時，曹操得曹洪幫助方才得脫險。

曹操回到寨中之後，堅營不戰，有數天之久。以後數度交戰，曹軍屢次失利，許褚和馬超相鬥，許褚臂中兩箭，曹兵士氣極為低落。此時，賈詡獻計給曹操，離間馬超和他手下老將韓遂的感情，因而趕走了馬超，曹操親自追至安定，然後才收兵回長安，授韓遂為西涼侯。手下楊阜、韋康守冀城，以防止馬超再度進兵。

曹操安排妥之後，班師回都，獻帝甚至排鑾駕出城郭迎接，曹操自此威震中外，更是目空一切，入朝不趨，劍履上殿，視天子如無物！

當曹操擊敗西涼兵的消息傳到漢中，驚動了漢寧太守張魯，張魯便聚眾商議說：「西涼馬騰被曹操殺死，馬超也被曹操擊敗，下一步曹操必將侵略我漢中，我想要自稱漢寧王，領兵來抵拒曹軍，各位將軍意下如何？」

這時閻圃進言，說道：

「漢川的百姓，人口有十餘萬，財富糧足，又恃有天險。如今馬超新敗，西涼的百姓逃入漢中的也不下數萬人。我看益州劉璋十分昏弱，不如先取西川四十一州作為根據地，然後稱王不遲。」

張魯聽了大喜，以為言之有理，乃和弟張衡商議起兵。益州劉璋，原是魯恭王之後，當他知道這消息，心中大憂，急忙聚集眾官商議。在劉璋手下，有一位謀士，姓張名松，字永年，其人生得猥瑣，然聲音有若洪鐘，這時，他對劉璋說：

「我聽說許都曹操，掃蕩中原。呂布、二袁都被他消滅，近日又破了馬超，天下無敵！主公不妨準備可獻之物，我願親往許都，遊說曹操興兵取漢中，使張魯無暇來攻蜀中。」

劉璋便收拾了金珠、翠綺等一些進獻之物，派遣張松為使者。張松卻暗中畫了西川地圖，藏在身上，向許都進發，這消息已傳入孔明的耳中。當張松到了許都，每日去相府伺候，等了三日，才賄賂了近侍見到曹操，曹操以貌取人，見張松長相不佳，言語又無禮，遂拂袖而起。張松心中十分不快，在西教場中點兵時，張松當眾罵曹操說：

「丞相用兵，每戰必勝，每攻必取，確實不錯。然而從前濮陽攻呂布、宛城戰張繡、赤壁遇周郎、華容逢關羽、割鬚棄袍於潼關、奪船避箭於渭水，這些也是丞相無敵天下的功績嗎？」

曹操大怒，令下人亂棒把張松打出。張松離開許都後，想到劉玄德仁而禮賢，遂懷著地圖，來到荊州。只見趙雲早已在邊界久候，關公也在驛館相接，玄德又親自領著伏龍、鳳雛來迎接，使得張松不由得興起知遇之感。玄德一連留張松宴飲三日，也不提西川之事。張松告別，玄德在十里長亭設宴送行，此時，張松念及玄德對自己的好處，乃向玄德說：

「我實在希望能時刻伴侍左右，奈何有所不便。如今我看荊州一地，東有孫權，常懷虎踞之心；北有曹操，每想鯨吞天下，荊州實在不是久居之地。而益州一地，地勢十分險要，加上土地肥沃，百姓殷富，又有不少多智之士。皇叔如能領著荊、襄之士，長驅西指，取得益州，必定可成霸業，而興漢室！」

玄德表示劉璋也是帝室宗親，自己不忍相攻，張松則表示自己願作內應，勸玄德說：

「大丈夫處世，應當努力建立功業，著鞭在先。如果不能把握時機，為他人捷足先登，就悔之已晚了。」

玄德又顧慮蜀道艱難，千山萬水，車馬前進十分困難。張松此時從袖中取出西川地圖來，獻給玄德。圖上盡寫著地理行程，遠近闊狹，山川險要，府庫錢糧。玄德自然大喜過望，拱手謝過張松後，便與張松告別，雲長派人護送數十里方回。

張松回到益州，便對劉璋說：

「曹操乃是漢賊，早已有攻取蜀中之心，如今，主公不如結好劉皇叔，使皇叔為我外援，則可以抵拒曹操和張魯兩人！」

張松又建議派自己的知友法正和孟達兩人充任使者前去荊州，法正和孟達到達荊州之後，玄德心中仍是猶豫不決，這時龐統來見玄德，說：

「事當決而不決，正是愚人行徑，主公高明，何以如此多疑？」

玄德回答道：

「如今和我水火不容的就是曹操！曹操急猛，我就寬緩；曹操暴虐，我就仁慈；曹操詭譎，我就忠義，我每和曹操相反，事情才能完成。如今攻劉璋，唯恐天下人認為我為小利而失去了天下的大義！」

龐統再三譬況，說明了用兵爭強在離亂之時，原非一種常理，應從權達變。玄德終於被說動，乃和孔明商議起兵西行之事。

玄德和孔明商議定，便領馬步兵五萬起程西行，龐統為軍師，孔明總守荊州，關公、張飛、趙雲、黃忠、魏延等人各有重任。是年冬月，領兵往西川進發。而在西川劉璋處，劉璋的幕僚黃權、李恢苦諫劉璋「若容劉備入川，是猶迎虎於門」，但劉璋不聽，從事王累更以死諫，奈何不能打動劉璋心意，劉璋率領三萬人馬往涪城來，後軍裝載資糧錢帛一千餘輛，來迎接玄德。

當玄德來到離成都三百六十里的涪城，劉璋便派人來迎，兩軍屯紮在涪江的附近。玄德至此時，心中仍猶豫，以為劉璋和自己同宗，實在不忍心殺他。龐統、法正兩人力諫，玄德只是不聽。

次日，劉璋在城中宴請玄德，酒至半酣，龐統和法正商議說：

「事已至此，實在由不得主公了！」

龐統便教魏延來舞劍，乘勢殺劉璋，又呼眾武士，列於堂下。魏延拔劍進前稟二劉說：

「筵席間無以為樂，我願意舞劍助興。」

這時，劉璋手下諸將見情勢不妙，從事張任也掣起劍舞起來，二人對舞，魏延回視劉封，於是劉封也拔劍助舞，於是劉璝、冷苞、鄧賢也各自取劍在手，說：

「我等當作群舞，以助堂上一笑！」

玄德大驚，急忙喝叱，取左右所佩之劍，立於席上說：

「我兄弟兩人相逢痛飲，並無猜忌，又不是鴻門之宴，何需劍舞？誰不放下劍的立刻斬死！」

劉璋叱道：

「兄弟相聚，何必帶刀？」

於是眾人紛紛下堂。玄德歸寨後，責備龐統，龐統無奈。事後數天，忽然有人報告劉璋，說張魯將進犯葭萌關，劉璋便請玄德去禦敵，玄德慨然允諾，當日就領部下去了。劉璋諸將力勸劉璋令人把守各處關口，以防玄德兵變；劉璋不得已，便派了白水都督楊懷、高沛兩人把守涪水關。

玄德和張魯的動靜，早已有人報告東吳，孫權便和文武大臣商議要攻劉備，取回荊、襄，被吳國太所阻。這時，張昭用計，對孫權說：

「不如差心腹大將一人，只帶五百兵，潛入荊州，送一封密信給郡主，只說國太病危，要見親女，請郡主連夜帶著阿斗趕回東吳。玄德平生只有這一個兒子，那時玄德定把荊州來換阿斗，如玄德不聽，那時再動兵，更有何礙？」

孫權以為此計大妙，遂詐修國書，教周善喬扮客商，派五百人分坐五船，船內暗藏兵器，取水路往荊州去。周善自入荊州，令門吏報告孫夫人，並催促孫夫人趕緊回東吳，不必稟告軍師。孫夫人聽說母親病危，萬分著急，便領著七歲的阿斗，隨行三十人離開了荊州城，上船回東吳去了。府中人欲報告劉備時，孫夫人早已在船中。

周善正要開船，只聽到岸上有人大叫，原來是趙雲，他只帶了四五騎，沿江奔馳，像風般地趕來。周善便命五百軍士各將兵器排列船上，順風水急，船都順流而去，趙雲仍沿江大叫，周善不睬，趙雲沿江趕了十多里，忽見江邊有一隻漁船泊著，立刻棄馬執槍，跳上漁船，往大船追趕而去。周善一見，便教軍士放箭，趙雲以槍撥箭，待小船靠近時，手撐著「青釭劍」，縱身跳上吳船，吳軍嚇得半死。趙雲進入艙中，見到主母抱了阿斗，孫夫人喝斥趙雲，趙雲反問主母何以不先稟告軍師再行，又說：

「主公這一生，只有這點骨血！小將在當陽長坂百萬軍中救出阿斗，今天夫人竟要把他抱往東吳，是何道理？」

孫夫人也怒道：

「量你也只是帳下的一介武夫，豈敢管我家的事！」

孫夫人喝令侍婢前來，一一被趙雲推倒，在夫人懷中奪了阿斗，抱出在船頭上，想要使船傍岸，又無幫手，想要對付吳軍，又恐怕傷了小主人。趙雲在孤掌難鳴，進退不得時，忽然港中一字排開十多隻船，船上張麾旗擊擂鼓，趙雲心想：

「糟了！這番中了東吳之計！」

只見當頭船上一員大將，手執長矛，高聲大叫：

「嫂嫂，留下姪兒！」

原來是張飛巡哨，聽到消息後，急來油江口，正好撞著吳船，趕來助趙雲。

當下張飛提劍跳上吳船，周善提刀來迎，被張飛一劍砍死，張飛提著頭擲在孫夫人前，責備孫夫人私自歸家，對孫夫人說：

「俺哥哥是大漢皇叔，也不辱沒了嫂嫂，今日相別，若想起哥哥的一番恩情，早早回來！」

說罷，就抱了阿斗，和趙雲回船，放孫夫人五艘船去了！

孫夫人回到東吳，便向孫權說張飛、趙雲殺了周善，截江奪了阿斗，孫權大怒，嚷著要報仇，便喚文武諸官來商議準備起軍攻取荊州。正商議調兵，忽然得報曹操起軍四十萬來報赤壁之仇的消息，孫權只得按下荊州事不提，商議著如何拒抵曹操。這時，又有人來報長史張紘病故，呈上哀書，孫權拆閱，書中勸孫權遷居秣陵，孫權看畢大哭，對百官說：

「張子綱勸我遷居秣陵，我如何能不從？」

即時命人準備遷治建業，築石頭城。呂蒙進言說：

「曹操軍來，可以在濡須水口築塢抵拒。」

孫權又差軍數萬築濡須塢，日夜趕工，必須在預定的時日內完成。

且說曹操在許都，威福一日甚於一日，不免妄自尊大，狂妄非常，侍中荀彧時常勸阻，曹操竟然賜死！

建安十七年冬十月，大軍開往江南，到濡須時，曹操差曹洪領三萬鐵甲馬軍，哨至江邊，只見沿江一帶，旗旛無數，就是不見一軍一卒。曹操不放心，自領兵前進，濡須口排開軍陣，領著百餘人上坡，遙望戰船，各分隊伍，依次排列，旗分五色，兵器鮮明，當中大船上青羅傘下，坐著孫權，左右文武，侍立兩旁。曹操乃用鞭指著說：

「生子就當如孫仲謀！像劉景升的兒子們不過是一群豬狗罷了！」

忽然一聲響動，南船一齊飛奔過來，濡須塢裡又有一軍衝出，曹操軍馬退後便走，止喝不住。有千百騎趕到山邊，為首馬上一人，正是碧眼紫髯的孫權！曹軍敗退。是夜三更時分，東吳軍又來劫寨，殺到天明，曹兵後退五十多里。曹操頗有退兵之意，然又恐怕東吳恥笑，進退未決，兩邊又相拒了月餘，戰了數場，互有勝負。直到來年正月，春雨連綿，水港皆滿，軍士多在泥水之中，困苦異常。曹操十分心憂，謀士們也勸曹操收兵，正在猶豫未決時，東吳有使者送書一封給曹操，曹操打開一看，信上說：

「孤與丞相，彼此皆漢朝臣宰。丞相不思執國安民，乃妄動干戈，殘虐生靈，豈是仁人之所為？即日春水方生，公當速退，如其不然，復有赤壁之禍矣。公宜自思焉。」

在信背又批了兩行字，作：

「足下不死，孤不得安。」

曹操看畢，大笑著說：

「孫仲謀不說假話！」

於是重賞來使，命廬江太守朱光鎮守皖城，自引大軍回許昌，孫權也收軍回秣陵。孫權和眾將商議，為何不領著抵抗曹操的軍隊去取荊州？這時張昭進言，說道：

「我有一計，可使劉備不能再回荊州。如今不能動兵，如果一動兵，恐怕曹操趁機回攻。不如修書兩封，一封給劉璋，說劉備連結東吳，要共取西川，使劉璋懷疑劉備；一封信給張魯，令他向荊州進兵，使劉備首尾不能呼應，然後再進兵去取荊州。」

孫權依計行事。

這時，玄德正在葭萌關，聽了曹兵侵犯濡須，便和龐統商議，說：

「曹操擊孫權，曹勝必定攻取荊州，孫勝也必定要攻取荊州，要怎麼應付？」

龐統勸玄德勿憂，因為荊州是由孔明守著，他說：

「主公不妨寫信給劉璋，推說曹操攻擊孫權，孫權求救於荊州，我方與孫權脣齒相依，不容不救！張魯自守還不及，絕不敢來侵犯，如今想領兵回荊州，和孫權同破曹兵，然兵少糧缺，希望劉璋能發精兵三四萬，行糧十萬斛相助。」

玄德便差人送信往成都，來到關前，楊懷、高沛得知，楊懷便和使者同來，力諫劉璋不可聽從，說是以軍馬錢糧助劉備，不啻是為虎添翼！劉巴、黃權又苦諫不休，劉璋乃撥了老弱之兵四千，米一萬斛給玄德，又令楊懷、高沛緊守關口。玄德大怒，以為劉璋惜財吝賞，辜負了自己費心勞力的禦敵之功！這時龐統獻計，要玄德佯回荊州，使楊懷、高沛相送，就便把兩人殺了，奪下關口，先取涪城，再攻成都。劉備應允依計行事。

當日，玄德令人報告楊、高兩將，說要出關，高沛心懷殺意，將利刃藏在身上，領著二百人前來送行。玄德則身披重鎧，自佩寶劍防備。玄德領著大軍出發，龐統囑魏延、黃忠，要他們一個也不要放過關上來的軍士！在送別酒宴上，帳後劉封、關平預先埋伏，不待高沛動手，便把兩人捉住，在帳前行斬。黃忠、魏延早將兩百人拿下，不曾放走一個，玄德將他們喚入，賜酒壓驚，令他們領軍取關。是夜，兩百人先行，大軍隨後，前軍來到關下叫關，城上聽得是自家軍，即時開關，大軍一擁而入，即時攻下涪水關。

劉璋聽說玄德得了涪水關，大驚！遂聚集文武百官，商量退兵之策。黃權說：

「可連夜派遣軍隊屯紮雒城，塞住咽喉之路，劉備雖有精兵，也無法通過！」

於是劉璋便派劉璝、冷苞、張任、鄧賢，點五萬大軍，星夜趕往雒城，來抵拒劉備。雒城是成都的保障，雒城失守，成都就不保，劉璝、張任兩人負責守城，冷苞、鄧賢兩人到雒城前面，依傍山險，安下兩個寨子，以防敵兵臨城。玄德得了涪水關後，便和龐統商議攻取雒城事，黃忠願建頭功，先去攻寨，魏延不服，於是龐統命兩人各打一寨，分定黃忠打冷苞寨，魏延打鄧賢寨。魏延心想：

「我不如先去打冷苞寨，然後再領得勝之兵去打鄧賢寨。」

魏延想要得兩處功勞，不料被冷苞擊敗，又遭鄧賢夾攻，魏延馬失前蹄，險被刺死，幸得黃忠來救，一箭把鄧賢射下馬來，乘勢追趕川兵。玄德原任接應，此時也就便奪了鄧賢寨子。冷苞逃回雒城時，也冷不防被魏延活捉。冷苞被押到玄德寨中，玄德勸降，冷苞說：

「既蒙免死，我如何不降皇叔？劉璝、張任和我是生死之交，如皇叔放我回去，我當招二人來降，獻上雒城。」

冷苞被放回，卻著人往成都求救。又令五千軍，各帶鍬鋤，打算決涪江江水，淹死玄德之兵。幸得法正之友彭羕（ㄧㄤˋ yàng）指點，玄德密報魏延、黃忠時刻用心，以防水淹。冷苞在當夜風雨大作之時，領了五千軍，循江邊而行，安排決江事，正遇魏延引軍趕來，魏延活捉冷苞，玄德立將冷苞推出斬首，重賞了魏延。龐統催促玄德趕緊攻取雒城。

玄德便問法正攻城的途徑，結果，預定玄德走大路攻東門，龐統走小路攻西門，行前龐統坐騎把龐統掀將下來，玄德便將自己所乘白馬和龐統交換。當時，守城的張任聽說玄德軍隊來攻，急忙領三千軍抄小路埋伏，見魏延軍經過時，盡量放過；接著龐統軍來，張任軍以為騎白馬者必是劉備，山坡前一聲砲響，張任令軍士發箭，一時箭如飛蝗，只往騎白馬者射去，龐統竟死在亂箭之下，當時只有三十六歲。漢軍大敗，再入涪水關。

這時，玄德只得堅守涪水關，請孔明入川商議。孔明便請雲長守荊州，並以八字：「北拒曹操，東和孫權」，囑雲長切記，便領兵入川去了。

孔明先撥一萬精兵，教張飛由大路殺向巴州，又撥一支兵令趙雲作先鋒，泝江而上，在雒城相會。張飛領兵直向漢川而去，來到巴郡，這巴郡太守嚴顏原是蜀中名將，年紀雖高，但精力未衰，善開硬弓，使大刀，有萬夫不當之勇，並且忠心劉璋。當日聽說張飛領兵來，便聽謀士言堅守不出。張飛在城下搦（ㄋㄨㄛˋ nuò）戰，城上眾軍百般痛罵，張飛急性，幾番殺到弔橋，要過護城河，又被亂箭射回。如此張飛數次挑戰，連罵了幾天，嚴顏全然不理睬，張飛用計，誤傳消息，說探得一條小路，可以偷過巴郡，教今夜二更造飯，三更月明，拔寨前進。嚴顏得到這消息後，便打算就此截斷張飛後路，當夜，嚴顏自領數十裨將，下馬伏於林中。約三更時，遙望張飛親自在前，橫矛縱馬，悄悄引軍前進。嚴顏待張飛軍隊前去三四里後，一齊擂鼓，四下伏兵正想搶奪車仗上的糧草輜重，背後一聲鑼響，一彪軍馬掩到，一人大喝道：

「老賊休走，我等得你恰好！」

嚴顏猛回頭看時，為首的一員大將，豹頭環眼，燕頷虎鬚，使丈八矛，騎深烏馬，正是當年在當陽長坂，一聲喝退曹兵百萬的張飛！一時間四下鑼聲大震，嚴顏一刀砍來，張飛閃開，反扯住嚴顏，活抓了過來，原來先過去的是假張飛！這時川兵大半倒戈而降。張飛殺到巴郡，後軍早已入城，張飛安撫百姓，勸嚴顏降，嚴顏不肯跪下，面無懼色，並叱罵張飛說：

「我巴蜀只有斷頭將軍，無降將軍！」

張飛見其聲音雄壯，面色不改，不禁下階親解其縛，取衣披在他身上，扶他坐在正中高座。嚴顏被張飛感動，這才投降。張飛便問攻蜀之計，嚴顏說：

「從此到雒城，凡守禦關隘，都統歸老夫所管，如今蒙將軍之恩，無以為報，我自當前部，所到之處，盡喚守軍將士出降，不勞一枝箭，就可直取成都。」於是凡屬嚴顏所管之關隘守將，盡都投降，果然不費一兵一卒。

當孔明及諸將正往雒城引進的時候，在玄德處，張任不時前來挑戰，黃忠以為在白日廝殺，不如夜間分兵劫寨。玄德深以為然，就在當夜二更，劫寨成功。次日，玄德軍便來到雒城下，圍住攻打，張任按兵不出。雙方相持到第四天，玄德便令諸將分別攻打東門、西門，留下南門，此門不攻，原來南門一帶是山路，北門有涪水，因此不圍。

張任命二將引兵出北門，轉東門，敵黃、魏兩將，自己卻引軍出南門，轉西門，單攻玄德，忽聽城上一片聲喊起，南門內軍馬突出，張任直接來捉玄德，玄德軍大亂，玄德撥馬往山僻小路逃走，獨自一人一馬，情況危在眼前，幸而張飛軍趕到，救了玄德。張飛衝入戰陣，張任用計把他圍在核心，正沒奈何，趙雲從江邊殺出，救了張飛，張任只得回城。而此時，孔明等人也已來到。

孔明以為張任其人極有膽略，要取雒城，必先捉張任，於是吩咐諸將說：

「離金雁橋南五六里，兩岸都是蘆葦和蒹葭，可以埋伏。魏延引一千槍手伏於左，單單戮馬上將士；黃忠引一千刀手伏於右，只砍坐下馬匹。敵軍失敗，必往山東小路走，翼德可領一千軍去埋伏，活捉張任。」

又吩咐趙雲等張任過橋，便將橋拆斷，斷絕後路，勒兵橋北，使張任不得不往南走。果然，張任便在這一役中被殺，玄德乃以直到雒城，城中一將殺了劉璝，開了城門，於是玄德軍入雒城，玄德得了雒城後，孔明安排諸將安撫外圍諸州郡，打算攻取成都。蜀中降將進言說：

「前去的關隘中，只有綿竹有重軍守備，如果攻下綿竹，成都就唾手可得了。」

在成都的劉璋聽說玄德領兵要攻綿竹，十分驚慌，當時從事鄭度獻計，要劉璋深溝高壘，堅營勿戰。劉璋不聽，反而派妻弟費觀去把守綿竹。益州太守董和以為不妨向張魯借漢中兵，自願為說客，以利害說張魯。劉璋乃修書命董和前赴漢中。

此時，在漢中的張魯，已接納了馬超。馬超由於和曹兵交鋒失敗，妻兒盡被斬死，而逃入漢中，投靠張魯。但馬超在張魯手下，卻與大將楊柏不和。當劉璋遣使求救於張魯時，張魯不從；楊柏之兄楊松卻勸張魯出兵，更說「東西兩川，實為脣齒，如肯前去救助，有廿州相酬」的話，因此馬超挺身而出，自願領軍攻葭萌關，務要劉璋割讓二十州。張魯遂遣馬超領廿萬軍出發。

當玄德進攻綿竹時，費觀令李嚴出戰，黃忠領孔明計，詐引李嚴軍入山谷，李嚴不敵，只好投降玄德，並自願去遊說費觀，費觀果然也投降了玄德。於是開關，玄德遂入綿竹，正商議分兵攻取成都時，有使者來報：東川張魯遣馬超等人來攻葭萌關！孔明說：

「須派張、趙兩將出馬，方才能攻破敵軍。」

這時張飛也已聽了馬超攻關的消息，大叫說：

「我便去戰馬超！」

孔明乃令張飛為前鋒，魏延隨行，數人領兵便往葭萌關進發。次日天明，關下鼓聲大震，馬超縱馬提槍而出，獅盔獸帶，銀甲白袍，一來裝束非凡，二來人才出眾，玄德乃嘆說：

「人說『錦馬超』，今日一見，果真名不虛傳！」

張飛一見，恨不得生吞馬超，而玄德以為當避其銳氣，三番五次擋住張飛。直到午後，玄德見馬超陣上人馬皆倦，就令張飛下關，和馬超交戰，約戰了百餘回合，不分勝負。玄德觀賞後，不由得說：

「真是一雙虎將啊！」

稍後張飛又戰馬超，鬥了百餘回合，兩個精神倍加，直到天色已晚，張飛猶不肯罷休，安排夜戰，再鬥馬超，一時點起千百火把，照耀得如同白日，兩將又惡戰不休！玄德在陣前叫道：

「我以仁義待人，不施譎詐！馬孟起，你收兵歇息，我保證不追趕你。」

馬超、張飛兩將方才止兵。次日，孔明來到，孔明對玄德說：

「臣聽說孟起是世代虎將之後，若和翼德死戰，必有一傷，不如用計招降。東川張魯，想自立為漢寧王已經很久了！手下謀士楊松十分貪財，可派人往漢中，先用金銀賄賂張松，然後送書給張魯，對張魯表示：『我方之所以與劉璋爭西川，正是為了替你報仇，千萬不要聽信離間之言，事定以後，必保你作漢寧王。』使張魯下令馬超撤回軍隊，那時再用計招降馬超了。」

玄德便差孫乾依計行事，張魯果然教馬超罷兵，但馬超不聽，張魯差人去喚回，一連三次，馬超仍然不應，這時楊松進流言，說馬超之所以留在漢中，正是想奪西川，自為蜀王，好替父親報仇。張魯便一面教人把守關隘，以防馬超兵變；一面著人要馬超在一個月中辦成三件事：一要取西川、二要劉璋首級、三要打退荊州兵。三件事若辦不成，就得把頭獻上。

馬超聽到從人說起這三件事，大驚，說：

「為何變成這樣？」

這時他有罷兵的意思，而楊松又要把關諸將堅守隘口，馬超進退不得，無計可施。這時孔明擬親自前去勸降，玄德不肯，正在躊躇間，西川有一人來降，這人姓李名恢，自願去馬超處勸降。李恢來到馬超營中，昂然而入，馬超端坐不動，喝叱李恢，說：

「你來作什麼？」

李恢說：

「正是來作說客！」

馬超說：

「我匣中寶劍剛才磨利，你是否想試一試我的寶劍？」

李恢從容道：

「將軍之禍不遠了！如今將軍和曹操有殺父之仇，而和隴西又有切齒之恨！前不能救劉璋而退荊州之兵，後不能制楊松而見張魯之面，四海雖大，卻無一容身之處，如果再有渭橋的軍敗、冀城的失算，又有何面目見天下之人？公之尊人從前曾和劉皇叔相約，共討曹賊，公何不棄暗投明，上報父仇，下立功名？」

馬超遂和李恢一同來降玄德，玄德以上賓之禮接待。馬超降後，玄德準備進兵成都，馬超自告奮勇，要喚劉璋出城投降。玄德大喜。

在成都城內，劉璋聽說馬超此刻領兵來到城下，劉璋便在城上問話，馬超在馬上以馬鞭指著劉璋說：

「我本來領著張魯軍來救益州，怎想到張魯聽信楊松之言，反而讒害我！如今我已投降皇叔，你當納土拜降，免得我大軍攻城！」

劉璋一時驚得面如土色，氣倒在城上，眾官把他救醒，劉璋表示不得不投降之意，他說：

「我父子在蜀二十餘年，並無恩德給百姓，如今，又攻戰三年，血流遍野，都是我的罪，不如投降使百姓得安！」

劉璋開門出降，玄德進城，握著劉璋手流淚，表示情勢所迫，實在不得已，兩人並轡入城。玄德親自請黃權、劉巴等勇將任職，眾人乃感佩玄德。玄德請劉璋收拾財物，佩領振威將軍印綬，領著家人，盡遷南郡，在公安住下。玄德自領益州牧，文武投降官員，共六十多人，並皆擢用。城中軍民大悅！

益州平定後，使諸葛亮擬定治國條例，刑法頗重，這時法正進言說：

「從前漢高祖和民約法三章，百姓都感其恩德，我希望軍師能寬減刑法！」

孔明說：

「你只知其一，不知其二！秦用法暴虐，百姓怨怒，所以高祖用法寬緩！如今益州劉璋闇弱，德政不舉，威刑不肅，君臣之道也不分明。我今以嚴刑治國，以法輔政，使上下有節，正想整頓久弊的益州。」

法正聽後，十分拜服。自此以後，軍民安靖，四十一州，分兵鎮撫，州州順服！法正任蜀郡太守，有人告訴孔明說：

「孝直太霸道，應該叫他收斂點！」

孔明表示，從前玄德困守荊州，北畏曹操，東憚孫權，正是孝直輔助，功高一時，自然氣盛，如今又何須令他收斂？終不曾過問這事！法正事後得知，反而自行斂戢，一心效忠於玄德和孔明。

十八、合淝之戰

玄德得了益州之後，孫權又想起要還荊州之事，張昭獻計，要孫權將諸葛瑾的家小拿下，作為人質，又要諸葛瑾前去遊說孔明，以兄弟之情打動他，然而事終不成。孔明只以關公不肯為藉口推託。魯肅又用計，對孫權說：

「如今不妨屯兵於陸口，請關雲長來赴會，如果雲長肯來，就好好商量還荊州的事，雲長如果不從，那麼就隨即進兵，決一勝負，奪回荊州好了。」

孫權乃令魯肅依計行事，一邊派人送信邀請赴會之，一面和呂蒙、甘寧商議，在陸口設宴。第二天，關公命關平選快船十隻，藏水軍五百，在江邊等候。雲長青巾綠袍，坐在船上，一面紅旗，在風中招搖，顯出一個大「關」字，在雲長旁，是捧著大刀的周倉，另有八九個關西大漢，各帶著腰刀一口。魯肅命甘寧等人伏軍岸側，自己在岸邊迎接，入席飲酒時，雲長談笑自若，魯肅卻滿心驚疑。酒到半酣，魯肅就提起歸還荊州之事，雲長說：

「筵席上何需談國家大事？」

魯肅再三追問，據理力爭，雲長說：

「烏林之役，皇叔豈無大功？何以無尺寸之土相送？」

魯肅表示當日自己肯於作保借荊州，實在是同情皇叔身無居所，如今已得西川，又占荊州，貪而失義，恐怕為天下人恥笑！雲長又以不干己事推託，這時，周倉在階下厲聲而說：

「天下土地，當由有德者來統領，豈盡是東吳所當擁有？」

雲長變色即起，奪下周倉所執大刀，立在庭中，目視周倉，叱道：

「國家大事，豈容你多言？快去，快去！」

周倉會意，先到岸口，招來在對岸等候的快船。這時，雲長右手提刀，左手挽住魯肅手，佯醉說：

「子敬盛情，請我來赴宴，再也不要提起荊州，免得傷了感情！我已經醉啦，待我作東，請子敬來荊州赴宴時，再商議好啦！」

魯肅手足無措，被雲長扯到江邊，由呂蒙、甘寧率領的伏軍也不敢出兵。只見雲長手提大刀，親握魯肅，恐怕妄動，傷了魯肅。雲長直到船邊，才放開握著魯肅的手；魯肅如癡如呆，只有眼看著關公坐船乘風而去。

孫權知道用計又不成後，大怒，想要傾全國之兵，來取荊州，正在商議，忽然又傳來曹操將起卅萬大軍來攻的消息。孫權不得已，乃將欲攻荊州之兵，移軍到合淝及濡須兩地，來抵拒曹操。

這時曹操卻因參軍傅幹的進諫，而暫時止兵不南進，傅幹以為，當前最要緊的是：「增修文德，按甲寢兵，息軍養士，待時而動！」曹操覺得傅幹之言，極為有理，乃興建學校，延禮文士，然而稱帝之心在曹操是無日或忘的。

建安十九年十一月，因伏后之父伏完和穆順等人謀殺曹操事未成，曹操將伏后用亂棒打死，並毒殺伏后兩子；伏完、穆順宗族二百餘人，盡斬於市。曹操蔑視獻帝，已到無可復加的地步。

建安二十年正月朔日，曹操又冊立自己的女兒曹貴人為正宮皇后，曹操威勢日甚，文武百官敢怒而不敢言。

伏后事件後，曹操會大臣，商議收吳滅蜀之大事，夏侯惇以為吳、蜀兩國，一時未必能攻下，不如先攻張魯，攻得漢中，再以得勝之兵一鼓而攻西蜀。曹操十分同意，乃起兵西征。

曹操興師西征，兵分三隊，前鋒夏侯淵、張郃，曹操自領中軍，後部由曹仁及夏侯惇率領。西征的消息傳到漢中時，張衞和弟張衛，商議退敵之策，張衞說：

「漢中最險之處，就是陽平關。我在陽平關附近，依傍山林處，安下十餘個寨子迎敵曹兵，兄守漢寧，多多準備糧食接應。」

張魯便差大將楊昂、楊任和張衞同去安營，當張衞軍屯陽平關附近下寨剛定時，曹操前軍已到。這夜，曹軍十分疲憊，各自休息，忽然，寨後一把火，楊昂、楊任來劫寨，夏侯淵、張郃一時無從抵禦，曹兵大敗。

第三天，曹操所領大軍方到，見陽平關四周山勢險惡，林木叢雜，又不明路徑，隨即回軍安營。次日，曹操正領著許褚、徐晃來看張衛營寨的形勢，曹操揚鞭遙指，對兩人說：

「如此堅固，恐怕一時難攻！」

話還未說完，背後一陣箭雨襲來，楊昂、楊任分兩路殺來，曹操大驚，許褚應敵，徐晃保著曹操逃回寨中。自此，兩邊相拒，五十多天，只不交戰。曹操乃想以退軍為名，鬆懈對方的士氣。一面命輕騎抄小路到陽平關後，乘勢夾擊。

守關的楊任、楊昂商議如何破曹軍，眼看曹軍拔寨而起，楊任懷疑是曹操詭計，楊昂卻爭功心切，領著五寨軍馬前進，只留少數人守寨。是日大霧，夏侯淵軍誤到楊昂寨前，守寨軍士以為楊昂回來，就把寨門打開，曹軍一擁而入，一看，竟是一座空寨，就放起火來，楊任領兵來救，可是夏侯淵、張郃聯軍來攻，楊任不敵，便殺出條路，奔回南郡去了。待楊昂要回軍時，軍寨已被占，後面曹操大軍又趕來，四面無路，楊昂和張郃交手，被張郃殺死。張衛知道諸營已被曹軍攻下，也就奔回南郡去了，曹操遂得了陽平關。

隨後，曹操進兵，直抵南寨安寨，張魯便令龐德前去應戰。龐德原是馬超手下的一員猛將，曹操深知他厲害，便囑咐諸將，最好生擒龐德。眾將輪番上陣，想要消耗龐德體力，張郃、夏侯淵、徐晃、許褚紛紛出戰數回合，或數十回合，隨即退兵。曹操又用賈詡的計謀，賄賂張魯手下的謀士楊松，使楊松進讒言，說龐德收了曹操賄賂，故每戰而不勝。

次日，曹兵攻城，龐德引兵衝出，曹操命許褚出戰詐敗，引龐德來到山坡，曹操自乘馬立於山坡上招降，龐德想拿住曹操，遂飛馬上坡，一聲喊起，天崩地塌，連人和馬一起跌入坑內，四壁鈎索一齊向前，活捉了龐德，押上坡來。曹操下馬，親解其縛，龐德尋思張魯不仁，情願拜降。曹操又令龐德和自己並轡而行，故意叫城上人望見。

張魯因此更信楊松的話，第二天，曹操三面豎起雲梯，飛砲攻城，張魯和張衛便盡封府庫，領了全家大小，殺出南門外。曹操趕入南郡，只見府庫盡封，心生憐憫，召人往巴中去召降張魯，張魯遂降，曹操平定了漢中。

曹操已經得了東川，主簿司馬懿便進言說：

「劉備使詐，得了益州，但蜀人尚未完全歸心，如今主公攻下漢中，可乘勝攻蜀，其勢必定瓦解。有智之士，惟在能把握時機，希望主公不要錯過機會。」

曹操聽了司馬懿的話，便慨嘆地說：

「人心苦於不知足！既得隴，又復望蜀！」

這時劉曄進言說：

「司馬仲達說得好。蜀民一安定，把關守隘，就攻不下了。」

然而曹操終於按兵不動。

這時西川百姓中盛傳曹操來攻的消息，眾人十分驚恐，玄德便和軍師孔明商議，孔明說：

「曹操分軍屯駐合淝，乃是懼怕孫權的緣故。如果我方分江夏、長沙、桂陽三郡給吳，又派遣辯士陳說伐曹的利害，使吳兵起軍進襲合淝，牽制曹軍不致西向，曹操就不致來攻益州了。」

玄德聽了大喜，乃遵計行事，派伊籍為使者，去說孫權，說是「吾主若取了東川，即還荊州全土」，催促孫權乘虛進攻合淝。孫權和眾謀士商議，張昭說：

「這恐怕是劉備唯恐曹操攻取西川才出的計謀！雖然如此，正因曹操在漢中，我方乘勢奪合淝，也是上計。」

孫權乃商議起兵攻曹操，命魯肅取回長沙、江夏、桂陽三郡，屯兵陸口，喚回呂蒙諸將，準備進軍合淝。

呂蒙回到京城，便獻策給孫權，以為先取皖城，再攻合淝，因為皖城糧多。孫權覺得呂蒙考慮得十分周到，便教甘寧、呂蒙為先鋒，去取皖城。呂蒙乘軍隊初到，士氣方銳，奮力攻擊，到次日辰時，便得了皖城。次日，準備起兵進取合淝，三軍皆出發。甘、呂兩將為前隊，孫權與凌統居中，其餘諸將陸續進發。

呂蒙、甘寧的前部軍將到合淝時，正遇上樂進領軍前來，兩軍交鋒，樂進詐敗，甘、呂一齊引軍趕去。孫權在後，聽得前軍得勝，急忙趕上，催軍快行，正行到逍遙津北面，一陣連珠砲響，左邊張遼、右邊李典一起攻來，孫權大驚，凌統手下只有三百餘騎，無法抵擋曹軍，凌統死戰，孫權縱馬逃上了小師橋。橋南已拆下丈餘，並無一片板，孫權驚得手足無措，收回馬三丈餘遠，然後縱轡加鞭，那馬一跳，飛過橋南，孫權方脫險，這時吳兵已損失了大半，凌統所率領的三百餘人盡被殺死。呂、甘等人死命逃過河南。這一陣殺得江南人人害怕，聽到張遼的名字，小孩也不敢夜哭。孫權只得收軍回濡須口，整頓船隻，商議水陸並進，一面差人回江南，再起人馬來助威。

這時，張遼聽說孫權在濡須，還要興兵來攻，恐合淝兵少，便急向曹操請求救兵。在曹操左右，劉曄也勸曹操蜀中已定，不容易攻下，不如派兵去救合淝，順勢攻下江南。於是曹操留下夏侯淵守漢中及定軍山隘口，留張郃守蒙頭巖等隘口，其餘軍兵拔寨整軍，殺往濡須塢來！

孫權聽說曹操自漢中領兵四十萬前來救合淝的消息，便著人領五十艘大船，在濡須口埋伏，張昭說：

「如今曹操遠來，必須先挫其銳氣。」

甘寧和凌統兩人便在孫權面前爭競起來，要搶頭功。孫權命凌統帶三千軍出濡須口出迎曹軍，凌統和張遼交鋒，鬥了五十回合，不分勝負，孫權又命呂蒙接應回營。是夜，甘寧自告奮勇領了一百人馬去劫營，約在二更時分，甘寧取白鵝毛一百根，插在盔上為號，都披甲上馬，飛奔到曹操寨邊，大喊一聲，殺入寨中，甘寧領著百騎，左衝右突，曹兵驚慌之餘，自相踐踏，死者無數。甘寧見人就殺，從寨之南殺出，無人敢當。回到營中，孫權自來迎接，握著甘寧的手說：

「孟德有張遼，孤有甘興霸，兩人正足以相對抗。」

凌統見甘寧有功，也想要表現一番，遂領兵五千出鬥樂進。兩人鬥了五十回合，不分勝敗，曹操親自來觀戰，見兩人酣戰，乃命曹休放冷箭，開弓箭發，正中凌統座下之馬，凌統被馬掀翻在地，樂進趕忙持槍來刺，槍還未到，只聽得弓弦響處，一箭發出，正中樂進臉龐。兩軍皆出，分別將樂、凌二人救回。

曹操見樂進中箭，乃分五路兵來攻濡須。張遼、李典、徐晃、龐德，各帶一萬人馬，殺往江邊。在孫權手下，在船上的董襲、徐盛，見五路軍馬到來，徐盛即刻領猛士數百人殺入李典軍中，董襲在船上擂鼓助威，突然風急船覆，董襲竟死在江口。陳武聽到江邊廝殺的聲音，連忙引軍趕來，正好遇到龐德，兩軍混戰。

孫權在濡須塢中，聽到曹兵殺到江邊，親自和周泰前來助戰，正想殺入李典軍中救徐盛，反被張遼、徐晃兩支軍團團圍住，許褚又縱馬持刀殺入軍中，把孫權軍衝作兩段，使兩軍彼此不能相救。這時周泰從軍中殺出，到了江邊，卻不見了孫權；周泰急尋，見孫權被圍甚急，乃挺身殺入，奮力保護孫權衝出重圍。周泰左護右遮，身上被刺數槍，箭透重鎧，才把孫權救到江邊，交給呂蒙，周泰又殺入重圍救出徐盛，兩將各帶重傷。

陳武和龐德大戰，被龐德趕到谷口，陳武袍袖被樹枝勾住，不能迎敵，遂被龐德所殺。曹操見孫權走脫了，自己策馬驅兵，趕到江邊對射，呂蒙箭已發盡，正慌亂時，幸得陸遜領十萬兵到，暫時遏阻了曹兵，陸遜正是孫權的女婿。

孫權在濡須和曹操相拒了月餘，不能取勝，張昭、顧雍等聯合上言，對孫權說：

「曹操勢力大，不能以武力攻下，若和他久戰，又恐怕折損兵卒太多，不如求和安民，以為上計。」

孫權聽張、顧兩人勸，乃命步隲（ㄓˋ zhì）往曹營求和，答應年年納歲貢。曹操眼見江南一時也攻不下，便答應孫權，命孫權撤走人馬，孫權班師回秣陵，留下蔣欽、周泰守濡須口。曹操領著群將班師回許昌，只留下曹仁、張遼屯守合淝。

建安二十一年夏五月，群臣表奏獻帝，歌頌魏公曹操功德，進爵為「魏王」。獻帝命人擬寫詔書，立曹操為魏王。曹操假意上書請辭，請辭三次，以後才受命為魏王，冕十二旒，乘金根車，駕用六馬，出用天子車服，出警入蹕，在鄴郡蓋魏王宮，立曹丕為世子，這年冬十月，魏王殿落成。

十九、智取漢中

曹操進爵為魏王後，曹洪領軍漢中，命張郃、夏侯淵各據險要。這時張飛守巴西，馬超作先鋒，正與曹洪軍相遇，馬超緊守隘口，不與交鋒。曹洪見馬超連日不出，恐有詐謀，引軍退回南郡，這時張郃來見曹洪，對曹洪說：

「郃雖不才，自願領本部兵去攻取巴西，如果能攻占巴西，西蜀郡才容易攻下。」

曹洪卻覺得張飛非等閒之輩，不可輕敵，張郃堅持進兵，如果不勝，自願受軍法處置。張郃乃領三萬兵，安置在巖渠寨、蒙頭寨和蕩石寨。當日張郃領一半軍去攻巴西，留下一半守寨。張飛得知，忙與雷同領兵去迎戰，兩下夾攻，張郃大敗。次日，雷同下山去搦戰，張郃又不出，雷同無奈，兩軍相持五十餘日，張飛在山前紮住大寨，每日飲酒，飲至大醉，常在山前辱罵。這時玄德見張飛如此德性，十分吃驚，忙問孔明，孔明反說：「原來如此！軍前恐怕無好酒，而成都美酒極多，不妨派人裝五十大甕，送到帳前給張將軍飲用！」

孔明料到張飛山前辱罵，旁若無人，正是敗張郃之計，便命魏延送酒赴軍營，車上各插黃旗，旗上大字書道：「軍前公用美酒」。

張飛聽說主公賜酒，跪拜領受後，便命魏延、雷同各領一支人馬，作左、右翼，只看到軍中紅旗揚起，便各自進兵，一面又教軍士大開旗鼓而飲。張郃在山頂觀望，見張飛坐在帳前喝酒行令，兩個小卒在面前摔角為戲，張郃恨恨地說：

「張飛這廝，欺我太甚！」

便傳令今夜下山劫張飛寨，令蒙頭、蕩石二寨中軍士分左右出動援助。

張郃領軍從山側而下，直來到寨前，遠望張飛點亮了燈燭，正在帳中飲酒，張郃大喊一聲，山頭擂鼓相助，直殺入營中，然只見張飛端坐不動，張郃衝向前一槍刺去，卻是一個草人！急忙勒馬回頭，帳門口連珠砲起，一將當先，攔住去路，睜開環眼，聲如巨雷響起，原來就是張飛。張飛挺矛躍馬，直刺張郃。兩將在火光中戰了三五十回合，張郃只盼蒙頭、蕩石的曹軍來救，誰知兩寨已被魏延、雷同兩將劫下。張郃正沒奈何時，又見山上火光大起，已被張飛後軍奪了寨柵！張郃三寨俱失，只得逃往瓦口關去了。

張郃在瓦口關派人向曹洪求救。曹洪大怒，心想張郃強要出兵，三萬軍又已折損了兩萬，遂不肯出兵，只派人催促張郃發兵出戰。張郃不得已，只得分軍埋伏，自領軍出戰，打算詐敗，引張飛軍追來，好截斷後路。當天，張郃領兵來挑戰，正遇雷同，戰了數回合，張郃詐敗，雷同趕來，被埋伏的軍隊攔截，張郃一槍，把雷同刺下馬來。敗軍回報張飛，張飛自來挑戰，張郃又詐敗，但是，張飛知道是計並不追趕，乃回寨和魏延商議，準備將計就計，張飛說：

「我明日先領一軍前往，你卻引精兵隨後，待張郃伏兵出，你就分軍出擊，又用車十餘輛，車內藏柴草，塞住小路，放火燒之，我趁機捉拿張郃，為雷同報仇。」

次日兩軍交戰，張郃大敗，退路又被火封住，張郃死命殺開一條血路，集攏了殘兵，堅守不出。而張飛和魏延時時領數十騎來兩邊哨探小路，得知瓦口關背後，有一條梓潼山小路，張飛乃前後夾攻，智取瓦口關，張郃尋路逃走，隨行的只剩下十餘人，步行到南郡，去見曹洪。

曹洪一見張郃，喝令左右推出要斬。行軍司馬郭淮，勸曹洪再給張郃五千兵，去攻葭萌關，去牽制各處的軍隊。曹洪才給了張郃這將功折罪的機會。

這時葭萌關的守將孟達、霍峻得知張郃來攻的消息。霍峻主張要守，孟達主張要攻，兩人相爭不下。孟達自領軍下關去和張郃交鋒，大敗而回，霍峻只得向成都求救。玄德便請孔明聚眾商議，孔明表示非張飛不可：「除非翼德，無人可擋！」忽然老將黃忠厲聲出言，道：

「軍師怎地這麼輕視人哪，我雖無能，但希望能去取張郃首級！」

孔明再三表示黃忠年老，恐怕不能勝任，氣得黃忠白鬚倒豎，取架上大刀，輪動如飛，把壁上硬弓取來，連連拽折兩張。孔明便說：

「將軍要去，誰為副將？」

黃忠說：

「老將嚴顏可以和我同去，如有什麼失誤，可以砍下我這白頭！」

玄德大喜，便命兩人前去葭萌關。趙雲說：

「如今張郃親自領兵攻擊葭萌關，軍師千萬不要看為兒戲，如果葭萌關一失，益州就危險了！為何命這兩個老人前去應敵呢？」

孔明說：

「你以為這兩人老邁，不能成事啊，我卻估計漢中必由這兩人手中攻得！」

趙雲等人頗不服氣，就連關上的孟達、霍峻見了，心中也笑孔明調度不當，他們心裡想著：

「這般緊要的地方，卻教這兩個老頭子來！」

黃忠、嚴顏兩位老將心中也知眾人不以為然，立誓要立奇功。兩個商議定了，黃忠引軍下關，和張郃對陣，張郃出馬，見了黃忠，笑道：

「你這麼大年紀，不自量力，還想應戰？」

黃忠怒道：

「小子欺我年老，我手中寶刀並不老哇！」

黃忠遂拍馬向前，兩人交戰了二十餘回合，忽然嚴顏從小路抄來，在張郃軍後，兩軍夾攻，張郃大敗，兵退八九十里。曹洪聽說張郃兵敗，就派了夏侯尚、韓浩領五千軍來助戰。

黃忠連日派哨探路，已經探得路徑，這時嚴顏也對黃忠說：

「這裡過去有座天蕩山，山中就是曹操屯糧草的地方，如果能取得那個地方，截住糧草，漢中地就容易攻下了。」

黃忠便安排，計奪天蕩山，卻聽到夏侯尚、韓浩來襲的消息。黃忠出戰，纏鬥了十餘回合，黃忠敗走，兩將趕了二十餘里，奪了黃忠的營寨，黃忠又草草建了一營。

次日，韓、尚又來挑戰，黃忠又出陣，戰了幾回合，又敗退；韓、夏侯兩人又趕了數十里，奪了黃忠營寨。

次日，兩將又來戰，黃忠又退，黃忠連退數陣，直退到關上，堅守不出。玄德聽說黃忠連敗，急忙差劉封來關上接應，黃忠對劉封說：

「這是老夫的驕兵之計！我借寨給他們屯積軍需品，今夜就可破敵，收復諸營了。」

當夜二更，黃忠等人果然連奪三寨，夏侯尚、韓浩二人自顧逃命，所丟下的軍器鞍馬無數，全部搬運入關，黃忠又催軍馬前進，「不入虎穴，焉得虎子？」策馬先進，直逼得張郃軍屯紮不住，棄寨而走，直到漢水旁。

張郃尋見夏侯尚、韓浩兩人，商議道：

「天蕩山乃是貯糧之地，更連接米倉山，這兩地都是漢中軍士養命之所，如果有所疏失，漢中就保不住了！」

夏侯尚說：

「米倉山有吾叔夏侯淵守護，那兒又接定軍山，應當不成問題；天蕩山，有我兄夏侯德鎮守，我等就投奔天蕩山去罷。」

三人就連夜投往天蕩山去，三人正與夏侯德敘話，忽然山前金鼓大震，人報「黃忠兵到」，夏侯德輕敵，派韓浩領三千兵迎戰，黃忠和韓浩交手，不過一回合，便把韓浩斬下馬，蜀兵大喊，殺上山來，張郃、夏侯尚急忙領軍來迎，忽然聽到山後火光沖天而起，上下通紅，夏侯德提兵急來救火時，正好嚴顏趕上，手起刀落，斬死夏侯德。原來黃忠預先派嚴顏埋伏山後，只等黃忠軍行動，到時放火。這時，烈燄飛騰，照徹山谷，張郃、夏侯尚，前後不能相顧，只得抛棄天蕩山，逃到定軍山投奔夏侯淵去了。

捷報傳到成都，法正勸玄德即時舉兵親征，平定漢中，以「縛兵積粟，觀釁伺隙，進可討賊，退可自守」。玄德、孔明便親自引十萬軍，出葭萌關安營，這時正是建安二十三年秋七月。

大軍來到關上，玄德對眾人表示，定軍山是南郡保障，也是糧草屯聚之所，必須先行攻取。黃忠自告奮勇，孔明乃遣法正同行相助，又命趙雲領軍從小路接應，劉封、孟達在山中險要處，多立旌旗，以壯聲勢。又差嚴顏往巴西閬中守關，接替張飛、魏延。

劉備親自領兵要攻漢中的消息傳到許都時，曹操大驚，忙起兵四十萬親征。曹操分三路進兵，前部先鋒由夏侯惇率領，曹操自領中軍，曹休押後軍，三軍陸續而行。曹操騎著金鞍白馬，玉帶錦衣，武士手執大紅羅銷金傘蓋，左右金爪銀鉞，鐙棒戈矛，打著日月龍鳳旌旗，護駕的龍虎官軍有三萬五千，一時隊伍光耀燦爛，雄壯無比。大軍來到南郡，屯紮在此，曹操派人送書，命夏侯淵出兵。

黃忠和法正這時正屯兵於定軍山口，屢次挑戰，夏侯淵卻堅守不出，法正對黃忠說：「夏侯淵的為人輕躁，而少謀略，我方正可激勵士卒，拔寨前進，步步為營，引誘他來出擊，趁機捉拿他，這就是『反客為主』的辦法。」

黃忠於是犒賞三軍，三軍各個願效死戰，黃忠即日拔寨而進，真箇「步步為營」，每營住數日，又拔營前進。夏侯淵終於耐不住，命夏侯尚領數千人出戰，黃忠提刀上馬，只一交手，就生擒了夏侯尚。次日，兩軍在山谷闊處布成陣勢，黃忠激夏侯淵廝殺，二人戰了二十餘回合，忽然曹營鳴金收兵，夏侯淵慌忙撥馬回營，被黃忠乘勢殺了一陣，夏侯淵問起為何鳴金的理由，押陣官回道：

「我見山凹中有蜀兵旗幟，恐怕有埋伏的軍隊，所以急招將軍回營。」

夏侯淵深信不疑，遂堅營不出，黃忠追到定軍山下，法正要黃忠先攻取定軍山西邊的一座高山，在這山上，足可看清定軍山的動態。是夜二更時分，黃忠便鳴金擊鼓，直殺上山頂，法正說：

「將軍守在半山，我在山頂，等夏侯淵兵到，我舉白旗為號，將軍卻要按兵不動，等他倦怠無準備時，我舉起紅旗，那時將軍就下山攻擊，以逸待勞，一定能取勝。」

果然，夏侯淵圍住了對山，大罵挑戰，黃忠只是不出戰。到了午時，法正在對山看見曹兵已倦怠，銳氣已減，多半下馬休息，乃把紅旗揚起，黃忠角鼓齊鳴，一馬當先，殺下山來。一時似天崩地塌，夏侯淵措手不及，被黃忠砍為兩段。黃忠追趕逃兵，乘勢去奪定軍山，張郃領軍來迎戰，張郃不敵，要逃走，山傍忽然出來一彪人馬，為首的正是趙雲，只見前面又來了一支兵，乃是杜襲，杜襲說：

「定軍山已被劉封、孟達奪了！」

張郃遂與杜襲領著敗兵來到漢水邊紮營。曹操聞知，乃親率大軍，要來報讎。先命人把米倉山的糧草移到漢水北的山腳下，然後進兵。

孔明得報，乃命黃忠、趙雲，先深入其境，奪其輜重，殺其銳氣！黃忠回營後，對副將張著說：

「今夜三更，命軍士飽食，四更離營，殺到北山腳下，先捉張郃，後劫糧草。」

當夜，依計行事，來到北山之下，東方日出，只見糧食堆積如山，只有數人看守，黃忠正要放火，張郃軍到，兩軍混戰一場，徐晃來接應，便把黃忠困在核心。這時，趙雲看看過了午時，黃忠還未回來，便領了三千人來接應，趙雲殺入重圍，挺槍而入，左衝右突，如入無人之境，那槍舞得渾身上下，一點破綻也沒有。張郃、徐晃兩人一見，心驚膽戰，不敢迎敵，趙雲回到本寨，單槍匹馬，立在營門之外，命弓箭手埋伏在寨外壕溝中。

張郃、徐晃見蜀營偃旗息鼓，趙雲立在營外，寨門大開，兩人反而不敢前進，這時曹操領軍來到，催促眾軍向前，只見趙雲把槍一抬，壕中弓箭齊發，天色昏暗，一時曹兵自相踐踏，死者不知有多少！曹操正在奔逃時，劉封、孟達領了兩支軍從米倉山路殺來，放火燒糧，曹操只得棄了北山糧草，回到南郡。

曹操愈想愈氣，便命徐晃為先鋒，搭起浮橋，過河來戰蜀軍。卻被黃忠、趙雲左右夾攻，大敗而退，軍士掉入漢水，死者無數。曹操聞訊大怒，要親統大軍來奪漢水寨柵，於是，兩軍隔水相拒。

孔明觀察漢水附近的形勢，見漢水上流處，有一帶土山，可以埋伏千餘人，便命趙雲五百人前往，告誡道：

「不管在半夜，或在黃昏，只要聽到我營中砲響，就擂鼓一番，可是，不要出戰。」

孔明自在高山暗窺。次日，曹兵來挑戰，蜀營一無動靜。曹兵只有回營，到了熄燈就寢時，孔明便命人放號砲，趙雲聞號，乃大搥戰鼓，曹兵以為來劫寨，及至出營一看，又不見一軍，如是一連三夜，曹兵心驚，拔寨後退三十里。孔明笑道：

「曹操雖懂得兵法，卻不知詭計！」

遂請玄德親渡漢水，背水紮營。曹操一見，心中大疑，派人來挑戰，並對部下說：

「誰能捉得劉備，就是四川之王。」

大軍一齊吶喊，殺過陣來，蜀兵急往漢水而逃，馬匹軍器，丟了滿地，曹軍競相搶奪，曹操覺得可疑，急忙下令退兵。說時遲，那時快，孔明號旗一舉，玄德中軍，黃忠左軍，趙雲右軍，同時殺來，曹兵大潰而逃。孔明連夜追趕，曹操下令回南郡。只見五路火起，原來魏延、張飛自閬中趕來，早已先得了南郡。曹操只得退守陽平關，命許褚領一千精兵去陽平關路上護接糧草，許褚卻因醉酒誤事，被張飛奪了糧草車輛。曹操在關內，蜀兵來到城下，東門放火，西門吶喊，南門放火，北門擂鼓，曹操大慌，只得棄關而走，在斜谷口安營。

忽然馬超、吳蘭兩軍來犯，與孟達兵夾攻。馬超士卒蓄銳日久，一時勢不可擋，曹寨內火起，馬超劫了中、後二寨；魏延又領軍來，拈弓搭箭，射中曹操，曹操翻身落馬，幸被龐德救起。曹操軍銳氣盡失，人人喪膽，乃日夜奔走，直退回到許都，方始安心。

建安二十四年秋七月，玄德乃命劉封、孟達等人攻取上庸諸郡，守將聽說曹操已棄漢中而走，乃紛紛投降，玄德安民已定，大賞三軍，法正等人推尊玄德為漢中王，孔明也以為玄德既已有荊、襄、兩川之地，理應為「漢中王」，玄德推辭不過，只得依允。築壇具禮，玄德南面而坐，受文武官員拜賀，立劉禪為世子，有功的人各按功勳頒定爵位。

廿、樊城之難

玄德立為漢中王的消息傳到曹操耳中後，曹操大怒，發誓要和玄德一決雌雄。這時，司馬懿進諫，勸曹操離間劉、孫，遣辯士去遊說孫權，發兵去攻荊州；待劉備應敵時，再出兵乘隙攻漢川。曹操大喜，決定依計行事。當消息傳到東吳時，孫權的謀臣步隲深知孫權想取回荊州之意，乃進言說道：

「如今曹仁屯兵於襄陽和樊城，曹操大可由旱路去進攻荊州，如今曹操卻令主公動兵，其用意可想而知。主公不妨遣使者去許都見曹操，令曹仁先由旱路起兵，當雲長領荊州之兵去攻取樊城時，主公就能遣將去攻荊州了。」

當魏、吳兩方處心積慮要奪荊州的時候，在漢中王劉備處，早已廣積糧草，多造軍器，打算進攻中原。當消息傳到，孔明便下令雲長，先起兵取樊城，使敵軍膽寒。

雲長得令後，便起兵奔襄陽大路而來，曹仁自領兵來迎戰，雲長詐敗，當曹仁追殺二十餘里時，忽然背後喊聲大震，鼓角齊鳴，背後關平、廖化殺來，曹軍大敗，只得退守樊城，而讓雲長得了襄陽，準備以此為據點進攻樊城。

雲長時常渡襄江來攻打樊城，樊城危急，星夜往許都求救，曹操乃封龐德為征西大將軍，于禁相助，領北方壯士七軍，去解樊城之圍。這時，領軍將校董衡來見于禁，以為用龐德為先鋒，恐怕誤事，原來龐德是馬超手下副將，其親兄龐柔也在西川做官。這話傳到曹操處，曹操乃把龐德喚回，索回先鋒大印。龐德知道原因後，免冠頓首，流血滿面，向曹操表白心跡，曹操乃扶起，加以撫慰。龐德回家後，乃令人造一木棺，扶棺而行，表示絕不空回。曹軍乃由龐德領軍，前往樊城解圍。

龐德還未到樊城時，關公早知此事，乃令廖化去攻樊城，自己來親敵龐德，關公橫刀出馬，大叫：

「關雲長在此，龐德何不早來受死！」

鼓聲響處，龐德出馬，關公乃縱馬舞刀，來鬥龐德，二人戰了百餘回合，精神愈發昂揚，兩軍各看得癡呆了。魏軍恐龐德有失，急急鳴金收軍，龐德歸寨，乃對眾人說：

「人人都說關公是英雄，今日出戰，我才相信！」

關公回到寨中，也對關平說：

「龐德刀法慣熟，真是我的對手！」

次日，關公上馬引兵前進，龐德也引兵來攻，兩陣對圓，兩將齊出，鬥了五十餘回合，龐德撥回馬拖刀而走，關公在後追趕，口中大罵道：

「龐賊欲使拖刀計，我豈怕你這小卒？」

龐德虛作拖刀姿勢，卻把刀掛住，偷偷拽弓，搭上箭，射將來，關平眼快，見龐德拽弓，大叫了起來，關公急忙睜眼細看時，躲閃不及，箭正中左臂。關平驅馬趕到，把關公救了回營。龐德回營對于禁說：

「眼看關公箭瘡發作，不能動彈，不如乘此機會，統領七軍，殺入寨中，解了樊城之圍。」

然而于禁貪功，深怕龐德進兵成功，就以魏王旨令來推託，始終不肯動兵，又把七軍移到樊城之北下寨。當晚，關公領著數騎登上高阜，見曹軍慌亂，城北十里山谷之內，屯著軍馬，又見襄江水勢甚急，乃大喜。此時正是八月秋天，驟雨連下數天，關公命人預備船筏，收拾水具，對關平說：

「于禁所領七軍，不屯紮在寬廣之地，而聚集在罾（ㄗㄥ zēng）口川險隘之處，如今秋雨連綿，襄江之水，必然高漲，我已差人堵住各處水口，等水漲時，乘高就船放水，水淹樊城，在罾口川的軍隊，就要成為魚鼈了。」

當夜，風雨大作，龐德坐在帳中，只聽得萬馬奔騰，征鼓動地的聲音。龐德急忙出營帳一看，四面八方，大水湧來，平地水深一丈餘，七軍亂竄，隨波逐浪者，不計其數。于禁、龐德和諸將拚命登上小山避水。天破曉時，只見關公和眾將搖旗鼓譟，乘著大船而來，關公催軍士四面急攻，矢石如雨般落下，龐德令軍士用短兵接戰，但軍士心多恐懼，龐德一手提刀，奪得一小船，往樊城逃走。只見上流駛來一張大筏，把小船撞翻，龐德落入水中，船上那將跳下水去，生擒了龐德，這人正是素知水性的周倉。于禁所領七軍，都淹死水中。龐德被周倉押至關公處，睜眉怒目，不肯下跪，罵不絕口，關公乃喝令刀斧手推出斬首。關公又趁水勢未退，領著大小將領來攻樊城。

在樊城周圍，白浪滔天，水勢益發高漲，漸漸浸到城牆，城內曹軍無不喪膽，慌忙來告訴曹仁。曹仁上城頭一看，關公軍已到北門，只見關公身上披著掩心甲，斜袒著綠袍，乃急急招來五百弓箭手，一起放箭，關公急轉馬頭時，右臂上中了一箭，翻身落下馬，一時右臂青腫不能舉起，原來箭頭有毒，不過一下子工夫，毒已入骨。眾將急忙扶關公回營，並且商議撤軍暫回荊州調理，但是關公怒道：

「我攻取樊城，眼前就可攻下了，取了樊城，就當長驅直入，去攻許都，滅了那曹賊，安漢家天下，怎能因這點小傷而誤了大事？」

眾人只得四處尋訪名醫。有一天，有人自江東來，自稱華佗，聽說關公箭傷，特來醫治。這時關公正在帳中和馬良下棋，見了華佗來，把手臂伸出令華佗割肉刮骨，窸窸有聲，眾人眼見這場面，無不掩面失色，而關公飲酒、食肉，談笑、弈棋，全無痛苦的樣子。華佗刮盡骨上之毒後，敷上藥，縫好了線，就囑咐關公靜養，切勿發怒影響傷處。

在許都，曹操聽說關公占據荊、襄，捉了于禁，殺了龐德，大敗魏兵，深恐關公領兵攻進許都，便想遷都避其鋒。這時，司馬懿又進諫曹操，勸曹操遣使去東吳陳說利害，使孫權暗中起兵攻雲長之背，則樊城之危可解。曹操依允，遂不遷都，一面派使再前往東吳，一面命徐晃領精兵五萬起兵接應。

在東吳，孫權接到曹操書信後乃聚集文武商議，忽然呂蒙自陸口乘小船來，對孫權進言，要乘雲長提兵圍樊城，趁機攻打荊州。孫權頗以為然。

呂蒙離開後，聽說荊州軍馬十分嚴整，沿口有烽火臺，早有準備，心中不知如何回覆孫權，這時陸遜用計，他對呂蒙說：

「雲長自恃英雄，以為無人可敵，所顧忌的，不過就是將軍你一人！將軍不如乘此機會託病辭職，陸口之職讓予他人，一面以虛辭讚美關公，使他鬆懈戒備，則他必然撤去荊州之兵，全力去攻樊城。只要荊州無備，用一旅之師，別出奇計就能攻下荊州了。」

呂蒙大喜，乃託病不起，上書辭職，孫權依計乃召回呂蒙，命陸遜替代。陸遜代呂蒙守陸口後，果真卑詞具禮，發使聯絡關公。關公果然中計，以為孫權識淺，竟用陸遜為將。

孫權遣人探得關公果然撤走了荊州大半的兵力，乃拜呂蒙為大都督，總領江東各路軍馬，點兵三萬，快船八十艘；又選善泅水者扮作商人，皆穿白衣，在船上搖櫓，卻把精兵埋伏在船中，蔣欽、周泰、徐盛、丁奉等七員大將隨行，晝夜船行，直抵潯陽江北岸。江邊烽火臺上守臺軍士盤問時，吳人回答全是客商，因江中起風，所以在此避風。一面送些財物給守臺軍士，軍士乃任由吳船停泊在江邊。

大約到了二更時分，船艙中的精兵一齊湧出，將烽火臺上的官軍縛倒，一聲暗號，八十多艘船上的精兵一齊發動，將重要據點上守衛的軍士，一起捉入船中，不曾走了一個，接著長驅大進，直向荊州進發，竟無人知覺。將要到荊州時，呂蒙將俘虜的官軍，用好言安慰，個個重賞，令他們騙守城軍士打開城門，這些降軍也都同意了。到了半夜，到城下叫門，門吏認得是荊州之兵，開了城門，呂蒙率眾衝入，一下子就占領了荊州。呂蒙下令軍士不得妄殺百姓，不得妄取民物，原任官吏，一依舊職任用，將關公家屬另遷，不許閒人打擾。

不久，孫權來到荊州，慰勞有功將士，仍命潘濬守荊州。孫權對呂蒙說：

「如今荊州已取回。但公安傅士仁，南郡糜芳兩人怎樣才能降服他們？」

話還未說完，虞翻表示不須引弓發箭，只要憑三寸不爛之舌便能說降。虞翻領了五百人前去招降，果然，傅士仁、糜芳相繼投降了東吳。

這時曹操正在許都，和眾謀士商議攻取荊州之事，東吳使者送書來，要求曹操夾擊雲長。主簿董昭就說：

「樊城被圍，情勢急迫，不如派人射信入城，使城中軍民寬心。一面設法使關公知道東吳攻襲荊州之事。關公害怕荊州有失，必定從速退兵，這時，可派徐晃乘勢掩殺，必能成功。」

曹操用他的計策，一面派人催徐晃急戰，一面親統大軍，往雒陽以南的陽陸坡駐紮，來救曹仁。來到陽陸坡後，探馬來報，說是關平屯兵在偃城，廖化屯兵在四冢，前後共有十二個寨柵，連絡不絕。徐晃就差副將呂建、徐商前往偃城去戰關平，卻自領精兵循著沔水去襲偃城背面。

徐商來到關平陣前，只交鋒三回合，故意敗走，關平乘勢追趕了二十餘里，忽然聽說城中火起，關平知道是計，急忙回兵去救偃城，正遇到一彪軍馬擺開，徐晃在馬上，對著眾軍高叫：

「關平賢姪哪，你們荊州都已被東吳奪了，還在此胡作非為！」

一時關平軍軍心慌亂，不戰就走，徐晃軍又攻第一寨，關平、廖化兩人抵擋不住，棄了第一屯，便往樊城大路逃走，拚死逃出，來到大寨見關公，關公聽說荊州被呂蒙攻占了，大怒，喝道：

「這是敵人胡說，來擾亂我方軍心的，不值得煩惱！」

話還未說完，徐晃軍上，關公不顧傷勢，也上馬應戰，戰了八十多回合，關公雖然武藝絕倫，終是獨臂力小，關平恐怕關公有失，火急鳴金收兵，忽然四邊喊聲大震，原來是樊城曹仁聽說曹操救兵到，領軍殺出城來，和徐晃會合，兩下夾攻，荊州兵大亂，關公急急渡過襄江，往襄陽奔走，流星馬來到，報告荊州已陷的消息，關公大驚，不敢往襄陽去，領兵往公安來，探馬又報說，公安傅士仁、連同糜芳都投降東吳的消息。關公一聽，怒氣沖胸，瘡口迸裂，昏倒在地，醒來後，頓足嘆道：

「我中奸賊之計了，有何面目見兄長啊！」

管糧都督趙累勸慰關公，以為不妨一面命人往成都求救，一面由旱路再去奪回荊州。

卻說樊城之圍已解，曹操大感欣慰，乃封徐晃為平南將軍，來阻遏關公的軍隊，自己屯兵在摩陂，靜候消息。這時關公困在往荊州的路上，前有吳軍，後有魏軍，夾在中間，而救兵又不來，真是呼天不應、呼地不靈。關公得知呂蒙將荊州城內自己的家眷，並軍士們的眷屬照顧得當，又遣人送來家書，關公氣憤填膺，知是呂蒙奸計，為要瓦解軍心。而在往荊州的路上，又有將士逃回荊州的，關公愈發怒不可遏。不得已，前往麥城。麥城極小，姑且以此為據點，等待援兵。關公命廖化突圍去請救兵，來到上庸，見了劉封和孟達。廖化苦苦哀求出兵，然而孟達對劉封說：

「東吳兵精糧足，荊州九郡都已屬於東吳；而麥城只是彈丸之地，聽說曹操親自領了四五十萬大軍屯紮在摩陂，我山城之眾，如何敵得過東吳、曹魏兩家強兵？不如不出兵。」

劉封聞言，表示關公乃自己叔父，豈能坐視不救？而孟達說：

「將軍以為關公是自己叔父，恐怕關公未必認將軍為姪子噢。人人都知道當初漢中王登位，欲立後嗣，關公以為將軍是義子，不可僭立，反勸漢中王把將軍派向遠方上庸山城，以杜絕後患，這事，也唯有將軍不知道罷了。」

因此之故，上庸兵終於未發，廖化只有上馬大罵出城，往成都去請救兵。

關公在麥城盼望上庸援兵到，卻始終不見動靜。諸葛瑾來勸降，關公正色回答道：

「我乃是解良地方的一個武夫，蒙我主以手足之情相待，我如何肯背義投降？城如被攻下，只有一死而已。玉可碎，而無法改其白；竹可焚，而不能毀其節！你不用多說，快請出城，我要和孫權決一死戰！」

而這時在孫權的營中，呂蒙正獻計，他對孫權說：

「我料想關羽兵少，必定不會從大路逃走，麥城正北有一條小路，可以派精兵五千在那裡埋伏，另在臨沮山旁的小路上也埋伏精兵五百，關某就捉拿得到了。」

這時關公在麥城計點人數，只剩三百多人，糧食又已完全用完，離城的人愈來愈多，趙累建議關公棄城，逃入西川，再整兵來救。關公遂留下周倉和王甫守城，和關平領了殘卒二百餘人走向北門外的小路，走了二十餘里，果然落入了呂蒙的埋伏之中，關平奮戰斷後，關公在前開路，隨行只剩下十餘人，正走之間，一聲喊起，兩下伏兵盡出，長鈎套索，一齊並舉，先把關公坐下馬絆倒，關公被馬忠所捉，關平來救，也力盡被俘，兩人被帶到孫權處，孫權招降關公，表示要結秦晉之好，關公厲聲大罵：

「碧眼小兒，紫髯鼠輩！我和劉皇叔桃園結義，誓扶漢室，豈會和你們這些叛逆為伍？我今天誤中奸計，也不過一死而已，何必多說！」

孫權回顧眾官，表示自己深愛關公這等豪傑，希望有人能勸降，主簿左咸進言說：

「主公，千萬不可。從前曹操得到這人，封侯賜爵，三日一小宴，五日一大宴；上馬一袋金，下馬一袋銀。如此優禮，畢竟還留不住，聽任他斬關殺將而去，以致今天反為他所迫，幾乎要遷都來避其鋒銳！主公今天既已捉得，如果不立刻除去，恐怕有無窮後患！」

孫權沉吟半晌，說：

「這話說得是！」

建安二十四年冬十月，孫權遂命人推出行刑，關公父子都被斬，關公死時，年不過五十八歲。樊城之役，關公捐軀，麥城又被攻下，而荊州又再由東吳來統轄了。

廿一、吳魏交惡

關公死後，東吳恐怕劉備為弟報仇，會傾全力來攻打，一時十分愁煩，這時張昭獻計，打算把關公首級，送給曹操，使劉備誤以為殺關公的乃是曹操，如此一來，西蜀之兵，便不致於指向吳而是指向魏了！然而，當使者以木匣盛著關公首級，星夜送給曹操時，司馬懿立刻對曹操表示，這完全是東吳移禍之計。他向曹操說：

「大王不如把關公首級，刻上一副香木之軀，配合起來之後，以大臣之禮埋葬，劉備知道了，就必定南征報仇，我方只要等候，如果蜀勝就擊吳，如果吳勝就擊蜀！這是所謂的『鷸蚌相爭，漁翁得利』之計啊！」

曹操聽了，覺得很對，就刻沉香木為軀，以王侯之禮，將關公葬在洛陽南門外，並親自拜祭，令大小官員送殯。

當關公被殺的消息傳到玄德耳中時，玄德不禁哭倒在地，三日滴水不進，只是痛哭，淚濕衣襟，斑斑成血，孔明及眾官百般勸慰，玄德說：

「孤和東吳，誓不兩立！」

玄德就要興兵伐吳，以雪大恨，孔明力諫道：

「方今吳想使我軍去伐魏，魏也想令我軍去伐吳，各懷詭計，雙方伺機而動。主上此刻只能按兵不動。待將來吳、魏不和時，再趁機進攻！」

漢中王劉備只得暫且捺下滿腔悲恨。親自往南門招魂祭奠，號哭終日。

在魏國，曹操卻因日夜煩憂吳、蜀之事，抑鬱成疾，病勢一日甚於一日。這時，東吳遣使者送書來，意思說：只要魏大軍掃平西川，東吳孫權就率臣下納土歸降。曹操把信看完，不禁大笑，說道：

「那個傢伙竟要使我自蹈羅網呀！」

侍中陳群等紛紛順應情勢，要求曹操登上帝位，但曹操隱然以周文王自居，婉拒了臣下的好意。而在這時，司馬懿獨自表示他個人的看法，力諫曹操把握時機，他說：

「現今孫權既然自願稱臣歸附，主上不妨封官賜爵，使東吳抵拒劉備。」

曹操深以為然，乃表奏孫權為驃騎將軍南昌侯，領荊州牧。可是他的病情，一日比一日嚴重。某日，他把曹洪、陳群、賈詡、司馬懿等人喚至榻前，吩咐後事，他說：「我縱橫天下三十餘年，群雄都已消滅，只剩下江東孫權，和西蜀劉備未曾剿滅！我現在不能再和你們相敘；今天，特把家事囑託你們。長子曹丕，篤厚恭謹，可以繼承我的事業，請你們好好輔佐。」

曹操吩咐完畢，又遺命在彰德府、講武城外，設立七十二座疑塚，不使後人知道自己真正的葬處。而後，他長嘆一聲，淚如雨下，不久，就氣絕而死了，年六十六，這時，正是建安二十五年春正月。群臣用金棺銀槨，連夜發喪，來到鄴郡，曹丕放聲大哭來迎靈，眾官僚在殿上聚哭，忽然一人挺身而出，請曹丕息哀。這人便是中庶子司馬孚，他說：「魏王不在了，天下的局勢必然會有變化，在我國，最緊要之事便是早立嗣王，以安民心，如今哭泣有什麼用？」

於是華歆立即入宮，草成詔令，逼獻帝降詔，封曹丕為魏王、丞相冀州牧。曹丕即位後，即改建安二十五年為延康元年，封賈詡為太尉，華歆為相國，追諡曹操為武王。

曹丕對兄弟多所逼迫，如曹彰、曹植，曹丕惟恐兄弟擁有兵權，篡奪王位。曾迫曹植七步成詩。所謂：「煮豆燃豆萁，豆在釜中泣。本是同根生，相煎何太急！」曹植此詩，就是曹丕看了，也潸然淚下。他不止對兄弟嚴苛，就是對漢獻帝，威逼更甚於自己的父親，當年八月，曹丕手下的中郎將李伏、太史丞許芝等人，同華歆、王朗、辛毗、賈詡等人，直入內殿，來奏漢獻帝，請獻帝禪位給魏王曹丕，說是漢祚已盡，獻帝理當效法堯、舜。

獻帝大驚，只有看著百官而哭，華歆更甚，逼獻帝出殿，扯住龍袍，命曹休拔劍要挾，獻帝見群臣不發一言，而階下披甲持戈之士卻有數百餘人，都是魏兵。獻帝不得不把天子之位讓出。

曹丕登了天子之位，便改延康元年為黃初元年，國號大魏，遷都洛陽。

曹丕篡漢的消息傳到西蜀，又傳言漢帝已遇害時，漢中王痛哭終日，因此憂慮生病，不能理政事，孔明和太傅許靖、光祿大夫譙周商議，欲尊漢中王為帝，以繼承漢統。於是孔明等人上表，玄德看了大驚，他說：

「眾卿要陷害我，成個不忠不義之人嗎？」

然而禁不住百官和孔明的請求，說是玄德不稱帝，則眾官有怨心，西蜀不久必分崩離析，倘若吳、魏乘隙來攻，更是非同小可之事。玄德不得不同意，登壇設祭，受皇帝璽綬。改元章武元年，立劉禪為太子，封諸葛亮為丞相，許靖為司徒。

玄德自稱帝後，更無時無刻不想起兵攻吳，雖經趙雲反對，玄德終究不聽，下令整軍起兵伐吳。這時張飛在閬中，也和玄德一樣，時刻不忘報仇，日日醉酒，脾性愈加暴躁，聽說玄德已頒下伐吳之令，便自請為前鋒。於是西蜀之兵七十五萬，擇定在章武元年七月丙寅日出師。

先鋒張飛，日日在營中鞭撻部將，在出師前，下令給帳下兩員末將范疆、張達，令兩人在三日之內製好白旗白甲，兩人表示三日不夠，必須寬限時間，張飛聞言大怒，竟命武士將兩人縛在樹上，各鞭背五十，打得兩人滿身鮮血。范、張兩人心想，三日內哪辦得成？辦不成時又不免被殺，不如我殺他，於是乘張飛在帳中飲醉之時，各用短刀，偷入帳中，直來到床前行刺。只見張飛鬚豎目張，兩人大驚，不知道張飛每睡必不合眼，兩人又聽見鼻息如雷，鼓勇向前，用短刀刺入張飛腹中，張飛大叫一聲而死，時年五十五歲。殺了張飛之後，范、張兩人就投奔東吳去了。

章武元年秋八月，先主起大軍到夔關，駕屯白帝城，以吳班為先鋒，令張苞、關興隨駕。要伐東吳，當前隊軍馬到達川口時，諸葛瑾來見先主，說明孫權欲結盟好，並把荊州交還的想法。希望兩國戮力，同伐曹丕。但先主因氣憤東吳殺了關公，不肯罷兵。

諸葛瑾回報孫權說先主不肯通和，孫權大罵，階下侍立的中大夫趙咨乃陳說利害，自願出使魏國，向曹丕勸說，使魏兵攻打漢中。孫權遂即命趙咨為使，星夜到許都，見了曹丕，於是曹丕乃降詔，冊封孫權為吳王。趙咨謝恩出城後，大夫劉曄諫道：

「當今孫權懼怕蜀兵，所以來請降，以臣愚見，蜀、吳交兵，乃天要亡蜀、吳！如今若派上將軍領數萬兵渡江攻擊東吳，蜀攻其外，魏攻其內，吳國之亡就在眼前，吳亡則蜀孤，滅之不難了，陛下何以不早打算？」

而曹丕說：

「朕不助吳，也不助蜀的理由，正是想看吳、蜀交戰，如果滅了一國，只存一國，那時再出兵攻滅，又有何難？」

曹丕意定，終不發兵攻蜀，只待吳、蜀兩相攻伐，隔山看虎鬥！故孫權雖受了封爵，奈何魏主不肯出兵。不得已，只好點水陸軍五萬，封孫桓為左都督，朱然為右都督，即日起兵去抵拒蜀軍。

在兩軍數次對陣中，由於關興、張苞勇不可擋，孫桓、朱然大敗，向孫權求救。先主從巫峽、建平起，直抵彝陵界分，共七百餘里，連結了四十多個寨子。先主聲威大震，孫權心怯，遂聽步騭諫，派人去求和，然而先主怒氣不息，定要滅吳，眾臣苦諫，然先主說：

「朕切齒的仇人，就是孫權，我若和東吳連和，就對不住死去的二弟，如今定要先滅吳，然後滅魏。」

先主把來使殺了，表示決裂之意。孫權大驚，舉止失措。這時，闞澤進言，推薦陸遜，並且力陳陸遜的能力實在周瑜之上，他說：

「陸伯言正似擎天之柱，名雖為儒生，實在有雄才大略，前次破關公，謀略正出於伯言。主上如能用他，必能大敗蜀軍。」

孫權遂命陸遜為總督軍馬，主持破蜀之事。陸遜下令諸將嚴守隘口，不許出敵，堅守勿戰，一時帳下諸將，並不心服。

眼看先主自猇（ㄒㄧㄠ xīao）亭布列軍馬，直到川口，接連七百里，前後四十個營寨，陸遜便堅守不戰，以使蜀軍煩躁，先主見吳軍不出，心中十分焦急。當時天氣炎熱，先主又准先鋒馮習之奏，將各營移往山林茂盛之地。當先主作了這番處置之後，細作把移營就涼的消息報知陸遜，陸遜大喜，先派階下末將淳于丹引兵去試敵人之虛實，而後定計剿滅蜀軍。

陸遜說：

「我這條計，恐怕瞞不過諸葛亮，天保佑這人不在，使我能成大功！」

遂集合大小將士，使朱然由水路進兵，來日午後東南風起時，用船裝載茅草，依計而行：韓當領一軍攻江北岸，周泰領一軍攻南岸，每人手握茅草一把，內藏硫黃焰硝，各帶火種，又執刀槍，一齊而上。到了蜀營，順風舉火，蜀兵四十營，只燒二十營，每間隔一營不燒。全軍並力而為，直到捉住劉備。眾將聽了軍令，準備依計行事。

到了初更時分，東南風驟起，蜀營果被陸遜部下放火大燒，風緊火急，樹木皆著。喊聲大震，兩屯軍馬齊出，蜀軍自相踐踏，死者不知其數。火光連天而起，江南、江北，照耀得如同白日。先主逃到馬鞍山，被陸遜大隊人馬所圍，幸得趙雲死命救出，往白帝城逃走，蜀軍大敗！

陸遜的左右想乘勝追殺，但陸遜反下令班師而回，陸遜對其部下說：

「孔明是非凡的人物，足智多謀，不容輕看。再則，我料魏主曹丕，知我軍追趕蜀兵，必乘虛來攻，我軍若深入西川，恐怕就難還兵了。」

陸遜率領大軍回軍時，三處人馬來報說，魏兵由曹仁、曹休、曹真率領，分三路兵馬，數十萬人，連夜來進犯。然陸遜早有謀略在胸，當三路兵馬前來時，曹真、夏侯尚圍了南郡，卻被陸遜伏兵城內，諸葛瑾伏兵城外，內外夾攻，打得落花流水；曹休也被殺，曹仁亦大敗而逃，曹丕得知三路兵馬大敗，遂命魏軍還軍洛陽，自此之後，吳、魏不和。

而先主在退到白帝城永安宮後，身染疾病，病況又漸漸沉重，到了章武三年夏四月，自知病入膏肓，遂遣使往成都，請諸葛亮、李嚴等星夜趕來聽受遺命，太子劉禪則留守成都。

孔明來到永安宮時，見先主病危，慌忙拜伏龍床之下，先主命孔明起身，在龍床邊坐下，撫著他的背說：

「朕自從得到丞相之助，有幸得成帝業，而又何其愚昧，不與丞相商量，與東吳交兵，自取其敗！如今悔恨成病，命在旦夕，念及嗣子年幼孱弱，不得不把大事託付。」

先主說完，淚流滿面，又囑咐群臣，取來紙筆，寫了遺詔，屏退左右，對孔明說：

「朕恐怕就要死了！人說：『鳥之將死，其鳴也哀；人之將死，其言也善！』朕有心腹之言相告。丞相才十倍於曹丕，定能安邦定國，如果嗣子值得相助，就請護持，如果不值得用心，丞相就自為成都之王吧。」

這一席話，孔明聽了汗流遍體，手足失措，哭拜在地，剖白自己理當竭盡忠心輔佐後主的心意。先主又吩咐劉永、劉理兄弟三人，要以父禮對待孔明。先主一一吩咐畢，就斷了氣，得年六十三歲。

章武三年夏四月二十四日，先主駕崩，眾官出殯成都，太子劉禪出城迎靈，把靈柩安於正殿後，打開遺詔，詔書中寫道：

「朕初得疾，但下痢耳；後轉生雜病，殆不自濟。朕聞：『人年五十，不稱夭壽』，今朕六十有餘，死復何恨！但以汝兄弟為念耳。勉之！勉之！勿以惡小而為之，勿以善小而不為！惟賢惟德可以服人；汝父德薄，不足效也。吾亡之後，汝與丞相從事，事之如父，勿怠！勿忘！汝兄弟更求聞達，至囑！至囑！」

孔明以為「國不可一日無君」，乃立太子禪即皇帝位，改元建興，是為後主，後主又加封孔明為武卿侯，領益州牧。

當劉禪即位的消息傳到中原，曹丕大喜，想要趁機伐蜀。但群臣中多人畏忌孔明，不表贊成，獨司馬懿奮然而出，進言說：

「不乘此時進兵，更待何時？如果只起中原之兵，恐怕一時很難攻下，必須用五路大兵，四面夾攻，使諸葛亮首尾不能救應才成。」

曹丕同意。司馬懿乃召集遼東鮮卑，遼西羌，南蠻東吳，降將孟達，大將軍曹真五路軍，共五十萬人，來取西川。消息傳到西川，眾人大驚，孔明卻在家觀魚，思索擊破魏五路兵的計策。孔明對後主說：

「兵法之妙，貴在使人無法預測。老臣知道西番國王心服馬超，已先派遣使者命馬超緊守西平關；南蠻王孟獲處，臣也飛檄派遣魏延領一軍左出右入，右出左入，故作疑兵，孟獲多疑，必不敢輕動；孟達與李嚴為生死交，臣已作一書，只要派李嚴親筆令人送交孟達，孟達到時必然推病不出；曹真如果引兵進犯陽平關，臣已調趙雲把關，此四路並不足憂。只有東吳一路，必須派辯士前去陳說利害！」

於是後主轉憂為喜，乃派鄧芝往說孫權。孫權在陸遜退魏兵之後，將軍權全交陸遜掌理，時張昭、顧雍啟奏吳王，請自改元，於是，孫權改元黃武。當鄧芝來到，對孫權進言，他說：

「蜀有山川之險，吳有三江之固，如兩國連合，共為脣齒，進則可以兼吞天下，退則可以鼎足而立！但如果大王稱臣於魏，魏必定要求大王朝覲，又要以太子為人質，如果不從，隨時進兵來攻！則江南之地，恐怕就不再是大王所有了。」

孫權覺得這話十分有理，便命張溫為使者，入蜀議和，自此以後，吳、蜀通好，兩國和魏便成為對立的態勢。

廿二、南征西討

自吳、蜀修和之後，魏主曹丕終日不安，唯恐兩國聯合，來伐中原。此時，在曹丕的部臣們中，大都主張養息用兵，辛毗說：

「中原土地，土廣人稀，如要發動戰爭，恐怕並不容易。不如養兵屯田十年，足食足兵之後，再考慮攻破吳、蜀。」

曹丕認為這是迂闊之論，吳、蜀聯合，隨時會來侵犯，如何能再等待十年？與其等兩國大軍壓境，不如先發制人，於是傳旨起兵，先打吳國。司馬懿奏道：

「吳有長江之險，非用水攻，不能奏效。陛下必得要御駕親征！選擇適當的大、小戰船，從蔡潁入淮水，進攻壽春，到廣陵後，再渡江口，直攻南徐，這才是上策。」

曹丕乃命人日夜趕工，造龍舟十艘，收拾戰船三千餘艘，在魏黃初五年秋八月，集合大小將士，由曹真率領，張遼、徐晃、許褚、曹休等大將同行，前後水陸軍馬三十餘萬，起兵直攻東吳。

曹丕又封司馬懿為尚書僕射，留在許昌，處理一切國政大事。

當曹丕大軍從蔡潁出淮，來攻廣陵時，孫權就寫信給孔明，請派漢中兵相助，又派徐盛總督建業、南徐軍馬，抵禦魏兵。魏王部隊來到廣陵之後，曹丕端坐舟中，遙望江南，卻不見一人。當晚宿於江中，月黑風高，軍士都執燈火，一片明亮，恰似白晝，而江南卻無半點火光。

等到第二天破曉時，天起大霧，迷漫一片，甚至不見對面來人，過了好一會兒，風吹霧散，曹軍望見江南一帶，城城相連，城樓上槍刀耀目，遍城盡插上旌旗號帶。好幾個人來報告說：

「南徐沿江一帶，直至石頭城，綿延數百里，城郭舟車，絡繹不絕，竟像是一夜成就的。」

曹丕大驚失色。原來徐盛用疑兵，束蘆葦為人，草人都穿上青衣，手執旌旗，立在假城樓之上。魏兵遠遠望見城上有這許多人馬，如何不膽寒？眾人正在驚訝時，忽然狂風大作，白浪滔天，曹丕所坐之船險被打翻，曹真慌忙令文聘撐小舟來救駕。忽然報子來報道：

「主上，不得了！趙雲已經領軍出陽平關，直攻長安了！」

曹丕大驚，忙令眾軍退兵，此刻吳兵已追到，鼓角齊鳴，喊聲大震，魏兵不能抵擋，折損了大半，淹死者無法計算。諸將奮力救出曹丕，渡淮河而行，不到三十里，淮河附近一帶蘆葦被預灌魚油，火勢順風而下，曹丕慌忙上岸，卻見一隊軍馬殺來，曹軍急忙逃走，大敗而還。

這次魏、吳大戰，初起時，孔明亦打算派軍相助，當趙雲引兵殺出陽平關時，有人送信給孔明，說是蠻王孟獲，起十萬蠻軍，四處侵掠。孔明因此宣令趙雲回軍，聽候調用，命馬超堅守陽平關，孔明在成都整飭軍馬，打算親自南征。

原先，先主死後，後主即位，由孔明輔佐，數年以來，已使西川之民，欣樂太平，過著安居樂業的生活；又逢農作物連年豐收，百姓十分感戴孔明，凡是遇到差役，百姓們也出錢出力，爭先辦理，因此軍需器械糧食等，貯存豐富，無不完備。

此時，蠻王孟獲既然大興蠻兵十萬侵犯邊境，孔明心想，雖說東有孫權，北有曹丕，然東吳已經交好，曹丕又新敗，暫時無力入侵，正是南征的大好時機。不妨先掃蕩蠻方，一同無後顧之憂之後，再圖北伐，平定中原。孔明共起川兵五十萬，派關索為前部先鋒，一同南征。孔明來到益州分界時，先用計收服了高定、朱褒和鄂煥三支部隊，又七擒蠻王孟獲，用智服之，大勝而回。

征南大軍回到成都時，後主排開鑾駕出城三十里來迎接，又設太平筵會，重賞三軍，自此之後，遠邦來進貢上朝者有二百餘處。一時人心歡悅，朝野一片昇平氣象。

在孔明南征的這段時間內，魏主曹丕感染寒病，醫藥無效。臨終之前，乃召中軍大將軍曹真，鎮軍大將軍陳群，撫軍大將軍司馬懿三人來到寢宮，曹丕把世子曹叡喚來，向曹真等人託孤，三人都保證當盡心竭力來輔佐幼主。曹丕墮淚而死，在位七年，死時四十歲。

群臣遂立曹叡為大魏皇帝，曹真被封為大將軍，曹休被封為大司馬，華歆、王朗、陳群皆各有封，司馬懿被封為驃騎大將軍。當時雍、涼兩州缺人把守，司馬懿上表請求為西涼守，曹叡乃封司馬懿為雍、涼二州提督，並統領該處兵馬。

司馬懿領詔上任後，孔明深恐司馬懿握有兵權後，將成為蜀中大患，乃用離間計使曹叡心疑，收回兵權。司馬懿不得不削職回鄉，雍、涼兵馬乃由曹休總督。

孔明聞知司馬懿撤職事，大喜，對群臣說：

「我想要伐魏已經很久了，奈何有司馬懿總領雍、涼的軍隊，如今兵權轉移，我更有何憂？」

乃上〈出師表〉給後主，表略稱：

「臣亮言……臣本布衣，躬耕南陽，苟全性命於亂世，不求聞達於諸侯。先帝不以臣卑鄙，猥自枉屈，三顧臣於草廬之中，諮臣以當世之事，由是感激，遂許先帝以馳驅。後值傾覆，受任於敗軍之際，奉命於危難之間，爾來二十有一年矣。先帝知臣謹慎，故臨崩寄臣以大事也。受命以來，夙夜憂慮，恐付託不效，以傷先帝之明；故五月渡瀘，深入不毛。今南方已定，甲兵已足，當獎帥三軍，北定中原，庶竭駑鈍，攘除姦凶，興復漢室，還於舊都，此臣報先帝而忠陛下之職分也。至於斟酌損益，進盡忠言，則攸之、禕、允之任也。願陛下託臣以討賊興復之效，不效則治臣之罪，以告先帝之靈；若無興復之言，則責攸之、禕、允等之咎，以彰其慢。陛下亦宜自課，以諮諏善道，察納雅言，深追先帝遺詔。臣不勝受恩感激，今當遠離，臨表涕泣，不知所云。」

南方已平，無內顧之憂，孔明亟想乘勝伐魏，此時太史譙周以為出行不宜，苦諫孔明。孔明不聽，乃留下郭攸之、董允、費禕等侍中，總管宮中之事，百官各個分掌職責。李嚴等守川口以抵拒東吳，大軍選定在建興五年春二月丙寅日出師伐魏，以趙雲為前部先鋒，鄧芝相助。一時大軍浩浩蕩蕩，旌旗蔽野，戈戟如林，向漢中迤邐進發。

諸葛亮率大兵三十餘萬入境來攻的消息，傳到魏主曹叡的耳中時，曹叡大驚，駙馬夏侯楙自願領兵二十萬去應敵。

孔明領軍來到沔縣時，哨馬來報夏侯楙調關中諸路軍馬前來拒敵，這時魏延獻策說：「夏侯楙乃是膏粱子弟，懦弱無能。我願領精兵五千從褒中出，循秦嶺以東，過子午谷而向北進，不到十日，可到長安，夏侯楙必當棄城往邸閣橫門逃走，我則從東方進兵，丞相可大驅士馬自斜谷進兵，如此一來，咸陽以西，可一舉而定！」

孔明卻以為這並非萬全之計，如敵軍在僻山截殺，就大傷銳氣了，因此不用魏延的計謀。這時，夏侯楙在長安聚集各路軍馬，西涼大將韓德，有萬夫不敵之勇，引西羌諸路軍八萬來到，夏侯楙就命他為前鋒，韓德四子，也在行列之中。

當韓德率領四子和西羌兵八萬來到鳳鳴山時，正遇蜀兵，趙雲挺槍縱馬，銳不可當，韓德四子都喪在趙雲手中，西涼兵大敗而走。趙雲往來殺敵，如入無人之境，其英勇恰似當日當陽救主一般英勇。夏侯楙自領兵來敵趙雲，戰不過三回合，韓德被殺，夏侯楙急忙逃回營中。次日，夏侯楙重整旗鼓前來，鄧芝和趙雲出迎，鄧芝對趙雲說：

「昨夜魏兵大敗而走，今日又來，恐怕用計，務必要小心！」

然趙雲已斬四將，並不在意鄧芝的話。趙雲和魏將潘遂交手，趙雲乘勝追殺，深入重地，只聽得四面喊聲大震，董禧、薛則兩路軍殺到。趙雲被困在垓心，東衝西突，魏兵愈圍愈厚，只見夏侯楙在山上瞭望動靜，指揮三軍，趙雲往東逃，就往東指；趙雲向西突圍，夏侯楙就往西指，因此趙雲不能突圍，想要領兵上山，半山中又有擂木砲石打下來。

趙雲由辰時殺到酉時，還不能突圍，只得下馬休息，待月明時再戰。當月光方照，四下忽然起火，火光沖天，喊聲大震，矢石如雨，八方弩箭交射而來，四面兵馬又漸漸逼近，趙雲心想恐怕要死在此地了。

正在緊急萬分時，張苞奉孔明之命來接應，把趙雲救了出來。關興也奉孔明之命前來，三人領兵反攻，來捉夏侯楙，魏兵大敗，大都棄戈逃走，夏侯楙則往南安郡逃竄。

關興、張苞驅兵攻南安，連日進攻不下，孔明又不用鄧芝計，他打算先收服天水郡、安定郡的太守馬遵和崔涼。孔明又在南安城外，宣稱要燒城，魏兵不信，大笑不止。魏兵的注意力在孔明身上，魏延乃假扮敵軍，騙開城門，使得蜀兵入城，而得了安定城。關興、張苞領了孔明密計，就在安定軍中，入了南安，在城上放火，引蜀兵四面進入，捉了夏侯楙，占領了南安。孔明又派心腹人詐作魏將裴緒，騙開了天水城門，趙雲領了五千兵，在天水郡城下高叫：「早獻城池，免遭誅戮！」正待攻城，小將姜維來迎，魏將馬遵、梁虔和姜維軍配合，前後夾攻，趙雲首尾不能相顧，衝開一條路，領敗兵逃走。孔明聽說姜維的調度有方，乃嘆道：

「兵不在多，而在人如何去調遣，像姜伯約這人，可真是一位好將才了。」

孔明便用計使夏侯楙等人不信姜維，姜維無路可走，終於投降了孔明。孔明又攻下翼城，然後蜀兵來到祁山。

這時正是魏太和元年，曹叡得知夏侯楙失去三郡，逃到西羌去了，而蜀兵已到祁山的消息，大為吃驚，急忙召群臣商議退兵之計。司徒王朗推薦曹真，曹真得命後，又力保郭淮為副都督，王朗為軍師，領東、西二京軍馬二十萬出城西門，列陣於祁山之前，兩軍對峙。

當夜，郭淮、曹真預料孔明會來劫營，乃分兵四路，兩路兵乘虛去劫蜀寨，兩路兵伏在本寨外，當敵軍來襲時左右分擊。曹真和郭淮兩人各引一支軍隊，也在寨外埋伏，寨中堆上柴草，只要蜀兵一到，就放火為號。

在孔明營帳中，孔明命趙雲、魏延領兵去劫魏寨，魏延對孔明說：

「曹真這人深明兵法，必定料到我軍將去劫寨，軍師不可怠慢！」

孔明笑著說：

「我正想要讓曹真知道我將要去劫營。曹真必然伏兵在祁山之後，待我軍經過後，卻來攻我軍營。此時，你們兩人領兵前去，過了山腳後，遠遠地安下營寨，等待魏兵來劫寨時，只要一見火起，就分兵兩路——文長拒住山口，子龍引兵殺回，如此一來，必遇魏兵，子龍要放它過去，再乘勢進攻，令對方自相掩殺。」

孔明又吩咐關興、張苞伏軍於祁山要路，放過魏兵，卻從魏兵來路，殺向魏寨。當魏軍先鋒曹遵、朱讚黃昏離開本寨，迤邐前進後，到了二更左右，只見山前隱隱有兵行動。曹遵以為郭淮真是神機妙算，急忙催軍前進。到達蜀寨時，將要三更，曹遵先殺入蜀營，卻是空營，並無一人，料知中計，急忙撤兵時，寨中火起，朱讚兵到，魏兵自相掩殺，人馬大亂。曹遵和朱讚擦身而過，方知自相踐踏之事，急忙合軍時，忽然四面喊聲大起，蜀軍殺到，曹、朱兩人引心腹之軍百餘人急往大路逃走，忽然鼓角齊鳴，一隊軍馬截住去路，為首的大將正是常山趙子龍，兩人奮力奪路而逃；前面魏延又引一軍殺到，曹軍大敗，奪路奔回本營。守營軍士，以為是蜀兵來劫寨，慌忙放火為號，左邊曹真，右邊郭淮殺來，自相掩殺！背後三路蜀兵殺前，中央魏延，左邊關興，右邊張苞，大殺一陣，魏兵敗走十餘里，死者極多，孔明大勝。在魏營中，諸將商計，如何反攻，郭淮說：

「西羌之人，自太祖以來，連年入貢，文皇帝也有恩惠布澤，我軍這次兵敗，不妨遣人從小路去求羌兵相助，首尾夾攻，蜀軍必敗。」

西羌國王命兩位元帥領兵二十五萬前來，又有戰車，用鐵葉裹釘，裝載軍器什物，或用駱駝，或用騾馬駕車，號為「鐵車兵」，西羌大軍直往西平關殺來。

張苞、關興奉命迎戰，率精兵五萬，行軍數里，遇到羌兵，只見鐵車首尾相連，隨處結寨，車上遍排兵器，遠望好像城池一樣。關興、張苞兩人，苦無破敵之計。次日，分兵三路齊進，忽然羌兵分開，中央放出鐵車，如潮水湧來，弓弩齊發，蜀兵大敗。關興被圍，左衝右突，不能逃脫，鐵車密密圍起，蜀兵只得拚命尋路逃走。

關興、張苞兩人星夜來見孔明，把經過的情形告訴孔明，孔明遂點了三萬兵，親自來寨中。次日，上高阜觀看，只見鐵車絡繹不絕，人馬縱橫，往來馳驟，孔明乃吩咐屬下，如此如此，安排已定。

此時正是十二月末，天降大雪，姜維領軍出，引鐵車兵來迎，姜維退走。羌將領兵到蜀寨前，只見孔明攜琴上車，領了數騎入寨，往後而行；羌兵搶入寨柵，直趕過山口，見小車隱隱轉入林中去了；遂又引大兵追趕，羌將又見姜維之兵在雪地中奔走，乃催兵急追，山路被雪漫蓋，一望平坦。正在追趕間，忽然一聲響起，好似天崩地裂，羌兵全部落入坑塹之中，背後鐵車正行得緊溜，一時無法停止，於是一輛又一輛，併擁而來，士兵自相踐踏。後軍急忙要回軍時，右邊張苞，左邊關興兩軍衝出，萬弩齊發，背後姜維、馬岱、張翼三路軍又殺到，鐵車兵大亂，羌兵四處逃竄。

卻說魏將曹真連日來都等待羌兵的消息，忽然有哨兵來報告蜀軍拔寨啟程的消息，郭淮大喜，以為羌兵把蜀軍打敗了，遂分兩路追趕，前面蜀兵亂走，後面魏兵追趕。正趕得起勁時，鼓聲大震，魏延領軍閃出，和曹遵交鋒，不到三回合，一刀斬死曹遵。魏副先鋒朱讚仍領兵追趕，忽然趙雲領軍來攻，朱讚措手不及，也被趙雲一槍刺死！

蜀兵全勝，直追魏軍到渭水，奪了魏寨。孔明乘雪破羌兵，自出師以來，南征西討，累獲大勝，使曹叡深為恐懼，急召大臣問應敵之策。鍾繇上奏，推薦司馬懿，這時司馬懿正在宛城閒住，曹叡前次免司馬懿官職，也深自後悔，便遣使持節，恢復司馬懿官職，並加封為平西都督，就領南陽諸路兵馬，前往長安，曹叡預備御駕親征！

廿三、出師未捷

司馬懿在宛城閒坐，得知魏兵屢次敗於蜀軍，不禁仰天長嘆。司馬懿長子司馬師、次子司馬昭，二人素有大志，並通曉兵法，當日正侍立於旁，司馬師便問道：

「父親何故長嘆？莫非是因為魏主不重用您的緣故嗎？」

這時司馬昭就笑著回答說：

「魏主早晚要來宣召父親的。」

果然，使者持節到，司馬懿遂調宛城各路軍馬，忽然金城太守申儀來密告孟達造反的消息，司馬懿聽完後，不禁以手撫額，說：

「諸葛亮在祁山，殺得人心驚膽落，天子不得不留住長安，如果孟達一反，那麼西京就要被攻破了，這賊必定受了諸葛亮的買通，我先把他給捉了，孔明就一定會退兵！」

司馬師以為得趕緊表奏天子，然而司馬懿說：

「如果要等聖旨再出兵，一個月後，已經無濟於事了。」

於是，司馬懿命人馬起程，得到徐晃的相助，飛奔新城，在城下喊戰，孟達登城一看，只見一隊軍馬，打著徐晃旗號，飛奔城下，在壕邊高叫：

「孟達反賊，早早投降！」

孟達大怒，急忙將弓箭射出，正好射中了徐晃的頭額，魏將忙把徐晃救走，城上亂箭射下，魏兵方退。孟達正待開門追趕，四面旌旗蔽日，司馬懿兵到，孟達只好堅守。

徐晃被救回軍營後，送治無效，當晚身死。次日，司馬懿又領兵攻城，孟達登城遍視，只見魏兵四面圍得鐵桶似的，孟達坐立不安，驚疑萬分，忽見西路兵自外殺來，旗上大書申耽、申儀，孟達以為是金城太守申儀來救，忙引本部兵開了城門出去會合，不料申儀大叫：

「反賊休走，早早受死！」

孟達知道大事不妙，便往城中逃去，卻被申耽一槍刺死！司馬懿差人將孟達首級送去洛陽城示眾，並向魏王表明不能先奏的緣故是「恐怕來往耽誤了軍情」，魏主曹叡十分歡喜，就賜金斧一對給司馬懿。並且表示從此以後，遇到機密重事，司馬懿可以不必奏聞，便宜行事，曹叡就令司馬懿領軍出關破蜀，派張郃為前部先鋒。

張郃問起司馬懿當由何處進兵時，司馬懿指出街亭和柳城兩地，正是漢中的咽喉，又距陽平關不遠，只要斷絕街亭的要路，蜀軍的糧食便無以為繼！張郃十分佩服。而當細作把這消息傳給孔明時，孔明也已料到司馬懿出關，必取街亭的謀略。然而卻因參軍馬謖自願守街亭，而不用王平諫，而被司馬懿及郭淮攻下了郿城、街亭。司馬懿又打算攻占西城，只要西城可得，則南安、天水、安定三郡就能收復。然被孔明用計退兵。司馬懿遂分撥諸將把守險要之地，留下郭淮、張郃守長安，領軍回洛陽，而孔明也自退兵回到漢中。

孔明回到漢中後，斬了馬謖，又請自貶，後主乃詔貶孔明為右將軍。孔明在漢中，惜軍愛民，勵兵講武，製造攻城渡水之器，聚積糧草，預備戰筏，準備來日再攻伐魏國。

蜀漢建興六年秋九月，魏都督曹休被東吳陸遜大破於石亭，車馬軍糧及器械，幾乎全部用盡。這時，孔明覺得漢中兵強馬壯，糧草豐足，所需用之物，一切都已完備。乃又上〈出師表〉，稱：

「先帝慮漢賊不兩立，王業不偏安，故託臣以討賊也。以先帝之明，量臣之才，故知臣伐賊，才弱敵強也。然不伐賊，王業亦亡。惟坐而待亡，孰與伐之？是以託臣而弗疑也。

臣受命之日，寢不安席，食不甘味。思惟北征，宜先入南；故五月渡瀘，深入不毛，並日而食，臣非不自惜也。顧王業不可偏安於蜀都，故冒危難以奉先帝之遺意，而議者謂為非計。今賊適疲於西，又務於東，兵法乘勞，此進趨之時也……」

後主讀表後，乃命孔明領三十萬大兵出師，令魏延為先鋒，直奔陳倉道口。

當蜀兵前隊來到陳倉道口時，陳倉由郝昭把守，已築起防禦用的城牆，深溝高壘，遍排鹿角，守勢十分謹嚴。孔明估量這不過是個小城，必須火速進攻，不等他救兵來到，就命軍中大起雲梯，軍士援繩而上，不料城上四面分布了火箭，當雲梯近城時，火箭如雨而下，蜀兵不得已退兵。在這次戰役中，孔明用姜維計，大軍攻襲祁山，對付魏將曹真，將曹真部下兵將燒得人馬亂竄，死者無數，曹真只好收兵堅守營寨不出，蜀兵雖戰勝，但因軍中無糧，不能久拖，孔明只得乘勝退兵。

這時，吳主孫權已得知蜀相兩次出兵，魏都督曹真損兵折將，群臣便勸吳王興師伐魏，進圖中原。孫權還在猶豫未決時，張昭上奏，請孫權稱帝，眾官響應，乃選定吉日，設壇具禮，孫權登上皇帝位，改黃武八年為黃龍元年。

孔明請後主命太尉楊震將名馬、玉帶，以及金銀寶物送入吳國作賀禮，並請求陸遜出師，共同伐魏，陸遜卻虛作起兵之勢，待孔明攻魏情況緊急時，再乘虛進攻中原。孔明聽說陳倉城郝昭病重，乃出師乘機攻下了陳倉和建威，大兵三出祁山，分道進兵。

曹叡在魏得知這情形，驚慌失措，曹真病又未痊癒，乃召司馬懿商議，司馬懿說：

「以臣所料，東吳必不致舉兵助蜀，陸遜之意，是假作興兵之勢，坐觀成敗，再圖乘虛進攻中原，所以陛下不必防吳，只須防蜀！」

曹叡十分高興，說道：

「卿見真是高明！」

遂封司馬懿為大都督，總攝隴西諸路軍馬，又令近臣往曹真處取總兵將印來時，司馬懿說：

「陛下，臣自己去拿吧。」

司馬懿乃辭出，直往曹真府邸。見了曹真，問病之後，他說：

「東吳、西蜀，合兵入寇，孔明又出祁山紮營之事，明公知道嗎？」

曹真驚訝地說：

「家人知道我病重，不讓我知道。呀！國家這等危急，何不拜仲達為都督，領兵去抵拒蜀軍呢？」

司馬懿說：

「我才薄智淺，不配擔任這職務啊！」

曹真命家人說：

「把將印取來給仲達！」

司馬懿卻說：

「都督不要掛心，我願助一臂之力，只是不敢接受這大印。」

曹真躍起，很激動地說：

「如果仲達不負這責任，魏國就危險了！我當抱病去見天子保薦你。」

司馬懿說：

「天子已有恩命了，只是我不敢接受。」

曹真大喜。司馬懿見曹真再三相讓，遂接過將印。辭了曹真來見魏主，而後領兵往長安，去和孔明決戰。

司馬懿經過長安，領兵來到祁山，派張郃作先鋒。這時，陰平、武都兩地已被蜀兵攻下。司馬懿乃吩咐張郃等人半夜去劫蜀營，然孔明早有預備，張郃無功而回。司馬懿頗畏懼孔明，知道孔明計略在自己之上，乃令大軍盡回本寨，堅守不出。孔明見司馬懿不出兵，便用計令各處軍士拔寨，張郃等人便沉不住氣，以為孔明糧盡，正好乘機追擊，可是司馬懿想得十分周密，就是不肯出兵，張郃、戴凌等人一再要求，司馬懿只得下令，兵分兩支前去追趕。趕了二十餘里，不料中了埋伏，兩人死戰不退，司馬懿趕來營救，正戰得激烈之時，孔明早先就命姜維、廖化乘亂劫司馬之營，魏軍因此大敗，蜀軍大勝。然張苞因此役戰死，孔明聞訊後十分悲痛，因此得病，臥床不起。旬日之後，孔明唯恐消息走漏，只得暗中吩咐屬下乘夜拔營，回到漢中。

建興八年秋七月，魏都督曹真病稍癒，便上表請求伐蜀，以免後患。魏主乃命曹真與司馬懿同往，拜曹真為大司馬，任征西大都督；拜司馬懿為大將軍，任征西副都督，領了四十萬大軍，由長安經劍閣，來伐漢中。

此刻孔明病情也好得多，每日在漢中操練兵法，準備再伐中原。這時秋雨連綿，下個不休，曹兵屯紮在陳倉城外，平地水深三尺，軍器盡濕，軍士夜不成眠，大雨連降三十天後，馬無糧草，死者無數，不得不退兵。孔明對眾將說：

「司馬懿善用兵，如今我軍追趕，正中其計。不如縱他遠去之後，出兵斜谷，再取祁山。祁山乃長安之首，隴西有兵來，必然經過此地。加上此地前臨渭水，後靠斜谷，左出右入，可以伏兵，乃是用武之地。我屢次先攻此地，為的就是占取地利。」

孔明遂領軍四出祁山，陳式、魏延不聽「不可輕進」的軍令，逕自領兵出箕谷，而中了魏軍的埋伏，五千兵只剩得四五百個帶傷的人馬。孔明遂斬了陳式，不殺魏延，想要留待後用。孔明正和眾將商議進兵，卻得知曹真臥病不起的消息，孔明乃作書命人送到魏營。曹真看畢，一時氣恨填胸，當晚便死在軍中。

孔明遂盡起祁山之兵進攻魏軍，三通鼓罷，司馬懿親自出馬，指揮三軍，奮勇殺敵，兩軍才相會，忽然關興領軍從陣後西南方殺來，姜維也悄然領軍前來，三路夾攻，魏兵大敗。司馬懿只得退往渭濱南岸，堅守不出。司馬懿命苟安回成都散布流言，說孔明自倚大功，早晚必將篡位。原來苟安運糧誤日，被孔明杖笞八十大板，因此心中懷恨，逃往魏寨投降，正好被司馬懿利用。當謠言傳開時，後主昏庸，不明就裡，乃下詔宣孔明班師回朝！孔明接到詔書，仰天長嘆，說道：

「主上年幼，佞臣弄事，我正要建功，為什麼叫我回軍？失去了這次機會，日後恐怕就難補救了！」

孔明為防司馬懿追殺，增竈不添兵，緩緩退兵，瞞過了司馬懿，不折一人，回到成都。司馬懿自嘆弗如，也領軍回到洛陽。

建興九年春二月，孔明又出師伐魏，司馬懿又奉命出師禦敵，張郃領一軍去守雍郿，以抵拒蜀兵。孔明五出祁山，因李嚴運米一直不到，只好暗令軍士割用隴上的麥子。孔明與司馬懿在鹵城相拒，孫禮領了雍、涼人馬二十萬來助戰，司馬懿遂合兵來攻鹵城，蜀兵以一當百，以少勝眾，人人奮勇，殺得敵人抵擋不住，屍橫遍野，血流成河；忽然得到東吳已遣使到洛陽，和魏聯合的消息，孔明唯恐東吳也興兵寇蜀，只得將祁山大寨人馬退回西川。張郃在追擊蜀兵時和百餘部將被箭射中而死。

三年過後，即建興十三年春二月，孔明入奏後主，又準備伐魏，後主說：

「現在天下已成鼎足之勢，吳、魏兩國又不曾入侵，宰相何不安享太平？」

孔明說：

「臣受先帝知遇之恩，沒有一天不在想如何伐魏之策！竭力盡忠，為陛下克復中原，重興漢室，是我日日夜夜所想達成的大願啊！」

太史譙周力阻，而孔明不聽，在昭烈廟前，涕泣拜告說：

「臣五出祁山，未得寸土，負罪不輕啊！臣必定要統領大軍，再出祁山。臣起誓必要剿滅漢賊，恢復中原，鞠躬盡瘁，死而後已！」

這時關興又病亡，孔明放聲大哭，昏倒在地，半天才醒轉。數天後，孔明乃領蜀兵三十四萬，分五路進兵，魏主聽說孔明六出祁山，乃命司馬懿為大都督，所有魏國的將士，各處兵馬全聽司馬懿的調遣，司馬懿又推薦夏侯淵四子夏侯霸、夏侯威、夏侯惠、夏侯和四人共贊軍機，大軍四十萬來到渭濱下寨。司馬懿打算深溝高壘，按兵不動，等待蜀軍糧盡，方才出兵。而孔明造木牛流馬自劍閣直抵祁山大寨往來搬運糧米，雙方偶有交兵，總是蜀勝。這時，魏營中又接到東吳三路入寇的消息，朝廷正商議退敵之策，命司馬懿等堅守。而孔明在祁山，也作久駐的打算，命蜀兵和魏民相雜種田，軍一分，民二分，並不侵犯，魏民都安心樂業。司馬懿得知孔明屯田的消息，仍堅營不肯輕易出兵。孔明命馬岱造木柵，營中掘深塹，塹內多積乾柴引火之物，要引司馬懿入谷，再將地雷乾柴一起放起火來。魏延、高翔等人奉命誘敵，詐敗來引誘魏軍。

司馬懿果然中計，以為孔明離開祁山，在上方谷西十里處下寨安住，每日運糧屯放在上方谷，領兵來攻祁山大營，果然，大隊人馬盡入谷中，山上丟下火把來，燒斷谷口，地雷一起突出，草房內乾柴都著了火，刮刮雜雜，火勢沖天。司馬懿驚得手足無措，以為父子三人要死在此地。正哭之間，忽然狂風大作，滅了火勢，三人才能殺出。燒斷浮橋，據住北岸，堅守不出。

孔明領了一軍屯紮在五丈原，屢次令人挑戰，魏兵只是不出，孔明設法激怒司馬懿，而司馬懿只是對諸將說：

「孔明食少事煩，豈能活得長久？」

孔明得知司馬懿這番話，嘆道：

「這人真是深深清楚我的。」

孔明事必躬親，終於形疲神困，主簿楊顒勸他不必親自處理公文瑣碎之事，孔明泣道：

「我並非不知應當從容自在，坐而論道！只是身受先帝託孤大責，唯恐別人不及我盡心啊！」

孔明神思不寧，病情愈來愈重，乃將兵法二十四篇傳教姜維，把一弩可發十矢的「連弩」之法，也畫成圖本，教給楊儀去依法造用。孔明一一調度畢，便昏然而倒，後主聞知大驚，急命人星夜趕程，往軍中問安。孔明流淚吩咐後事，勉勵部屬同心輔國，強支病體，命左右扶上小車，出寨遍觀各營，自覺秋風吹面，徹骨生寒，乃長嘆道：

「此生再也不能臨陣對賊了！悠悠蒼天，曷其有極！」

回到營中，又命楊儀要緩緩退兵，不可急驟，命姜維退後，在臥榻上手書遺表，表中稱：

「伏聞生死有常，難逃定數。死之將至，願盡愚忠。臣亮賦性愚拙，遭時艱難；分符擁節，專掌鈞衡；興師北伐，未獲成功；何期病入膏肓，命垂旦夕；不及終事陛下，飲恨無窮！伏願陛下清心寡慾，約己愛民；達孝道於先皇，布仁恩於宇下；提拔幽隱，以進賢良；屏斥奸邪，以厚風俗。……」

孔明寫畢，又囑楊儀死後不可發喪。軍中要安靜如常，切勿舉哀，勿使敵人知曉死訊。蜀兵終於能緩緩退兵，不生枝節。

當司馬懿確知孔明已死之後，蜀兵已去遠，乃對眾將說：

「孔明已死，我等可高枕無憂啦！」

遂班師回洛陽，一路上見孔明安營下寨之處，前後左右，整齊有法，心中不禁興起「孔明，真天下奇才」的想法。

廿四、三分歸一

蜀漢建興十三年，是魏主曹叡青龍三年，也就是吳主孫權嘉禾四年。三國各不興兵。在魏國，魏主封司馬懿為太尉，總督軍馬，安鎮邊疆。而魏主自在洛陽大興土木，建蓋宮殿，濫用民力。並且求仙問神，寵信宦官，濫殺無辜，群臣無人敢進諫。

一日，邊官忽來報，遼東公孫淵造反，自號為燕王，改元紹漢元年，正興兵入寇，魏主乃召司馬懿入朝議事，司馬懿說：

「臣必擒公孫淵，不負陛下之重託。遼東距此四千里，往返大約需一年的時間。」

司馬懿果平了遼東之亂，殺了公孫淵父子及其宗族、同謀、官僚等七十餘人。

這時，魏主在洛陽得病，沉重不起，遂召曹宇為大將軍，佐太子曹芳攝政，曹宇原是文帝之子，為人恭儉溫和，不肯當此大任。曹叡只得從劉放、孫資之薦，命曹子丹之子曹爽為大將軍，總攝朝政。曹叡病危之時，急召司馬懿回許昌，於是太子曹芳、大將軍曹爽、侍中劉放、孫資等人皆至御榻前，曹叡執著司馬懿之手說道：

「從前劉玄德在白帝城病危，把幼子劉禪託孤給孔明，孔明因此竭盡忠誠，至死方休！朕幼子曹芳，年方八歲，不能勝任國君之職，希望太尉及宗兄元勳舊臣，都能盡竭忠誠，至死方休！」

曹叡又喚曹芳前來，司馬懿便把曹芳抱近榻前，曹芳抱著司馬懿的頸項不放。曹叡說：

「太尉，請勿忘了幼子今日相戀之情。」

說罷，淚潸然流下。臨終之前，以手指太子而死。司馬懿及曹爽，便扶太子曹芳即位，改元正始，司馬懿和曹爽輔政。曹爽凡遇大事，必先問司馬懿，對司馬懿十分恭謹。在曹爽身邊，有何晏、桓範等人，頗有智謀，當時人稱為「智囊」，曹爽十分信任他們。一日，何晏對曹爽陳明大權不能委託他人，以免後患無窮的道理。何晏說：

「當日先公和仲達破蜀兵之時，屢次受這人的牽制，活活被氣死，主公不能不明察。」

曹爽猛然省悟，遂和謀臣計議，入奏魏主曹芳，請加司馬懿太傅之職。曹芳依從，此後，兵權便落在曹爽的手中。

從此，曹爽門下賓客愈來愈多，司馬懿稱病不出，兩子司馬師、司馬昭也退職閒居。曹爽每天和何晏等人飲酒作樂，極盡奢侈之能事。正始十年，魏主曹芳改元為嘉平元年，曹爽一向專權，不知司馬懿虛實，乃使李勝去太傅府中探聽消息，司馬懿十分清楚李勝來意，就去冠散髮，上床擁被而坐，又令二婢扶策，才請李勝入府。當李勝來到床前，對司馬懿說：

「一向沒看到您，誰想到病得這麼沉重。現今天子命我做青州刺史，上任前特來辭行。」

司馬懿假裝誤聽，說：

「并州靠近朔方，你要好好防守啊。」

李勝說：

「勝去的地方是青州，不是并州。」

司馬懿笑道：

「你剛從并州來？」

李勝不耐煩地說：

「是山東的青州！」

司馬懿大笑，說：

「噢，你是從青州來的！」

李勝便說：

「唉，太傅怎麼病得這麼厲害？」

司馬懿的左右從人便說：

「太傅病得耳聾了。」

於是李勝便要從人取來紙筆，把如何如何的經過寫在紙上，司馬懿看了笑著說：

「我病得耳聾了，此去你要多保重。」

說完，用手指口，侍婢進湯，司馬懿將口就湯，弄得衣襟上滴滿了湯汁，乃假作哽噎之聲，對李勝說：

「我已經衰老病重，死在眼前了。兩子不肖，還望你多教導他們。如能見到大將軍，千萬多擔待這兩個不肖子。」

話一說完，便倒在床上，聲嘶氣喘的樣子。李勝辭別了司馬懿，回見曹爽，曹爽大喜，說：

「這人若死了，我就能高枕無憂了。」

從此，對司馬懿的戒心，十分中便去了八分。

當李勝去後，司馬懿便對司馬昭及司馬師表明，曹爽和自己已到了誓不兩立的地步，如今兵權既在曹爽之手，要奪回兵權，只有等曹爽出城田獵之時。不久後，曹爽出城去了，司馬懿心中大喜，便組織舊日在自己手下破敵的人，及數十家將，領了兩子上馬，要去殺曹爽。

司馬懿先命司徒高柔假持符節行大將軍事，先占據了曹爽營，又命太僕王觀占據曹義營。司馬懿逕入後宮見郭太后，指責曹爽違背先帝託孤之恩，奸邪亂國，應當廢立。太后懼怕，不得不從，司馬懿又命蔣濟等人寫表，送到城外向天子申奏，自領大軍，占據武庫。開了城門領兵出城，屯紮在洛河，守住浮橋。

這事，早有人報知曹爽。曹爽大驚，幾乎落下馬來，曹爽弟曹羲以為譎詐如司馬懿，連孔明尚且都不能對付，何況他人，不如自縛去見，或能免一死。然而桓範以為不然，如今太傅生變，曹爽理當請天子幸許都，調外兵征討。曹爽終因家人在城中，猶豫不決，還自以為捨去兵權，自縛去降，就能免一死。於是曹爽將印綬交出，眾軍見曹爽失了將印，盡皆四散，曹爽手下，只剩下幾個人。等到曹爽入城時，連一個侍從也沒有。曹爽兄弟回家後，司馬懿用大鎖鎖門，令居民八百人圍守。司馬懿先將張當、桓範、何晏等人下獄，勘問明白，取得供詞，隨後便押曹爽兄弟及一干人犯，斬首示眾，並且滅了曹家三族。

司馬懿斬了曹爽之後，魏主曹芳便封司馬懿為丞相，又令司馬懿父子三人同領國事。這時，司馬懿忽然想起曹爽全家雖被殺，還有夏侯霸是曹爽親族，正守備雍州等地，如果驟然作亂，要如何提防？遂命夏侯霸前來洛陽議事。夏侯霸得訊，心想，曹氏宗族已滅，如今又要殺我，不如仗義討賊，於是便去投靠漢中王。

這消息先傳到姜維處，姜維派人探訪得實，方教夏侯霸入城，當姜維問起司馬懿父子有無伐蜀之心時，夏侯霸對姜維說：

「老賊正想圖謀篡位，還未及他顧。但是魏國有兩個年輕人，不能不提防，一個是鍾會，一個是鄧艾，兩人十分有奇才，如果掌領兵馬，就是吳、蜀的大禍了。」

但姜維以為兩個年輕人，哪裡值得多慮？司馬懿父子專權，曹芳懦弱，魏國正在不穩定的時候，正是進伐中原的時機。尚書費禕以為不可，蜀國內治無人，眼前只宜等待時機，實在不宜輕舉妄動。然而姜維總是不聽。

在姜維初伐中原時，司馬師領軍攔截，姜維用武侯所傳連弩之法，暗伏弓箭手百餘人，一弩發十矢，都是毒箭，司馬師軍不敵，而姜維也折兵數萬，自領殘軍回漢中。司馬師回到洛陽時，司馬懿染病，漸漸沉重，當他自知不起時，囑咐二子要善理國政，謹慎從事。司馬懿死後，魏主曹芳乃封司馬師為大將軍，總領尚書機密大事，封司馬昭為驃騎大將軍。

太和二年，吳主孫權也染病而死，得年七十一歲。死後，群臣乃立太子孫亮為帝，改元大興。在洛陽，司馬師聽說孫權已死，遂商議起兵攻吳，尚書傅嘏認為吳有長江之險，先帝每每征伐不成，不如守邊。而司馬昭贊成伐吳，他說：

「現今孫權新故，孫亮年幼，正是可乘之機！」於是由司馬昭總領兵卅萬攻吳，分三路軍馬，但遇到吳將丁奉，戰事不利，於是魏兵退軍。

蜀漢延熙十六年秋，姜維又起兵二十萬，以廖化、張翼為左右先鋒進伐中原，魏以司馬昭為大都督，從隴西進發，姜維用火攻，使得魏兵大敗，魏將郭淮、徐質戰死。但姜維也折損了很多人馬，一路收紮不住，只得自回漢中。司馬昭回到洛陽，和兄司馬師專制朝權，群臣莫敢不服，魏主曹芳每見司馬師入朝，都戰慄不已，如針刺背。有一天，曹芳設朝，見司馬師掛劍上殿，慌忙下榻迎接，司馬師笑著說：

「豈有君迎臣之禮？請陛下穩便。」

須臾，群臣奏事，司馬師都專自決定，並不啟奏魏主，朝退後，司馬師昂然下殿乘車，而前呼後擁，不下數千人馬之多。曹芳回宮後，便執著張皇后之父張緝之手哭著說：

「司馬師就把朕當作小孩子，把百官看得像草芥，國家早晚會落到這人手裡！」

張緝、夏侯玄、李豐便和曹芳密謀，想要處置司馬師。然而事敗，曹芳血書被司馬師搜出，司馬師立即腰斬三人，並滅其三族，殺了張皇后，又圖別立新君，在大會群臣時宣告曹芳荒淫無道，褻近娼優，聽信讒言，閉塞賢路，群臣不敢講一句話。司馬師乃立曹髦為君，改嘉平六年為正元元年，曹髦假大將軍司馬師黃鉞，允許他入朝不趨，奏事不名，並能帶劍上殿。

魏正元二年正月，毌丘儉因司馬師擅行廢立之事而與文欽議謀討賊，當時，司馬師左眼長肉瘤，正由醫官割除、敷藥，在府內養病。聞訊想派人前去應敵，可是中書侍郎鍾會以為非司馬師自往不可，於是司馬師留下司馬昭守洛陽，總攝朝政，司馬師乘軟輿，帶病東行。

文欽的兒子文鴦年雖十八，可是身長八尺，驍勇無比，司馬師為新割肉瘤，瘡口疼痛，正臥在帳中，令數百甲士環立護衛，已到三更時分，忽然文鴦全裝貫帶，腰懸鋼鞭，綽槍上馬，衝入魏營。司馬師大驚，心如火燒，眼珠竟從瘡口內迸出，血流遍地，疼痛難當。文鴦用鞭打死了好些魏軍，文欽援兵又到，正忙亂間，從前在曹爽手下的門客尹大目，想藉此報仇，一見司馬師不能動彈，恐怕文欽不能堅持到底，不了解內情而失去時機，乃上馬來趕文欽，高聲大叫，要文欽忍耐數天，然文欽不聽，竟要開弓射尹大目，而錯失了良機。毌丘儉及文欽又終於敗在鄧艾手中。

司馬師自知臥病無法痊癒，遂教諸葛誕率諸路軍馬，班師回許昌，司馬師目痛不止，自料難保，便命司馬昭由洛陽趕來，對他說：

「我今權重，想要卸下而不可得，你要繼承我的事業，好好去作，大事千萬不要託給別人，自取滅族之禍。」

司馬師死時，正是正元二年二月。曹髦恐怕司馬昭叛變，只好封司馬昭為大將軍、錄尚書事。自此，中外大小事情，都歸於司馬昭。

西蜀姜維聽到這些消息，又興起了伐中原的想法，以為魏國正在移權動亂時，正是天賜良機，於是三伐中原，在洮（ㄧㄠˊ yáo）水大敗魏軍。然而卻中了鄧艾之計，鄧艾虛張聲勢，設二十餘處火鼓使蜀軍不得不退歸漢中。

姜維由於洮水之役有功，蜀主降詔封他為大將軍，姜維受職謝恩後，又會集諸將，商議四伐中原之事。結果蜀兵大敗，魏將鄧艾有功。這時魏主曹髦改正元三年為甘露元年，司馬昭自為天下兵馬大都督，出入常令三千鐵甲驍將前後簇擁，以為護衞，任何事務，不奏朝廷，就在相府裁奪，自此常懷篡逆之心。

當蜀漢延熙二十年，蜀主改元為景耀元年時，姜維在漢中每日操練人馬，又要興兵伐魏，這時正值淮南諸葛誕起兵討伐司馬昭，東吳孫綝相助，司馬昭大起兩淮之兵，挾持魏太后及魏主一同出征去了。

姜維正要五伐中原，中散大夫譙周便感慨地說：

「近來朝廷沉溺酒色，信任宦官黃皓，不理國事，只圖歡樂；而姜伯約又每想動兵，不體恤軍士，唉，國家將要危險了！」

姜維不理，仍領軍直往中原行進，卻被鄧艾、鄧忠父子用計阻擋，又聽說司馬昭攻打壽春，已殺了諸葛誕，吳兵投降；司馬昭已班師回洛陽，不久就要提兵來救，姜維不得不為保存軍力，暫且退兵，五伐中原又未能成功。

在這段時期內的吳國政權，正由孫綝把持，吳主孫亮雖聰明，卻沒有自作主張的權力。孫亮和國舅全紀商量要殺孫綝，事機不密，孫亮反而被孫綝所廢，改立孫休為君，改元永安。孫休封孫綝為丞相。孫綝每想自立，後被老將丁奉誘殺。孫休得知蜀主不理政事，中常侍黃皓專權，蜀民面有菜色，唯恐司馬昭一旦篡位，必伐蜀、吳，乃寫國書教人送入成都。

姜維得知，又上表再論出師伐魏之事。蜀漢景耀元年冬，姜維共領二十萬蜀兵六伐中原，魏軍由鄧艾率領，鄧艾不能敵，就用計散播流言，說姜維怨恨天子，不久就要投靠魏軍。又賄賂黃皓，使黃皓奏知後主，於是後主宣召姜維回朝，這次眼看就要成功了，不料半途而廢，姜維十分洩氣。

魏甘露五年夏四月，司馬昭帶劍上殿，曹髦起身迎接，群臣上奏，以為當進封司馬昭為晉公，曹髦不敢應，氣憤不過，「是可忍也，孰不可忍也！」遂和侍中王沈等人商議，可是曹髦聚集殿中宿衛、蒼頭、官僮三百餘人鼓譟而出要伐司馬昭之時，只見賈充奉命領數千鐵甲禁兵，吶喊殺來，曹髦仗劍大喝說：

「我是天子！你等竟敢大膽放肆，突入宮廷，殺害國君嗎？」

賈充對成濟叫喊道：

「司馬公養你有何用？正是為了今天之事！」

成濟手中執著一把戟，回頭問賈充說：

「是要殺了他，還是捉了他？」

賈充說：

「司馬公有令，只要死的！」

成濟遂一戟刺中曹髦胸前，再一戟，刃從背上透出，死在輦房。人報知司馬昭，司馬昭假裝大驚之狀，以頭撞輦而哭。

同年六月，司馬昭立曹璜為帝，改元景元元年，曹璜又改名為曹奐，曹奐封司馬昭為丞相晉公，賞賜極多。

在蜀國，姜維聽說魏國的弒君之變，又奏准後主，起兵十五萬，分兵三路，七伐中原。姜維在這一次戰役中，雖然勝了鄧艾，但卻折損了許多糧草，又毀了棧道，乃引兵還漢中。鄧艾也引部下敗兵，逃回祁山寨內，上表請罪，司馬昭不忍貶他的官職，反而添兵五萬，支援鄧艾守禦，姜維連夜修了棧道，又打算出師。譙周、廖化都不以為然，而姜維以為自己八次伐魏，並不是為了自己，於是親自率兵三十萬往洮陽行軍。這次戰役，蜀兵先敗後勝，當姜維由四面攻圍祁山鄧艾寨時，後主又聽信右將軍閻宇「姜維屢戰屢無功」的讒言，遂一日之間連下三道詔命，令姜維退兵。

姜維回到成都，要見後主，而後主一連十日不上朝。郤正知道了這是什麼事，便力勸姜維不如往隴西沓中之地屯田，以保國安身，姜維表奏後主，後主從之，姜維遂提兵八萬，往沓中種麥屯田，徐圖進取。

晉公司馬昭知道姜維動向後，便對諸將說：

「我自從征東以來，休養生息六年，治兵繕甲，已經有所準備，我想要攻伐吳、蜀，已經很久了。如今先定西蜀，再乘順流之勢，水陸並進，併吞東吳，這是古時的滅虢取虞之道。我料想西蜀將士，守成都的不過是八九萬，守邊境的，不過是四五萬，姜維屯田的軍士，也不過是六七萬。我已下令鄧艾引關外隴右之兵十餘萬絆住姜維，使他不能東顧，再遣鍾會引關中精兵共二三十萬，直抵駱谷，分三路進襲漢中。蜀主劉禪昏庸，先攻破邊城，蜀國滅亡，是必然的了！」

眾人十分佩服司馬昭的安排。魏景元四年秋七月，鍾會出師伐蜀，唯恐洩漏機密，卻以伐吳為名義，連又破了陽平關、樂城和漢城。

這時鄧艾聽說鍾會建了大功，心中不喜，遂想引軍從陰平小路出漢中德陽亭，用奇兵攻取成都。鄧艾及子鄧忠鑿山開路，搭造橋閣，靠著乾糧及繩索，行軍約七百餘里，自陰平進兵，在巔崖峻谷之中，走了二十多日，沿途所見，俱是不毛之地。大軍來到摩天嶺，馬不能行，鄧艾便命人把軍器攛下去，軍士或裹氈滾下，或用繩索束腰，攀木掛樹，渡過了摩天嶺。然後領了二千餘人，星夜趕路來攻油江。油江守將不戰而降，鄧艾又續攻涪城，城內官吏軍民以為魏兵從天而降，盡都出降。鄧艾兵屯涪城，進攻成都，蜀雖有諸葛瞻領成都兵七萬禦敵，可是救援不至，寡不敵眾，諸葛瞻只得一死報國。鄧艾續攻綿竹，很輕易地得了綿竹，遂來攻打成都。

後主在成都聞訊大驚，急召文武百官商議，眾官皆主張投降，後主遂令光祿大夫譙周作降書，預備投降。當鄧艾入城時，成都之人預備了香花引接。姜維在劍閣抵禦鍾會，聞訊大驚，一時手下戰士號哭之聲，傳數十里之遠。

姜維見人心思漢，乃假意投降鍾會，乘機離間鍾會和鄧艾的感情，鍾會乃寫信到洛陽給司馬昭，中傷鄧艾，說鄧艾心有反意。鍾會又請姜維設計收拾鄧艾，假司馬昭詔令，先遣散鄧艾羽翼，而後在鄧艾府中，捉得了鄧艾、鄧忠父子，將兩人解送洛陽。姜維因見鍾會盡得鄧艾軍馬，威聲大震，便慫恿他自立，詐稱太后有遺詔，聲討司馬昭，以正弒君之罪。可惜事機早洩，鍾會在宮外被亂箭射死，姜維知事無可為，也自刎而死。

當後主來到洛陽時，司馬昭封劉禪為安樂公，賜給住宅，按月供給一切用度，後主覺得十分安適。有一天，後主親往司馬昭府第拜謝，司馬昭設宴款待，席間，先以魏樂舞來取娛眾人，蜀官見了感傷不已，而唯獨後主面有喜色；隨後，司馬昭又令蜀人演蜀樂，蜀官聽了，人人落下淚來，而後主卻嬉笑自若！酒喝到半酣時，司馬昭對賈充說：

「人之無情，竟到這種地步！像劉禪這人，就是孔明還在，也不能輔助他周全，何況一個姜維？」

司馬昭乃問後主說：

「還想不想故國？」

後主回答說：

「這裡好得很，我一點也不想蜀國。」

過了一會兒，後主起身更衣，郤正跟到廂下，對後主悄聲說：

「陛下怎麼這樣回答呢？如果他再問，你應當流著淚說：『先人的墳墓還在蜀地，我的心每天都掛念憂傷啊。』晉公就一定會放你回去。」

後主把這番話牢記在心，酒喝到微醉，司馬昭又問起同樣的問題，後主用郤正教的話回答，可是流不出眼淚來，就把眼睛閉上；司馬昭一見，就笑著說：

「怎麼就像郤正在說話呢？」

後主一驚，張開兩眼就說：

「啊，您猜得真對！」

司馬昭和左右從人大笑了起來。司馬昭因此事而覺得後主誠實，所以並不猜忌他。

西蜀投降後，因為司馬昭有功，魏主曹奐乃封司馬昭為晉王，司馬昭有兩子，長子司馬炎，聰明英武，膽量過人；次子司馬攸，性情溫和，恭儉孝弟。因司馬師無子，司馬攸過繼給司馬師，司馬昭常對人說：

「這天下，乃是我大兄的天下！」

司馬昭立長子司馬炎為世子。不久之後，司馬昭在宮中中風，不能言語，臨終之前，以手指太子司馬炎而死。安葬之後，司馬炎召賈充、裴秀等人入宮，他對兩人說：

「曹丕尚紹漢統，孤豈不能繼承魏統？」

賈充、裴秀二人忙奏拜說：

「殿下正當效法曹丕繼漢統的故事，建築受禪台，布告天下，而後即大位。」

司馬炎聞言大喜，次日，帶劍入宮，曹奐慌忙下御榻迎接，司馬炎坐定後說：

「魏得天下，誰的功勞最大？」

曹奐忙答：

「這，都是晉王您父祖出的力。」

司馬炎笑著說：

「我看陛下，文不能論道，武不能經邦，何不把帝位讓給有德之人？」

曹奐大驚，口噤不能說出話來，賈充從旁勸說，曹奐不得不築受禪台，一如漢獻帝時。十二月甲子，曹奐親捧國璽，立在台上，大會文武百官，請晉王司馬炎登壇即帝位，司馬炎稱帝，國號為大晉，改元為太始元年。追諡司馬懿為宣帝、司馬師為景帝、司馬昭為文帝，立七廟以光祖宗。

在吳國，孫休聽到司馬炎篡魏稱帝的消息，知道司馬炎必將伐吳，憂慮成疾，不治而死。群臣乃立孫皓為君，改元為元興元年。次年又改為甘露元年。孫皓為人凶暴，沉溺酒色，寵幸宦官，群臣勸諫不從，濫殺無辜，後又改元為寶鼎元年。孫皓居住在武昌時，百姓為應付其奢侈無度，供給十分艱苦，國家已至公私匱乏的地步。至吳主鳳凰元年的前後十餘年，孫皓更是恣意妄為，殺忠臣四十餘人，出入常帶鐵騎五萬，群臣百姓恐怖萬分，而又莫可奈何。

直到咸寧四年，襄陽守羊祜推薦右將軍杜預伐吳，晉主司馬炎乃拜杜預為鎮南大將軍都督荊州事，在襄陽撫民養兵，準備伐吳。當吳主淫虐，以致民憂國敝，無可復加時，杜預乃領兵十萬出江陵，司馬伷、王渾、王戎、胡奮各從滁中、橫江、武昌、夏口出兵，水陸兵二十餘萬，戰船數萬艘，開往東吳境內，所到之處，吳民望風而服。杜預每令人持節安撫，秋毫無犯。遂攻下武昌、牛渚，深入吳境，江南軍民不戰而降。孫皓乃效劉禪率文武投降，於是東吳四州八十三郡全歸大晉。後來，魏主曹奐死於太康元年，吳主孫皓死於太康四年，後漢皇帝劉禪死於太康七年，鼎立的三國終於歸一，因此而開啟了晉一統的局面。

附錄一

《三國演義》的文學特質及其悲劇藝術

《三國演義》的文學特質及其悲劇藝術

羅龍治

自從羅貫中的《三國誌通俗演義》（以下簡稱《三國演義》）問世以來，迄今將近五百個年頭了（最早的刻本在一四九四年）。這部傑出的歷史演義，就其美學上的意義來說，她好像是一部寒冷無聲的戲劇，清醒地描繪了人類野心的動機壓倒道德使命的悲劇感。在所有的中國古典小說之中，她實在是一部極具藝術價值的「人類戲劇」之一。

可是，五百年來，她在中國文學史上的地位，卻像是月落烏啼霜滿天，始終未被肯定下來。

一、早期的批評

我們試著回顧自明清以來，傳統的中國學者以及民國時代白話文學大師胡適，都不斷地抱怨《三國演義》既不是大眾化信實的歷史，也不是純白話優美的文學，這就使得《三國演義》的文學地位一直難以抬頭。

明代的時候，謝肇淛批評《三國演義》「太實」而「近腐」（《五雜俎》），這是認為《三國演義》，太落實而跡近於陳腐了。清朝文學批評家章學誠又說《三國演義》「七實三虛，惑亂觀者」（《丙辰劄記》），這就更進一步認為《三國演義》七分寫實、三分虛構的態度，破壞信實的歷史了。

這類的看法，到了民國時代提倡白話文的大師胡適，批評就更為激烈。胡適在他的〈三國志演義序〉（原作於民國二十二年，世界書局版用此序。此序修改後收入《胡適文存》）上說：《三國演義》在人物的描寫上，手段是最拙劣的。他本要寫諸葛亮是如何足智多謀，卻什麼借東風、隴上裝神的，那一來，給他寫成了一個身佩葫蘆，出賣風雲雷雨的妖道了。張飛史稱其愛君子，並不是怎樣不知禮的，然在他的描寫下，卻變成了粗魯無比，竟和《水滸》中的鐵牛李逵那麼相彷彿的一個人。關羽也寫得太過火，秉燭達旦一節

（案：此是毛宗崗所加，非羅貫中原文，參見毛本凡例第三條），固然是畫蛇添足，而顯聖一節，更是非常地不近情理。

在剪裁方面，他本是以陳壽的《三國志》為藍本的，復旁及於習鑿齒的《漢晉春秋》以及各種的傳說，取材不可謂不博。然而他是不懂得什麼叫做剪裁二字的，只要是三國時代的故事，不論是竹頭，不論是木屑，一律都收羅了去，卻又都是生吞活剝的，一點不加以變化，因之書中的故事蕪雜到了極點。

在思想方面，他是完全為正統論所支配了的。因為漢朝的皇帝是姓劉，他便以為惟有姓劉的可做皇帝，別姓的人都是不配做得的，所以在他的書中，把劉備推崇備至，而對於曹操就不免狠狠地下了幾塊石頭。像這般的一種見識，未免太是淺陋一些了。綜上三項而言，他在文學史上的價值和地位，確是遠不及《水滸》、《紅樓夢》及《儒林外史》這幾種說部的，只能算是第二流的作品。

上述謝、章、胡三家對《三國演義》的批評，顯然具有一種共同的傾向，這一傾向，胡適表現得最為具體。胡適批評羅貫中收集了所有三國的材料而「一點不加以變化」，這便是認為《三國演義》太落實而不夠小說化了；同時胡適又批評《三國演義》把諸葛孔明寫成了「妖道」（案：在胡適以前，《中國小說史略》已批評《三國演義》「顯劉備的長厚而似偽，狀諸葛之多智而近妖」），把張翼德寫成「粗魯無比」，把關雲長寫得「不近情理」，且對曹孟德「狠狠地下了幾塊石頭」，這便是認為《三國演義》夠不上是信實的歷史了。

這種認為《三國演義》「夠不上是小說化的文學，同時又不是大眾化的信史」的看法，便是早期批評《三國演義》者具體的傾向，尤其是胡適的〈三國演義序〉發表後，此種看法更為普遍。

然而這個看法，就現代文學批評的方法來說，他太過於形式主義，故未能透視「演義」這種體裁的文學特質，於是「演義小說」簡直就變成了不是歷史，也不是文學的畫虎之作了。這樣一來，演義是否能夠獨立為文學的一類已大成問題，更遑論演義所具有的特殊寫實的美學價值了。

因此，為了避免「演義不是歷史也不是文學」的這種困局，我們要先來嘗試界定「演義」的內涵。

二、演義可以獨立為文學嗎？

「演義」的內涵是什麼？如果她可以獨立為文學的一種類別的話，那麼她的文學特質在哪裡？這是討論《三國演義》的文學地位之前，首先必須肯定的命題。

我們知道：《三國演義》是中國的第一部歷史演義，換句話說她是「演義」體裁的第一部。所以，如果仔細考察羅貫中當年寫《三國演義》的動機的話，應該可以尋出「演義」的主要內涵究竟是什麼。

但是，羅貫中本人並沒有為他的《三國演義》留下一篇序（是否失傳則不得而知）。今天我們能夠看到的早期刻本上所附的《三國演義．序》，是蔣大器寫的。這篇序文年代既早，同時亦具考證價值。

蔣大器（庸愚子）的序，見於明弘治甲寅年的刻本（一四九四年刻，據《中國小說史略》說這是最早的一部刻本），同時又見於明嘉靖壬午年的刻本（一五二二年刻，據孫楷第的《中國通俗小說書目》認為這是最早的刻本）。這兩種刻本都是羅貫中的原本（今日坊間通行的一百二十回本，是清康熙時期毛宗崗的修改本），上距羅貫中之死約一百年（羅約死於一四〇〇年）。這些早期刻本都題為「晉平陽侯陳壽史傳，後學羅本貫中編次」，書前所附金華蔣大器的序文最重要的一段是這樣的：

前代嘗以野史作評話，令瞽者演說。其間言辭鄙謬，又失之於野，士君子多厭之。若東原羅貫中，以平陽陳壽傳，考諸國史，自漢靈帝中平元年，終於晉太康元年之事，留以損益，目之曰：《三國志通俗演義》。文不甚深，言不甚俗，亦庶幾乎史。蓋欲誦讀者人人得而知之，若詩所謂里巷歌謠之義也。

從這段短序裡面，對於「演義」的內涵，我們至少可以得到幾點概念：㈠拋棄前代說書（話）人信口雌黃的材料，重新採用歷史素材為寫作的資料。㈡以搜考史料、斟酌取捨的態度，敷陳歷史的意義，使歷史大眾化，做為淑世教化之用。

上述對蔣大器序文所抽離出來的概念，如果沒有錯誤的話，那麼我們可以肯定所謂「演義」是指把歷史大眾化而言。可是，我們如果把《三國演義》細密的觀察，我們將發現她絕對不是大眾化的信史。因為羅貫中處理材料的手法是「文學的」而不是「歷史的」。《三國演義》材料的主要來源有三大類：㈠平話底本，如《全相三國志平話》。㈡陳壽的《三國志》及裴松之注所搜集的一百四十多種的史料。㈢金元明雜劇。羅貫中處理這些材料的時候，先以《三國志平話》作為骨架，大量的採入文學性質的雜劇以及《三國志》的細節。尤可注意的是，他採用歷史素材的態度往往不分真假、美惡，只要他認為能夠生動的復原歷史的真實感（不是真實性），便不惜移花接木。例如：演義描寫關羽酒尚溫時斬華雄，極具歷史的真實感，但並不具有歷史的真實性，因為事實上斬華雄的是孫堅而不是關羽（詳下文）。又如演義描寫周瑜個人英雄主義的氣質，極具歷史的真實感，但把周瑜寫成小心眼的人物，則非歷史的事實，這種渲染的手法也是文學的而不是歷史的。

由以上的認識，我們可以看出羅貫中寫《三國演義》的手法是文學的而不是歷史的，因此，「演義」也就不是指大眾化、通俗化的信史了。傳統的文學批評者未能透視「演義」的特質是復原歷史的「真實感」，而不是復原歷史的「真實性」，結果演義就被逼到沒有立錐之地了。

其實，對於上述「演義」體裁的重新認識，我們特別要感謝夏志清教授。就學術研究的立場來說，夏著《中國古典小說評介》（原一九六八年哥倫比亞大學出版，臺灣則於一九七二年才有雙葉書廊版）中有關討論《三國演義》的許多精闢的見解，奠定了《三國演義》在中國古典小說中的新地位。對於「演義」的文學特質，夏志清曾有一段很重要的話，他說：

> 從清朝的歷史學家章學誠到胡適，一連串的指責《三國演義》不夠信實，算不上是優秀的歷史，同時又不夠小說化，算不上是優秀的文學。但這種抱怨未免忽略了演義體小說（指其虛構部分）的特質和限制，其實正由於他對歷史淡墨細緻的渲染，復原了歷史的實在性，所以算得上是優秀的文學。

在這裡，夏志清認為演義復原了歷史的「實在性」，我認為不如說是復原了歷史的

「實在感」來得適切。但無論如何，這段話是極其精彩的。因為，唯有這種新的細密的觀察，才能為《三國演義》的文學性質找到了一個立足點，由是《三國演義》也才能獨立為文學的一種類別。往後如要評價《東周列國演義》、《西漢演義》、《隋唐演義》、《清宮十三朝演義》等演義體裁的小說，也就有一客觀的標準了。

三、《三國演義》的文學特質

上述對於「演義」內涵的界定，使我們重新認識的文學特質乃是在於復原歷史的真實感。現在我們就以《三國演義》中精彩的情節，和《三國志》互相對照，藉此觀察演義所表現的文學與歷史的分野。相信這樣一來，我們對於《三國演義》的文學特質會有更深刻突出的認識。

《三國演義》第五回描寫關羽的神勇，有一段斬華雄的情節，其文如下：（引自毛宗崗本，下同）

> 忽探子來報：「華雄引鐵騎下關，用長竿挑著孫太守的赤幘，來寨前大罵搦戰。」紹曰：「誰敢去戰？」袁術背後轉出驍將俞涉曰：「小將願往。」紹喜，便著俞涉

出馬。即時報來：「俞涉與華雄戰不三合，被華雄斬了。」眾大驚。太守韓馥曰：「吾有上將潘鳳可斬華雄。」紹急令出戰。

潘鳳手提大斧上馬，去不多時，飛馬來報，潘鳳又被華雄斬了，眾皆失色。紹曰：「可惜吾上將顏良、文醜未至，得其一人在此，何懼華雄！」

言未畢，階下一人大呼出曰：「小將願往斬華雄頭，獻於帳下！」眾視之，見其人身長九尺，髯長二尺，丹鳳眼，臥蠶眉，面如重棗，聲如巨鐘，立於帳前。紹問：「何人？」公孫瓚曰：「此劉玄德之弟，關羽也。」紹問：「現居何職？」瓚曰：「跟隨劉玄德充弓馬手。」帳中袁術大喝曰：「汝欺吾眾諸侯無大將耶？量一弓手，安敢亂言，與我打出！」

曹操急止之曰：「公路息怒，此人既出大言，必有勇略，試教出馬，如其不勝，責之未遲。」袁紹曰：「使一弓手出戰，必被華雄所笑！」操曰：「此人儀表不俗，華雄安知他是弓手！」關公曰：「如不勝，請斬某頭。」

操教釃熱酒一盃，與關公飲了上馬，關公曰：「酒且斟下，某去便來！」出帳提刀，飛身上馬，眾諸侯聽得關外鼓聲大舉，喊聲大舉，如天摧地塌，岳撼山崩，眾皆失驚。正欲探聽，鸞鈴響處，馬到中軍，雲長提華雄之頭擲於地上，其酒尚溫。

在這裡我們必須知道：袁紹、袁術、曹操三人的對話，正史上是沒有的，而且歷史上真正刀劈華雄的猛將也不是關羽。據《三國志．孫堅傳》（卷四十六）上說：

堅大破卓軍，梟其都督華雄等。

可見斬華雄的是孫堅而不是關羽。

然而上面的描寫雖非歷史事實，卻極具歷史的真實感。首先我們注意袁紹、袁術、曹操三人的對話，都很合於他們的身分和個性：袁家是東漢以來的大族，所謂四世三公，所以袁家兄弟根本不把市井傖夫的關羽放在眼裡，袁術要「亂棒打出」，袁紹想要試用關羽又怕失面子難為情，只有曹操因出身宦官養子，故不問出身的高下就願試用關羽（參見夏志清論《三國演義》），這三人日後的成敗，已在此對話中顯露出來。

其次，這段文字描寫關羽的神勇和狂妄自負，也是可圈可點的。因為陳壽評關羽是「萬人之敵」，同時又說他「剛而自矜」。我們看了關羽刀劈華雄的聲勢和「酒且斟下，某去便來」的狂傲口氣，對於羅貫中的渲染不能不說是極具歷史的真實感吧！《三國志》因為記事必須簡潔，所以就顯不出這種真實感來。

再其次，《三國演義》第六十五回寫關羽約戰馬超，其文如下：

一日玄德正與孔明閒敘，忽報雲長遣關平來謝所賜金帛。玄德召入，平拜罷，呈上書信曰：「父親知馬超武藝過人，要入川來與之比試高低，教平就稟伯父此事。」玄德大驚曰：「若雲長入蜀，與孟起比試，勢不兩立。」孔明曰：「無妨，亮自作書回之。」玄德只恐雲長性急，便教孔明寫了書，發付關平星夜回荊州。平回至荊州，雲長問曰：「我欲與馬孟起比試，汝曾說否？」平答曰：「軍師有書在此。」雲長拆視之，其書曰：「亮聞將軍欲與孟起分別高下，以亮度之，孟起雖雄烈過人，亦乃黥布、彭越之徒耳！當與翼德並驅爭先，猶未及美髯公之絕倫超群也。今公受任荊州，不為不重，倘一入川，若荊州有失，罪莫大焉，惟冀明照。」雲長看畢，自綽其髯而笑曰：「孔明知我心也。」將書遍示賓客，遂無入川之意。

這段插曲羅貫中用以暴露關羽的有勇無謀，極具寫實感。其實這件事的始末是這樣的：建安十九年，馬超歸降了劉備，被封為平西將軍。時關羽在荊州，聞知此事，心中頗不服氣，便修書一封問諸葛丞相馬超是何種人？事見《三國志．關羽傳》（卷三十六）：

羽書與諸葛亮，問超人才可誰比類？亮知羽護前，乃答之曰：「孟起兼資文武，雄烈過人，一世之傑，黥彭之徒，當與翼德並驅爭先，猶未及髯之絕倫逸群也。」羽美鬚髯，故亮謂之髯，羽省書大悅，以示賓客。

我們試把《三國志》和《演義》對照一下，便知羅貫中作了兩種渲染。一是羅貫中描寫關羽看了諸葛亮的信，自綽其髯而笑曰：「孔明知我心也！」這真是如見其人，如聞其聲，狂傲的關羽可能真的以為馬孟起不及他了。

另外一點誇張是羅貫中寫關羽要離開荊州入川比武，這更是突出的描繪了關羽的勇而無謀。因為荊州是三國時期爭取天下的重鎮，所以曹操的謀臣荀彧，東吳的魯肅、周瑜，蜀漢的諸葛亮都曾為他們的主人打算獨占荊州。後來赤壁一戰，曹公敗北，於是曹、劉、孫各取得荊州之一部分，三國皆以名臣宿將鎮守，以免有失。例如：東吳方面先後以周瑜、魯肅、呂蒙、陸遜、陸抗鎮荊州，對外屢摧強敵；赤壁之戰大破曹公，猇亭之役大敗劉先主，皆是威震敵國之戰績。蜀漢方面，早在建安十二年劉備到隆中尋訪諸葛亮時，諸葛亮就主張一定要「跨有荊益，保其巖阻」，將來才能從荊州北伐，故蜀漢以關羽鎮荊州亦是一時之選。無如關羽「剛而自矜」，勇而無謀，所以羅貫中就誇張關羽不知輕重，竟想入川與馬超比武。在這裡，只要我們能明白當日荊州之重要性，就知道羅貫中這段小插曲的描寫是如何具有歷史真實感了。

其次，《三國演義》第七十五回寫華佗為關羽刮骨療毒，亦是演義中的精彩文字。其文如下：

忽一日，有人從江東駕小舟而來，直到寨前，小校引見關平。平視其人，方巾闊服，臂挽青囊，自言姓名，乃沛國譙郡人，姓華名佗，字元化，「因聞關將軍乃天下英雄，今中毒箭，特來醫治。」平曰：「莫非昔日醫東吳周泰者乎？」佗曰：「然」。平大喜，即與眾將同引華佗入帳見關公。

時關公本是臂疼，恐慢軍心，無可消遣，正與馬良弈棋。聞有醫者至，即召入。禮畢，賜坐。茶罷，佗請臂視之。公袒下衣袍，伸臂令佗看視。佗曰：「此乃弩箭所傷，其中有烏頭之藥，直透入骨，若不早治，此臂無用矣！」公曰：「用何物治之？」佗曰：「某自有治法，但恐君侯懼耳！」公笑曰：「吾視死如歸，有何懼哉？」

佗曰：「當於靜處立一標柱，上釘大環，請君侯將臂穿於環中，以繩繫之，然後以被蒙其首，吾用尖刀割開皮肉，直至於骨。刮去骨上箭毒，用藥敷之，以線縫其口，方可無事。但恐君侯懼耳！」公笑曰：「如此容易，何用柱環？」令設酒席相待。

公飲數盃酒畢，一面仍與馬良弈棋，伸臂令佗割之。佗取尖刀在手，令一小校捧一大盆於臂下接血。佗曰：「某便下手，君侯勿驚。」公曰：「任汝醫治，吾豈比世間俗子懼痛者耶？」佗乃下刀，割開皮肉，直至於骨，骨上已青。佗用刀刮骨，「悉悉」有聲。帳上、帳下皆掩面失色。公飲酒食肉，談笑弈棋，全無痛苦之色。須臾，血流盈盆，佗刮盡其毒，敷上藥，以線縫之。公大笑而起，謂眾將曰：「此臂伸舒如故，並無痛矣，先生真神醫也。」

這一段傳神的描寫，幾已成為中國民間家喻戶曉的掌故了。但在事實上，華佗並未替關羽刮骨療毒過。

關羽刮骨療毒一事，正史上確有記載，但此事年代已無法確定，所以陳壽把它記於建安十九至二十四年之間。據《三國志·關羽傳》（卷三十六）上說：

羽嘗為流矢所中，貫其左臂。後創雖愈，每至陰雨，骨常疼痛。醫曰：「矢鏃有毒，毒入于骨，當破臂作創，刮骨去毒，然後此患乃除耳！」羽便伸臂令醫劈之。時羽適請諸將飲食相對，臂血流離，盈於盤器，而羽割炙飲酒，言笑自若。

於此可見《三國志》上實未言明替關羽刮骨療毒的是華佗。而《三國演義》描寫華佗為關羽療毒的時間在建安二十四年，事實上亦沒有可能性。因為華佗死於建安十三年以前，何能為關羽療毒？可見這段插曲亦為羅貫中的移花接木手法。我們想在這裡特別說明的是：華佗遠在一千八百多年前就精於古傳之針灸，並發明麻沸散為病人施行手術，他是世界外科麻醉術的老祖師。據《後漢書》及《三國志・華佗傳》，華佗一生為人醫過無數的怪症，其後曹操以私怨殺之，華佗臨死，非常憤怒，就把手寫的藥書燒掉了，麻沸散因此失傳。日本的一個醫生千方百計研究實驗麻沸散，卻毒死了他的母親，並使他的妻子雙目失明，這個醫生名叫華岡青洲（見蔡仁堅：《古代中國的科學家》）。曹操殺死華佗的年代，可由下面的史料來推定：

(一)《三國志・華佗傳》（卷二十九）：

及後愛子蒼舒（曹沖）病困，太祖（曹操）嘆曰：「吾悔殺華佗，令此子彊死也！」

(二)《三國志・曹沖傳》（卷二十）：

蒼舒年十三，建安十三年疾病，太祖親為請命。及亡，哀甚。為聘甄氏亡女與合葬。

可見建安十三年蒼舒死時，華佗早已物故。因此建安二十四年時，華佗絕無替關羽治病的可能性了。

由以上的情節，我們可以看出羅貫中寫《三國演義》的手法，確實是「文學的」而不是「歷史的」。只要能生動的復原歷史的真實感，他根本不理會歷史素材的真假、美惡。所以羅貫中筆下的關羽，就是陳壽所批評的「剛而自矜」的悲劇性格的英雄，而不是民間所崇拜的「武聖」型的神明。羅貫中一再的渲染關羽的神勇，同時也一再的強調他是一個傲慢而無領袖才具的武將，這便是真正具有歷史真實感的人物。（關羽的悲劇性格，詳見《中國古典小說評介》，夏志清有詳細討論）。我們利用這條線索，去仔細觀察《三國演義》中的人物，我們將會發現：羅貫中寫曹操的奸詐並不失其為大政治家的風度，寫劉備的仁厚也沒有忘記他政治性的虛偽，寫諸葛亮的道德使命感更是一再的強調他也有智窮力竭的時候……羅貫中是以這樣「寫實」的態度去捉住歷史人物的個性，所以這些人物成了我們心目中真正難忘的人。

四、《三國演義》的倫理和美學價值

米勒（Roy Andrew Miller）曾為《三國演義》的英譯本寫過一篇序，他說：「這部書是以人類野心的本性為主題的小說。」這話極具啟發性。其實說得詳細一點，我們可以這樣說：《三國演義》是以人類野心的動機，壓倒道德使命的悲劇感做為主題的一部小說。《三國演義》強烈地表現了道德使命被壓倒的悲劇感，很顯然的，這種悲劇感，足以刺激人的情緒，高尚人類的情操，因此對於社會群眾自然具有淑世教化的功用。但是，我們必須知道羅貫中強調這一倫理觀念的時候，對主張以魏、晉為正統的史學家，乃是一種非常的挑戰。

羅貫中是明朝初年的人，那時魏、晉早已被正統史家公認為東漢以後合法的繼承者。因為自從晉朝的陳壽寫《三國志》以曹魏為本紀，以吳、蜀入列傳，尊曹魏為正統以後，到了宋朝的大史學家司馬光修《資治通鑑》的時候，又以魏、晉、宋、齊、梁、陳一線相承，便也就以魏、晉來紀年，稱諸葛亮北伐為「入寇」，於是魏、晉為正統的地位也就不可動搖了（參閱《司馬光文集》中的〈答郭純書〉，《內藤湖南全集》第十一集論宋代史學發展的「正統論」部分）。從晉到宋的期間，雖然也有一些學者反對這種看法，像晉人習鑿齒的《漢晉春秋》、宋代朱熹的《紫陽綱目》、張栻的《經世紀年》都主張應以蜀漢為正統，可是這種說法不為傳統史家所接受，所以到了明朝的時候，大概只有民間說書人為蜀漢抱不平之外，史學界是早就尊曹魏為正統了。羅貫中受了說話人的影響（因為演義的底本是《全相三國志平話》，羅以此書為骨架），而且顯然他也看穿了在倫理上尊曹魏為正統的荒謬性，所以他就公開擁蜀，把曹魏集團的主要人物曹操、司馬懿等扮做反派角色，代表人類野心的動機，時加諷刺；同時對於蜀漢集團的主要人物像諸葛亮、關羽等則賦予強烈的道德使命感，時加稱揚，這便是《三國演義》所發揮的悲劇倫理的觀念。這個觀念和中國古代所謂的三不朽——立德、立功、立言的次序正好相符，於是中國人以道德倫理為首的英雄崇拜觀念，便隨著《三國演義》的流行更普遍地深入民間。

《三國演義》中對曹操的諷刺，到處可見，對於諸葛亮的稱揚也觸目皆是。在這裡我們就以《三國演義》中表現君臣、父子的倫理最感人的一幕來作說明。《三國演義》第八十五回寫劉先主託孤的場面：

孔明到永安宮，見先主病危，慌忙拜伏於龍榻之下。先主傳旨，請孔明坐於龍榻之側，撫其背曰：「朕自得丞相，幸成帝業，何期智識淺陋，不納丞相之言，自取其敗。悔恨成疾，死在旦夕，嗣子孱弱，不得不以大事相託。」言訖，淚流滿面。

孔明亦涕泣曰：「願陛下善保龍體，以副天下之望。」先主以目遍視，只見馬良之弟馬謖在傍，先主令且退，謖退出。先主謂孔明曰：「丞相觀馬謖之才何如？」孔明曰：「此人亦當世之英才也。」先主曰：「不然。朕觀此人，言過其實，不可大用。丞相宜深察之。」

分付畢，傳旨召諸臣入殿，取紙筆寫了遺詔，遞與孔明而嘆曰：「朕不讀書，粗知大略，聖人云鳥之將死，其鳴也哀，人之將死，其言也善。朕本待與卿等同滅曹賊，共扶漢室，不幸中道而別，煩丞相將詔付與太子禪，令勿以為常言。凡事更望丞相教之。」孔明等拜泣於地曰：「願陛下將息龍體，臣等盡施犬馬之勞，以報陛下知遇之恩也。」

先主命內侍扶起孔明，一手掩淚，一手執其手曰：「朕今死矣，有心腹之言相告。」孔明曰：「有何聖諭？」先主泣曰：「君才十倍曹丕，必能安邦定國，終定大事，若嗣子可輔則輔之，如其不才，君可自為成都之主。」

孔明聽畢，汗流遍體，手足失措，泣拜於地曰：「臣安敢不竭股肱之力，盡忠貞之節，繼之以死乎？」言訖，叩頭流血。先主又請孔明坐於榻上，喚魯王劉永、梁王劉理近前，分付曰：「爾等皆記朕言，朕亡之後，爾兄弟二人，皆以父事丞相，不可怠慢。」言罷，遂命二王同拜孔明。二王拜畢，孔明曰：「臣雖肝腦塗地，安能報知遇之恩也！」

先主謂眾官曰：「朕已託孤於丞相，令嗣子以父事之，卿等且不可怠慢以負朕望。」又囑趙雲曰：「朕與卿於患難之中，相從到今，不想於此地分別。卿可想朕故交，早晚看覷吾子，勿負朕言。」雲泣拜曰：「臣安敢不效犬馬之勞。」先主又謂眾官曰：「卿等眾官，朕不能一一分囑，願皆自愛。」言畢，駕崩，壽六十三歲，時章武三年夏四月二十四日也。

羅貫中在這裡把君臣、父子、朋友的關係，熔成一種因共同的政治理想所凝結的永恆的感情，我們再也找不到歷史上任何一對君臣的訣別像他們這樣感人，這一幕倫理結合高於政治利害的描寫，是《三國演義》最具倫理價值的場面之一。

然而，《三國演義》如果只具有這種淑世教化之用的倫理價值，沒有更高一層的「冷澈觀照」的美學價值的話，她還不能算是一部有文學地位的小說。

王國維在他的《紅樓夢評論》上曾經說過：「吾人之知識與實踐二方面，無往而不與生活之『欲』相關係，如有一物能使吾人超然於利害關係之外，而忘物我之關係，此時吾人之心境，如雲破月出，以此心境觀物，則自然界之山水明媚、鳥飛花落以及人類之言語動作，悲歡啼笑，皆是極美之對象也。」

我們現在以王國維所闡示的美術的作用，和《三國演義》的〈西江月〉題詞對照一下，就立刻可以發現《三國演義》正是這種寒冷無聲的舞臺劇：

滾滾長江東逝水，浪花淘盡英雄。
是非成敗轉頭空，青山依舊在，幾度夕陽紅？

像這樣冷澈的觀照，才是《三國演義》真正具有美學價值和文學地位的所在。《三國演義》中發揮高度美術技巧的地方，也是很多的。例如第五十七回寫周瑜之死：

周瑜徐徐又醒，仰天長嘆曰：「既生瑜，何生亮！」連叫數聲而亡。

這實在是一段絕美的文字。因為《三國演義》中的周瑜，是一個面龐秀麗而又極具個人英雄主義氣質的人物。他沒有什麼政治上的理想，只是愚昧自負的想幫助孫權橫行天下（《三國志．周瑜傳》也說周瑜在赤壁江上反抗曹公，只是因為「英雄樂尚横行天下」）。可是周瑜的野心動機，一再的被諸葛孔明所遏阻。結果周瑜不但不能覺醒橫行天下的迷夢，反而在臨死之前，怨恨蒼天何以生下周瑜，又另外生了一個諸葛亮！

在這裡，我們可以很突出的看到，羅貫中對於人類自私的野心和愚昧的自負，表現極高的美術技巧。因此只要人類自私的野心存在一天，羅貫中筆下的周瑜就將永遠不朽。

此外，《三國演義》寫赤壁戰前的晚上，曹公在大江之上橫槊賦詩，這一段場景也表現羅貫中極高的美術技巧。《三國演義》第四十八回寫道：

曹操正談笑間，忽聞鴉聲望南飛鳴而去。操問曰：「此鴉緣何夜鳴？」左右答曰：「鴉見月明，疑是天曉，故離樹而鳴也。」操又大笑。時操已醉，乃取槊立於船頭上，以酒奠於江中，滿飲三爵，橫槊謂諸將曰：「我持此槊，破黃巾、擒呂布、滅袁術、收袁紹。深入塞北，直抵遼東，縱橫天下，頗不負大丈夫之志也。今對此景，甚有懷慨，吾當作歌，汝等和之。」歌曰：

對酒當歌，人生幾何？譬如朝露，去日苦多。
慨當以慷，憂思難忘。何以解憂？惟有杜康。
青青子衿，悠悠我心。但為君故，沉吟至今。
呦呦鹿鳴，食野之苹。我有嘉賓，鼓瑟吹笙。

明明如月，何時可掇？憂從中來，不可斷絕。
越陌度阡，枉用相存。契闊談讌，心念舊恩。
月明星稀，烏鵲南飛。繞樹三匝，何枝可依？
山不厭高，海不厭深。周公吐哺，天下歸心。

歌罷，眾和之，共皆歡笑。

這大概是《三國演義》中最美、最悽涼的一段文字。原來建安十三年，曹操已經五十四歲的年紀了。這時候他好像是站在人生事業和名望的峰頂，俯瞰一生的戎馬生涯，便有一種悲悵而又自負的感覺，但接著他又想到明日一戰就可掃平江南，收攬江東二喬回到銅雀臺去優遊歲月，這不禁又使他開懷起來。然而這時大江之上，竟無緣無故出現一隻被驚起的烏鴉。這隻烏鴉先是使他隱隱地感到不安，這種不安，在他喝下巨量的酒後，漸漸的擴大成為大醉中的清醒：今夜以前和今夜以後，其實並沒有什麼兩樣，人生就像是這隻被驚醒的烏鴉，牠永遠是繞樹三匝，無枝可依的！

這層境界就是《三國演義》在美學上所攀抵的最高峰，同時也是他在文學上不朽的成就。凡是用通俗小說的眼光來評估《三國演義》的人，顯然是忽略了這點，而那些用「絕對的奸雄」的眼光，來打量曹孟德的人，也將看不到這一精彩的情節。

五、無聲的戲劇

就像是月光下岑寂的舞臺，在所有的動作都停止以後，她自有一種嚴肅的悲涼。這正是歌德所謂的：

人類一切的吶喊，一切的掙扎，在眾神的眼中，都只是一片永恆的寧靜而已。

通過《三國演義》這一部「人類的戲劇」，我們對三國舞臺上的群像以及他們清醒奮鬥的悲劇意識，認識得更深刻了，「青山依舊在，幾度夕陽紅」，這真是矗立在人類面前永恆而真實的悲劇。

附錄二
原典精選

三顧茅廬

卻說玄德訪孔明兩次不遇，欲再往訪之。關公曰：「兄長兩次親往拜謁，其禮太過矣。想諸葛亮有虛名而無實學，故避而不敢見。兄何惑於斯人之甚也？」玄德曰：「不然。昔齊桓公欲見東郭野人，五返而方得一面。況吾欲見大賢耶？」

張飛曰：「哥哥差矣。量此村夫，何足為大賢？今番不須哥哥去；他如不來：我只用一條麻繩縛將來！」玄德叱曰：「汝皆不聞周文王謁姜子牙之事乎？文王且如此敬賢，汝何太無禮！今番汝休去，我自與雲長去。」飛曰：「既兩位哥哥都去，小弟如何落後？」玄德曰：「汝若同往，不可失禮。」

飛應諾。於是三人乘馬引從者往隆中。離草廬半里之外，玄德便下馬步行，正遇諸葛均。玄德忙施禮，問曰：「令兄在莊否？」均曰：「昨暮方歸，將軍今日可與相見。」言罷，飄然自去。

玄德曰：「今番僥倖，得見先生矣！」張飛曰：「此人無禮！便引我等進莊也不妨，何故竟自去了！」玄德曰：「彼各有事，豈可相強？」

三人來到莊前叩門，童子開門出問。玄德曰：「有勞仙童轉報，劉備專來拜見先生。」童子曰：「今日先生雖在家，但現在草堂上晝寢未醒。」玄德曰：「既如此，且休通報。」分付關、張二人，只在門首等著。玄德徐步而入，見先生仰臥於草堂几席之上。玄德拱立階下。

半晌，先生未醒。關、張在外立久，不見動靜，入見玄德，猶然侍立。張飛大怒，謂雲長曰：「這先生如何傲慢！見我哥哥侍立階下，他竟高臥，推睡不起！等我去屋後放一把火，看起不起！」雲長再三勸住。玄德仍命二人出門外等候。望堂上時，見先生翻身將起，忽又朝裡壁睡著。童子欲報。玄德曰：「且勿驚動。」又立了一個時辰，孔明纔醒。

草船借箭

卻說魯肅私自撥輕快船二十隻，各船三十餘人，并布幔、束草等物，盡皆齊備，候孔明調用。第一日卻不見孔明動靜。第二日亦只不動。至第三日四更時分，孔明密請魯肅到船中。肅問曰：「公召我何意？」孔明曰：「特請子敬同往取箭。」肅曰：「何處去取？」孔明曰：「子敬休問，前去便見。」遂命將二十隻船，用長索相連，徑往北岸進發。是夜大霧漫天，長江之中，霧氣更甚，對面不相見。孔明促舟前進，果然是好大霧！前人有篇大霧垂江賦曰：

大哉長江，西接岷峨，南控三吳，北帶九河。滙百川而入海，歷萬古以揚波。至若龍伯、海若、江妃、水母，長鯨千丈，天蜈九首，鬼怪異類，咸集而有。蓋夫鬼神之所憑依，英雄之所戰守也。

時而陰陽既亂，昧爽不分。訝長空之一色，忽大霧之四屯。雖輿薪而莫睹，惟金鼓之可聞。初若溟濛，纔隱南山之豹；漸而充塞，欲迷北海之鯤。然後上接高天，下垂厚地。渺乎蒼茫，浩乎無際。鯨鯢出水以騰波，蛟龍潛淵而吐氣。又如梅霖收溽，春陰釀寒；溟溟濛濛，浩浩漫漫。東失柴桑之岸，南無夏口之山。戰船千艘，俱沉淪於巖壑；漁舟一葉，驚出沒於波瀾。甚則穹昊無光，朝陽失色；返白晝為昏黃，變丹山為水碧。雖大禹之智，不能測其淺深；離婁之明，焉能辨乎咫尺？

於是馮夷息浪，屏翳收功；魚鼈遁跡，鳥獸潛蹤。隔斷蓬萊之島，暗圍閶闔之宮。恍惚奔騰，如驟雨之將至；紛紜雜沓，若寒雲之欲同。乃復中隱毒蛇，因之而為瘴癘；內藏妖魅，憑之而為禍害。降疾厄於人間，起風塵於塞外。小民遇之大傷，大人觀之感慨。蓋將返元氣於洪荒，混天地為大塊。

當夜五更時候，船已近曹操水寨。孔明教把船隻頭西尾東，一帶擺開，就船上擂鼓吶喊。魯肅驚曰：「倘曹兵齊出，如之奈何？」孔明笑曰：「吾料曹操於重霧中，必不敢出。吾等只顧酌酒取樂，待霧散便回。」

卻說曹寨中，聽得擂鼓吶喊，毛玠、于禁二人，慌忙飛報曹操。操傳令曰：「重霧迷江，彼軍忽至，必有埋伏，切不可輕動。可撥水軍弓弩手亂箭射之。」又差人往旱寨內喚張遼、徐晃，各帶弓弩軍三千，火速到江邊助射。比及號令到來，毛玠、于禁，怕南軍搶入水寨，已差弓弩手在寨前放箭。

少頃，旱寨內弓弩手亦到，約一萬餘人，盡皆向江中放箭，箭如雨發。孔明教把船掉轉，頭東尾西，逼近水寨受箭，一面擂鼓吶喊。待至日高霧散，孔明令收船急回，二十隻船兩邊束草上，排滿箭枝。孔明令各船上軍士齊聲叫曰：「謝丞相箭！」比及曹軍寨內報知曹操時，這裡船輕水急，已放回二十餘里。追之不及，曹操懊悔不已。

刮骨療毒

卻說曹仁見關公落馬，即引兵衝出城來；被關平一陣殺回，救關公歸寨，拔出臂箭。原來箭頭有藥，毒已入骨，右臂青腫，不能運動。關平慌與眾將商議曰：「父親若損此臂，安能出敵？不如暫回荊州調理。」於是與眾將入帳見關公。公問曰：「汝等來有何事？」眾對曰：「某等因見君侯右臂損傷，恐臨敵致怒，衝突不便。眾議可暫班師回荊州調理。」公怒：「吾取樊城，只在目前；取了樊城，即當長驅大進，逕到許都，剿滅曹賊，以安漢室。豈可因小瘡而誤大事？汝等敢慢吾軍心耶？」

平等默然而退。眾將見公不肯退兵，瘡又不痊，只得四方訪問名醫。忽一日，有人從江東駕小舟而來，直至寨前。小校引見關平。平視其人，方巾闊服，臂挽青囊，自言姓名，乃沛國，譙郡人，姓華，名佗，字元化。「因聞關將軍乃天下英雄，今中毒箭，特來醫治。」平曰：「莫非昔日醫東吳周泰者乎？」佗曰：「然。」

平大喜，即與眾將同引華佗入帳見關公。時關公本是臂痛，恐慢軍心，無可消遣，正與馬良弈棋，聞有醫者至，即召入。禮畢，賜坐。茶罷，佗請臂視之。公袒下衣袍，伸臂令佗看視。佗曰：「此乃弩箭所傷，其中有烏頭之藥，直透入骨，若不早治，此臂無用矣。」公曰：「用何物治之？」佗曰：「某自有治法，但恐君侯懼耳。」公笑曰：「吾視死如歸，有何懼哉？」佗曰：「當於靜處立一標柱，上釘大環，請君侯將臂穿於環中，然後以被蒙其首。吾用尖刀割開皮肉，直至於骨，刮去骨上箭毒，用藥敷之，以線縫其口，方可無事。但恐君侯懼耳。」公笑曰：「如此容易，何用柱環？」令設酒席相待。

公飲數盃酒畢，一面仍與馬良弈棋，伸臂令佗割之。佗取尖刀在手，令一小校，捧一大盆於臂下接血。佗曰：「某便下手，君侯勿驚。」公曰：「任汝醫治。吾豈比世間俗子，懼痛者耶？」佗乃下刀割開皮肉，直至於骨，骨上已青；佗用刀刮骨，悉悉有聲。帳上帳下見皆掩面失色。公飲酒食肉，談笑弈棋，全無痛苦之色。

計殺魏延

不多時，魏延又表至，告稱楊儀反了。正覽表之間，楊儀又表到，奏稱魏延背反。二人接連具表，各陳是非。忽報費禕到。後主召入，禕細奏魏延反情。後主曰：「若如此，且令董允假節釋勸，用好言撫慰。」允奉詔而去。

卻說魏延燒斷棧道，屯兵南谷，把住隘口，自以為得計；不想楊儀、姜維，星夜引兵抄到南谷之後。儀恐漢中有失，令先鋒何平引三千兵先行。儀同姜維等引兵扶柩望漢中而來。

且說何平引兵逕到南谷之後，擂鼓吶喊。哨馬飛報魏延，說楊儀令先鋒何平，引兵自槎山小路抄來搦戰。延大怒，急披掛上馬。提刀引兵來迎。兩陣對壘，何平出馬大罵曰：

「反賊魏延安在？」魏亦罵曰：「汝助楊儀造反，何敢罵我！」平叱曰：「丞相新亡，骨肉未寒，汝焉敢造反！」乃揚鞭指川兵曰：「汝等軍士，皆是西川之人，川中多有父母妻子，兄弟親朋。丞相在日，不曾薄待汝等，今不可助反賊，宜各回家，聽候賞賜。」

眾軍聞言，大喊一聲，散去大半，延大怒，揮刀縱馬，直取何平。平挺槍來迎。戰不數合，平詐敗而走，延隨後趕來。眾軍弓弩齊發，延撥馬而回。見眾軍紛紛潰散，延轉怒，拍馬趕上，殺了數人；卻是止遏不住，只有馬岱所領三百人不動。延謂岱曰：「公真心助我，事成之後，決不相負。」遂與馬岱追殺何平。平引兵飛走而去。魏延收聚殘軍，與馬岱商議曰：「我等投魏，若何？」岱曰：「將軍之言，不智甚也。大丈夫何不自圖霸業，乃輕屈膝於人耶？吾觀將軍智勇足備，兩川之士，誰敢抵敵？吾誓同將軍先取漢中，隨後進攻兩川。」

延大喜，遂同馬岱引兵直取南鄭。姜維在南鄭城上，見魏延、馬岱，耀武揚威，蜂擁而來。維急令拽起弔橋。延、岱二人大叫：「早降；」姜維令人請楊儀商議曰：「魏延勇猛，更兼馬岱相助，雖然軍少，何計退之？」儀曰：「丞相臨終，遺一錦囊，囑曰：『若魏延造反，臨城對敵之時，方可開拆，便有斬魏延之計。』今當取出一看。」遂出錦囊拆封看時，題曰：「待與魏延對敵，馬上方許拆開。」維大喜曰：「既丞相有戒約，長史可收執。吾先引兵出城，列成陣勢。公可便來。」

姜維披掛上馬，綽槍在手；引三千軍，開了城門，一齊衝出，鼓聲大震，排成陣勢。維挺槍立馬於門旗之下，高聲大罵曰：「反賊魏延！丞相不曾虧汝，今日如何背反？」延横刀勒馬而言曰：「伯約，不干你事，只教楊儀來！」儀在門旗影裡，拆開錦囊視之，如此如此。儀大喜，輕騎而出，立馬陣前，手指魏延而笑曰：「丞相在日，知汝久後必反，教我提備，今果應其言。汝敢在馬上連叫三聲：『誰敢殺我，』便是真大丈夫；吾就獻漢中城池與汝。」延大笑曰：「楊儀匹夫聽著！若孔明在日，吾尚懼三分；他今已亡，天下誰敢敵我？休道連叫三聲，便叫三萬聲，亦有何難？」遂提刀按轡，於馬上大叫曰：「誰敢殺我？」

一聲未畢，腦後一人厲聲而應曰：「吾敢殺汝！」手起刀落，斬魏延於馬下。眾皆駭然。斬魏延者，乃馬岱也。原來孔明臨終之時，授馬岱以密計，只待魏延喊叫時，便出其不意斬之；當日楊儀讀罷錦囊計策，已知伏下馬岱在彼，故依計而行，果然殺了魏延。

樂不思蜀

且說後主至洛陽時，司馬昭已自回朝。昭責後主曰：「公荒淫無道，廢賢失政，理宜誅戮。」後主面如土色，不知所為。文武皆奏曰：「蜀主既失國紀，幸早歸降，宜赦之。」昭乃封禪為安樂公，賜住宅，月給用度，賜絹萬疋，僮婢百人。子劉瑤及群臣——樊建、譙周、郤正等，——皆封侯爵。後主謝恩出內。昭因黃皓蠹國害民，令武士押出市曹，凌遲處死。

時霍戈探聽得後主受封，遂率部下軍士來降。次日，後主親詣司馬昭府下拜謝。昭設宴款待，先以魏樂舞於前，蜀官感傷，蜀後主有喜色。昭令蜀人扮蜀樂於前，蜀官盡皆墮淚，後主嬉笑自若。酒至半酣，昭謂賈充曰：「人之無情，乃至於此！雖使諸葛孔明在，亦不能輔之久全，何況姜維乎？」乃問後主曰：「頗思蜀否？」後主曰：「此間樂，不思蜀也。」

須臾，後主起身更衣，郤正跟至廂下曰：「陛下如何答應不思蜀也？倘彼再問，可泣而答曰：『先人墳墓，遠在蜀地，乃心西悲，無日不思，』晉公必放陛下歸蜀矣。」後主牢記入席。酒將微醉，昭又問曰：「頗思蜀否？」後主如郤正之言以對，欲哭無淚，遂閉其目。昭曰：「何乃似郤正語耶？」後主開目驚視曰：「誠如尊命。」昭及左右皆笑之。昭因此深喜後主誠實，並不疑慮。

中國歷代經典寶庫⑩

三國演義——龍爭虎鬥

編撰者—邵紅
編輯—康逸藍
執行企劃—洪小偉、楊齡媛
校對—趙蓓芬
總編輯—余宜芳
董事長—趙政岷
出版者—時報文化出版企業股份有限公司
108019台北市和平西路三段二四〇號三樓
發行專線—（〇二）二三〇六—六八四二
讀者服務專線—〇八〇〇—二三一—七〇五
（〇二）二三〇四—七一〇三
讀者服務傳真—（〇二）二三〇四—六八五八
郵撥—一九三四四七二四時報文化出版公司
信箱—一〇八九九臺北華江橋郵局第九九信箱
時報悅讀網—http://www.readingtimes.com.tw
法律顧問—理律法律事務所 陳長文律師、李念祖律師
印刷—紘億印刷有限公司
五版一刷—二〇一二年四月十三日
五版七刷—二〇二一年九月二十二日
定價—新台幣二百五十元

時報文化出版公司成立於一九七五年，
並於一九九九年股票上櫃公開發行，於二〇〇八年脫離中時集團非屬旺中，
以「尊重智慧與創意的文化事業」為信念。

版權所有 翻印必究（缺頁或破損的書，請寄回更換）

三國演義：龍爭虎鬥 / 邵紅編撰. -- 五版. -- 臺北市：時報文化,
2012.04
面； 公分. --（中國歷代經典寶庫；10）

ISBN 978-957-13-5534-4（平裝）

857.4523 101003185

ISBN 978-957-13-5534-4
Printed in Taiwan